祈る神の名を知らず、
願う心の形も見えず、
それでも月は
夜空に昇る。

セロト・
プロタゴニスト
Serot Protagonist
アド・
プロタゴニスト
Add Protagonist
Dopa Protagonist
ドーパ・
プロタゴニスト

「おはようございます。
早速ですが、どうか世界を
お救いください、勇者様」
レイミア・ゼム・
ヒムセプト
Lamia Them
Hymsept

「主様、こないだみたいに魔獣を狩ろう？
私もっと強くなりたい。
殺して殺して殺して、
もっとあいつらの血をぶちまけてやるんだ！」
アンゼリカ・オド・ゼールアデス
Angelica Od Seeladdes

「私は生徒会執行部二年、
副会長の
ミード・ハウレン・リーヴァリオン。
よろしくね」
ミード・ハウレン・
リーヴァリオン
Mead Howlen
Reavallion

Contents

祈る神の名を知らず、
願う心の形も見えず、
それでも月は夜空に昇る。

品森 晶

MF文庫J

Glossary

シプトツェルム王国
別名水晶王国。豊富な遺跡を有し、遺物の産出国として栄えている貴族第一主義の王国。建国の祖は『占術王』ヴァレト・イオ・シプトツェルム。

クリスティアル王立大学付属学院
王城に並ぶ国内最大級の遺跡『水晶回廊』の直上に建てられた研究機関を母体とした世界的名門校。

ランク共和国
議会制民主主義の国家だが実態は複数の軍閥や小国の寄り合い所帯。魔人との戦いの最前線であり、共通の敵によってかろうじてまとまっている。建国の祖は『統合英雄』エイクリーズ・アト・コンティーニュ。

コンティーニュ神秘学校
実戦における強さこそが全ての実力主義を掲げる。学院が定めた序列が下であれば貴族であろうと亜人にすら逆らうことは許されない。

ユネクト聖教国
邪神討伐後に興った世界的宗教『ユネクト教』の総本山。貴族優位の社会に正当性を与える最大の権威。建国の祖は『初代教皇』ルトラ・ウマリ。

ユネクト聖教神学校
通常の魔人種族だけでなく、貴族や亜人が変異する『汚染眷属』を狩る異端審問官の育成に力を注いでいる。

黎明帝国
西大陸最強の国家。古代の遺物に頼らず独自の学問で文明を発展させている錬金術師たちの国。建国の祖は『黄金帝』ゾルハイン。

帝立錬金術学院
錬金術を伝えるという理念を持った学院。遺物を中心とした他の学院とは根底から違ったカリキュラムが特徴。

神血接合体
亜人との混血を推奨する唯一の国家。全国民がローディッシュ王家の血族に取り込まれ、『万民が王と一体化するべし』という思想を持つ。建国の祖は『竜殺し』テオ・ローディッシュ。

ローディッシュアカデミー
混血派の学院として知られ、在学中に他種族と結婚や出産を行うことが推奨されている。生まれた子供は国家によって管理される。

共同開拓国
人類連合が築いた城砦都市を前身とする国。魔人との戦いの前線であると同時に妖精の国の分割統治と森の開拓を主導するための拠点でもある。建国の祖は『遺物の父』ドーパ・ハウレン。

諸族連合戦士養成校
魔人討伐だけでなく、『反乱亜人』の鎮圧を目的にした兵士や『妖精狩人』を育成する学院。対亜人戦闘の訓練に力を入れている。

1　二分の一：神と天使

「おはようございます。早速ですが、どうか世界をお救いください、勇者様」

瞬《まばた》きする。目の醒《さ》めるような美貌が微笑《ほほえ》んでいた。

ふわふわとウェーブのかかった銀髪と卵形の顔が愛らしく、鮮やかな水色の瞳を細く長い睫毛《まつげ》が飾っている。白を基調とした古めかしい貫頭衣《かんとうい》を身に纏《まと》った少女はまるで人形のように穏やかな佇《たたず》まいだったが、ある一点が重々しい存在感を主張していた。両耳の上、頭部から突き出した大きな角。

「竜人？」

掠《かす》れ気味《ぎみ》の少年の声が問いを発した。

そこで気付く。自分が少年であること、周囲が薄暗い室内であること、自分がガラス素材の容器から出てきたこと、桃色の液体が今まさに床に流れ出し、排水口に注がれていること。室内を埋め尽くすのは得体の知れない器具や卓上に並んだガラス容器。透明な円筒の中に浮かんでいるのは眼球、耳、腕、その他にも様々な人体の部位。

「人体の培養、いや急速成長実験か。この身体《からだ》が生後何ヶ月《なんかげつ》か訊《き》いても？」

「あなたがこの時代に生を受けてからちょうど三ヶ月です、勇者様。素晴らしい理解度ですね、転生による知識の劣化が最大の懸案事項でしたが、不要な心配でした」

声と表情に喜びを滲《にじ》ませる少女の目の前で、少年は可愛《かわい》らしいくしゃみをした。

「あら、私としたことが。こちら、お召し物です」

少女は濡《ぬ》れた裸身を晒《さら》したままの少年の身体《からだ》を布で拭き、準備していた衣服を手際よく着せていく。されるがままの少年はぼんやりとした表情だ。

「ここはどこだろう？　僕は、いやそれより、今はいつ？」

「勇者様が邪神を討伐されてから、およそ千年の歳月が流れております」

跪《ひざまず》き、少年の足に靴を履かせながら少女は言った。

上から見下ろす少女の頭部、湾曲した二本角は変わらず強烈な自己主張を続けており、少年は思わず無造作に手を伸ばした。

両手で握りしめると思いのほか収まりが良く、何とはなしに撫《な》でさすったり硬い感触を確かめる。すると、消え入りそうな声での懇願が返ってきた。

「あの、すみません。ちょっとそれは、困りますので、どうか」

白皙《はくせき》の肌は痛々しいほどに紅潮していた。ぱっと手を放した少年は、だが神妙な面持ちで問いかける。

「それ、ついてるやつ。重くないの？」

わずかな時間、少女の表情が凍る。

だがそれも一瞬のこと。即座に柔らかい微笑《ほほえ》みを作ると、涼やかに答えてみせた。

「ええ。私たち竜人にとっては、当たり前のことですから」

少女の笑顔と言葉には一点の揺らぎもなく、完璧な佇《たたず》まいには一分の隙もありはしない。

少年は納得したのか軽く頷《うなず》いて、先を促す。

「それで？　僕は誰と戦えばいい？」

「どうぞこちらへ。道すがら事情をお話しします」

少女は部屋の扉を開き、少年を外へと導いていく。

そこで、ふと気付いたように口もとに手を当てた。

「いけない。私ったら、最初にするべきことを忘れておりました」

そうして、白銀の少女は少年に真正面から向き直った。

「お初にお目にかかります。私はレイミア・ゼム・ヒムセプト。この『星幽《せいゆう》教団』において聖女の位を授かり、偉大なる勇者様の補佐役を務めさせていただく者です」

透き通る蒼穹《そうきゆう》のような瞳は淑《しと》やかに、それでいてどこか蠱惑的《こわくてき》に少年を捉えていた。

†

かつん、かつんと反響する足音を伴奏とすれば、細長い通路を先導するレイミアが連ねる言葉はさながら歌だ。遠い神話を物語るように聖歌が唱えられていく。

「かつて世界を脅かしていた邪神は勇者様によって倒されました。その尊いお命と引き替えに千年の平和がもたらされたのです。その後、勇者様と共に邪神に立ち向かった仲間である『賢者セルエナ』様が設立したのが『星幽教団』。全ては勇者様の偉業を忘れることなく後世に伝え、来たるべき災いに備えるために」

「来たるべき災い？」

「統率者の滅びと同時に封印されたはずの邪神の眷属。その生き残りの活動が活発化しているのです。ですが長きにわたる平和な時代はこの文明圏から牙を抜いてしまいました。勇者様の時代には当たり前に存在した古き神秘、まじないの数々は失われ、人類の命運はもはや風前の灯火《ともしび》。恥ずかしながら、私たちは勇者様のお力に縋《すが》るしかないのです」

「そう。話はわかった。だから僕が『勇者』なんだね」

「え？　ええ、その通りです」

どこかぼんやりとした口調の少年。レイミアは少し戸惑いと不安の入り交じった視線を向けたが、暗さを表情から消してすぐに柔らかい笑みを作る。

やがて長い通路が終わり、階段に辿《たど》り着く。どうやらこの場所は地下にあるらしい。それもぐるぐると折り返しては上に向かう階段の長さからするとかなり深い場所にある施設だ。少年はそれに関してはさしたる関心は持たなかった様子で、やはりぼんやりとした表情でレイミアの話を聞いている。

「勇者様は邪神との決戦で命を落とされましたが、教主様はこのような世界の危機に備えて対策を講じておりました。それが『転生の秘儀』。勇者様の魂を受け継いだ赤子を新たに誕生させるという非常に困難な儀式です」

そして、勇者の魂を宿した赤子は教団の手によって十数年もの時間を早送りされ、少年の姿で現代に復活を遂げた、ということらしい。

レイミアの足が止まる。階段を上りきった先にあったのは広大な空間だった。聖堂と思《おぼ》しきつくりの広間は祭壇や天井画、ずらりと並んだ椅子に長大な柱の数々と見事な造形に満ちていたが、どこか薄暗く、かび臭い空気が漂っている。

およそ採光窓と思しきものは何もなく、ただ薄ぼんやりと輝く苔《こけ》が柱の至るところにびっしりとこびり付いているのが唯一の光源であった。ぼんやりと聖堂を眺める少年を、レイミアは急《せ》かすようにして導く。

「どうぞ、こちらです」

聖堂の真ん中を突っ切って入口へと向かう。

緩やかなアーチの下をくぐって、二人は大きな扉の前に立つ。

レイミアが重そうな鉄扉に手を添えて、何事かを小さく呟《つぶや》いた。

ゆっくりと、軋《きし》むような音を立てながら世界が開けていく。

眩《まばゆ》い光に、少年は目を細めた。

そして、見た。

「この悪夢のような世界を、勇者様の手でお救いください」

街を染め上げる色彩は鮮烈な赤だった。

それは市街地を逃げ惑う人ごと焼き尽くす炎の色であり、毛むくじゃらの手足と鋭い爪で人体を引き裂く醜い野獣たちが撒《ま》き散《ち》らす血の色でもあった。

狼《おおかみ》とも熊ともつかぬ巨大な怪物たちが天を仰いで吠《ほ》える。

呼応するかのように空から舞い降りるのはコウモリの如《ごと》き翼を備えた石像の怪物。

建物の間に糸を張り巡らせて獲物を待ち構える巨大な蜘蛛《くも》は既にその口から幾本もの手足を覗《のぞ》かせている。

断末魔の絶叫と野獣の咆哮《ほうこう》が入り交じる悪趣味な音楽が響く。

空の色は無数の絵の具をぶちまけた子供の絵画さながらで、仮に地獄が実在するならばここがそうであろうと思わせる。そんな世界を見せつけながら、レイミアはもう一度、念を押すように嘆願した。

「勇者様、かつて世界にその身を捧《ささ》げた偉大なる英雄、我ら教団の道標《みちしるべ》よ。どうかいま一度、そのお力を脆弱《ぜいじゃく》な人類のために使ってはいただけませんか」

子供が泣き叫び、親が引き裂かれ、老人が無惨に踏み潰される。燃えて灰になっていく文明の姿を目の当たりにした少年は、ぼんやりとした表情のままだ。

ふと、少年が呟いた。

「聞こえる」

「え？」

「赤子の声が、聞こえる」

混乱のただ中にある街には様々な音が渦巻いている。

ゆえに赤子が泣き叫ぶのも当然のことではあったが、少年の言葉は何か違うものを示しているようでもあった。レイミアは訝《いぶか》しげに目を眇《すが》めた。

この少年は、果たして彼女が望んだ『勇者』なのだろうか？

遠い彼方《かなた》を眺めるようにぼんやりとしていた少年の表情が不意に変貌する。それは劇的だった。レイミアはその瞬間にようやく彼の姿を目の当たりにしたかのようにはっと目を見開き、ひどく動揺した。

「それが望まれた僕の在り方であるならば、僕はその通りに振る舞おう」

炎に照らされて輝く金色の髪と、柔らかな光を宿した碧玉《へきぎょく》の瞳。

端整な少年の面立ちは厳しく引き締められて、目の前の脅威をしかと捉えている。

その決然たるまなざしの力強さ。

誰もが思い描く伝説の英雄とは、まさにこのような姿ではなかったか。

そして、少年は駆け抜けていった。

一陣の風となって虐殺の地に吹き荒れた彼の勇姿を、きっとレイミアは生涯忘れないだろう。徒手空拳であるはずの少年が怪物の傍《そば》を通り過ぎるたび、次々とその異形が爆《は》ぜて物言わぬ骸《むくろ》と化す。彼の五指が糸を手繰るかのように蠢《うごめ》き、呼応するかのようにして閃光《せんこう》が中空を奔《はし》っていく。

いつの間にか、光輝く黄金の刃《やいば》が少年の頭上に出現していた。

その数は十。指の動きと連動して縦横無尽に戦場を引き裂く光の斬撃に、穢《けが》れた獣の群は次々と薙《な》ぎ払《はら》われていく。

刃が描く軌跡のあとに、淡く輝く光の粒子が舞い落ちる。

踊るように全ての敵を蹴散らしていくその姿はとても戦っているとは思えぬほどで、まるで一枚の絵画のようだとレイミアは息を吐く。

空想の中で何度も思い描いてきた、光の勇者がそこにいた。

苛烈な攻撃で周囲の敵対者を全て沈黙させた勇者は不意に表情を緩ませて周囲を見渡した。それから負傷して倒れている人々に歩み寄る。正体の知れない少年に小さな子供が怯《おび》えるが、勇者は自らが纏《まと》う燐光《りんこう》のように暖かに微笑《ほほえ》んでそっと手を差し伸べた。

「もう大丈夫。君たちの誰も、これ以上傷つけさせはしないから」

涼やかな声が大気を震わせる。直後、勇者の周囲で光の粒子が渦を巻き、それらはまるで心地良い春風のように傷ついた人々の間を吹き抜けていった。

驚嘆と安堵《あんど》、歓喜の声が次々と上がる。

男性の引き裂かれた腹が、出血が止まらない女性の首が、幼子の千切れた腕が、老人の折れた脚が、奇跡《きせき》のように一瞬で治癒されていたのだ。

それこそがまさに失われた神秘だったのだろう。

希望を目の当たりにした人々の視線が勇者に向けられる。

邪悪には苛烈な裁きを、弱き者には優しき慈悲を。

聖者が存在するとすれば彼こそがそうだ。

尊敬、崇拝、それら全ての感情を柔らかく受け止めて、勇者はそこに立っていた。

「レイミア！　彼らの保護を頼める？」

呼びかけにはっとなって、レイミアは即座に頷《うなず》いた。

「はい。大聖堂は穢《けが》れを寄せ付けない聖域です。教団が彼らを守ります。避難誘導は私にお任せください、勇者様」

「わかった。僕は敵の大元を叩《たた》きに行く」

そう言って、勇者は軽やかに跳躍した。その背には光の刃《やいば》が連なって翼を形成している。常人では成し得ない飛翔《ひしょう》めいた跳躍で一気に建物の屋根に降り立ち、そのまま連続で跳んで市街地の上空を進んでいった。

目指すは都市の中央にある巨大な城。怪物が溢《あふ》れ出している源泉だ。光の刃を振るって道中の敵を切り刻みながら、勇者の進撃は止まらない。

その姿を目に焼き付けながら、レイミアはふと自らの角に触れた。

なぞるように感触を確かめて、呟《つぶや》く。

「それでこそ、私の勇者様です」

†

血染めの玉座に深く腰掛けて、醜い豚が笑っている。

肥え太った腹の上に乗っている二つの球体は赤黒く濡《ぬ》れて、もはや原形すらわからない。豚は球体を両手の蹄《ひづめ》で玩弄し、奪った冠を機嫌良く掲げていた。

だが豚の知性で冠の価値など理解できようはずもない。悲願であったはずの王位を簒奪《さんだつ》した豚は、兄であった生首と焦がれていた女の顔、そして狂おしいほどに求めていた冠で遊ぶのに飽きて全てを放り捨てた。

転がっていく血塗《ちまみ》れの屍《しかばね》。その無惨な末路に、震える手が伸ばされる。

「お父様、お母様」

赤毛の少女が遺体に縋《すが》り付いていた。肩に落ちる程度のミディアムヘアは綺麗《きれい》に整えられていたというのに、汚物に塗れて強い腐臭を放っている。外はねの毛先や可憐《かれん》なドレスにこびり付いているのは目の前でバラバラにされた両親の臓物だった。

「どうして、どうしてなの、叔父様」

少女は玉座の上で大きな鼻を鳴らす巨大な豚に問いかける。

だが知性の欠如した獣に言葉は届かない。王位を簒奪した逆賊は、悲願を叶《かな》えるために自身も怪物に成り果ててしまったのだから。

「無駄ですよ、アンゼリカ王女殿下。この国はそこの滑稽な豚と共に悪夢に沈む」

座り込んだ少女を見下ろすように立つ男が嘲るように言った。

紫紺のローブを身に纏《まと》い、片手に銀の懐中時計を持った長身痩躯《そうく》。

魔性の如《ごと》き美貌が邪悪に歪《ゆが》み、無惨な末路を迎えた王城の全てを笑っていた。

「我が眷属たちはじきに王国を埋め尽くし、この地は悪夢の揺り籠となる。その時こそ、我らの偉大なる主《あるじ》によって『播種《はしゅ》』が始まるのです」

哄笑《こうしょう》する男の言葉を、アンゼリカは理解できない。

この賢者を名乗る胡散臭《うさんくさ》い男が王弟に取り入り、城に出入りするようになってから全てが狂った。夜ごと繰り返される怪しげな儀式、蔓延《まんえん》する薬物と立ちこめる土臭い香、様子がおかしくなっていく家臣たち、満月のたびに異形の獣と化して狂乱する兵士たち。

男の背後で蠢《うごめ》く巨大な肉塊はかつて家臣だったものたちの末路だ。くぐもった悲鳴を上げながら、肉塊は粘液と共に怪物を産み落とし続けている。生み出されていく怪物たちは外に向かっていた。城下町も凄惨な有様であろうことは想像に難くない。

「どうしてこんなことができるの！　この悪魔っ」

非難を込めて睨《にら》み付けるが、相手は薄笑いを浮かべるのみ。

ぱち、ぱちと音が鳴る。男が懐中時計の蓋を開閉する音だ。

「無論、私が悪魔だからです。種族としての自称は魔人ですがね。我らは偉大なる悪夢の主人の復活を願う敬虔《けいけん》な信徒であり、そのためにこの世界を変革する」

己の邪悪さを誇る男にはどのような糾弾も無意味だ。

かつて滅ぼされた悪しき神を信仰《あ》し、世界を悪夢そのものに変えようとする邪教徒たちが存在するという噂《うわさ》は、アンゼリカも知っていた。

だが、それがここまでおぞましいものだとは想像すらしていなかった。

無力感と恐怖に苛《さいな》まれながら、理不尽な運命をアンゼリカは呪った。彼女に愛を注ぎ続けてくれた大切な両親を、優しい家臣たちを、罪もなき王国の民を弄ぶ目の前の男がただ憎らしく、立ち向かうことさえできないことが悔しくて堪《たま》らなかった。

「おっと、自害は止《や》めて下さいね。そのパターンはもう飽きました」

男の足が素早くアンゼリカの目の前を通り過ぎていく。彼女が隠し持っていた自害用の短剣が弾《はじ》き飛ばされたのだ。

「あなたにはこれからここに来る勇者殿への人質として役立ってもらいます。お優しい聖人君子には非常に有効だと今までの周回でわかっているのでね」

「勇者？　人質？　何を言っているの？」

「あのお行儀の良い顔を見るのもこれで最後にしたいものです。デタラメな強さですが、百回以上も試行錯誤すればパターンを把握することは可能。前回は相打ちにまで持ち込めたのです、今度こそ最後のループにするといたしましょう」

なぜか男は苛立《いらだ》ちと深い疲労を表情に滲《にじ》ませながら大事そうに握った懐中時計の蓋を開けたり閉めたりと忙《せわ》しない。

この男はここまでのことを成しておいてなお『何か』を恐れている。

警戒心も強く、従えた怪物たちを仰々しく並べ、柱などの物陰にも伏兵を潜ませ、当人もまた腰を低く落としていつでも動けるように身構えていた。

アンゼリカにとってそれは絶望だった。

仮にこの惨事を生き延びた誰かが彼女を助けに来るとしても、迎え撃つこの男をどうやって倒すというのだろう。

国で随一の精鋭である近衛《このえ》騎士団は相手にもならなかった。どれほど素早い攻撃も、圧倒的な物量も、まるで未来が見えているかのように立ち回る男には通用しない。もしかすると『連合』が認めた『勇者たち』であれば勝てるのかもしれない。だとしても無意味だ。『勇者』とは『正統なる人類の守護者』。

だからこそ勇者はこの国を救わないし、アンゼリカを助けてくれない。

彼女が祈ることを許されていたのは、せいぜい神くらいのものだ。

遠い昔に滅び去った善なる神、大いなる屍《しかばね》。

災害を、飢餓を、疫病を、理不尽な試練をもたらす無情なる創造主。

その無慈悲さが、どうかこの邪悪な男にも向けられますようにと。

「死んじゃえ」

低く、低く。奈落に願うように目を伏せて、彼女は呪った。

どうか、どうか。神さま、こいつにお父様とお母様が味わったのと同じだけの苦しみを与えて、罰してください。そのためならこの命を捧《ささ》げたって構わない。

だからお願い、

「殺して、こいつを殺してよっ！」

喉を引き裂くような懇願に応じたのは、寒気のするような問いかけだった。

「皆殺しにすればいいんだな？」

刹那、穢《けが》れた風が空間を撫《な》でていく。鼻の曲がるような悪臭と怖気《おぞけ》を振るう絶叫の渦に、アンゼリカは身を縮こまらせた。

目をぎゅっと閉じて身を守る。何か、この王城を襲った悪夢よりも恐怖すべき存在がすぐ傍《そば》まで迫っている。予感が膨れあがり、アンゼリカはがたがたと震えた。

周囲に響き渡る叫び、それは怪物たちの苦痛の呻《うめ》きだ。

全ての脅威が怯《おび》え、助けを請うている。

「雑魚の群れか。身の程を知れ」

冷酷に切って捨てるその声が、自分に対しては一切の攻撃的意志を向けていないのだと気付いてアンゼリカは恐る恐る目を開ける。

少女は自らの震えが陶然として見惚《みと》れたことによるものか、恐怖に怯えたことによるものか、判断できなかった。

傲然と立つ少年の、悪夢のような美しさ。

夜闇のような漆黒の髪に、黒曜石のような瞳。眼前の全てを射殺すかのような目付きの悪さと威圧的な表情は整った容貌を台無しにしてあまりある。

何より彼の振るう暴力は吐き気を催すという言葉すら生ぬるい。

その両手が穢れた靄《もや》を纏《まと》うと、虚空から溢《あふ》れ出す大量の虫、虫、虫。百足《むかで》に蠕虫《ワーム》、サソリに蜘蛛《くも》、甲虫《こうちゅう》から蝗《いなご》の類までが次々と怪物に群がり、口や鼻から体内に入り込んで内と外から肉を食い荒らす。渦を巻いて宙を渡るのは毒を含んだ煙で、床を溶かしながら獣たちの足を飲み込んでいくのは酸性の消化液か。悪夢の軍勢は、より強大な悪夢によって圧殺されつつあった。湧き上がる生理的嫌悪感に、アンゼリカはひっと息を呑《の》む。そしてそれ以上に慌てふためいているのが、恐るべき邪悪であるはずの魔人の男だった。

「なんですこれは、どういうことですっ！　いつもの光の刃《やいば》は？　その髪の色は、別人、いや、同じ、なのか？」

全身を虫に食い荒らされ、皮膚という皮膚が焼《や》け爛《ただ》れる激痛に悶《もだ》え苦しみながら、男は恐怖の眼差《まなざ》しを相手に向けていた。あってはならないものを見るかのような目。のたうち回り、混乱の最中《さなか》にあっても彼はその手の懐中時計だけは手放していない。それこそが最後の命綱であるのだとばかりに抱え込み、ぱかりと蓋を開ける。

秒針が時を刻む音と、怪物たちが苦痛の中で死んでいく断末魔の合唱が響く。

「赤子がこれだけ夜泣きをしている。今夜は寝不足になりそうだが、醒《さ》める夢がなければ目覚まし時計は無意味だろう」

意味の判然《ぼうぜん》としない言葉が重々しく響くと、懐中時計の文字盤にぴしりと亀裂が走る。それを見て呆然と呟《つぶや》く男。

「馬鹿な、時間を巻き戻せない、安全地帯に戻れないっ」

少年の形をした理不尽が男の頭を踏みつけて、床に押し付ける。

「そんな、バカな」

男の無様な錯乱《さくらん》ぶりに、アンゼリカはわずかな落胆を覚えていた。

彼女の世界を壊した邪悪は、こんなにもあっさりと足蹴にされるほどちっぽけな小悪党でしかなかったのだ。

闇を押し固めたような少年の前で、虫に食い荒らされながら男が泣《な》き喚《わめ》く。

「ありえない、こんな、こんなことが！　おお我らが神よ、大いなる主《しゅ》よ、この者に災いを与えたまえ!!」

「神などいない。お前は汚い粗大ゴミを崇《あが》めているただの間抜けだ」

冷淡に切って捨てる。少年にとって、あらゆるものの価値は等しいのだとアンゼリカは思った。彼の瞳には生も死も等しく塵芥《じんかい》としか映っていない。

その恐ろしさ、その傲慢さ、その巨大さに、少女の心は飲み込まれていく。

「仮にこの世の悪夢をほしいままにする存在がいるとして、それを神と呼ぶのなら。それはこの俺ただ一人だけだ」

無造作に足を踏み下ろす。頭蓋が粉砕される音と共に脳漿《のうしょう》が飛び散り、得体の知れない毒液に飲み込まれて全てが溶けていく。

虫の大群、腐臭の穢《けが》れ、汚液の淀《よど》み、吐き気を催すような殺戮《さつりく》。

少年は悪夢を見ることすら許さない。全てを叩《たた》きつぶし、圧殺する。

「夢のない安眠を楽しめよ、永遠にな」

そうして災厄の元凶は死に、怪物たちは更なる脅威に喰《く》われて消えた。

ああけれど、より恐ろしい少年は未《いま》だに健在なのだ。

しかしアンゼリカは不思議な安堵《あんど》と充足を覚えていた。

この少年にならば自分の終わりを委ねてもいい、などと。

王女として考えてはならないことではあるが、この圧倒的な破滅によって王国が滅びるのならそれもまた美しい結末ではないか。そんなことを思ってしまったのだ。

禁じられた空想は甘美だった。だが禁忌の味を噛《か》みしめるには彼女は少し性急すぎた。

豚が鼻を鳴らす不快な響きが少女の恍惚《こうこつ》を破壊したのだ。

獣と化すまじないで力を得た叛逆者《はんぎゃく》の滑稽な末路。悪魔のような男に利用され、己の野心を叶《かな》えて破滅した愚かな道化。

優しかった叔父は、今のアンゼリカにとって両親の仇《かたき》だ。

憎しみが湧き上がる。部屋の奥《おく》で何をするでもなく鳴いているだけの無害な生き物だったから生き長らえたのだろうが、その間抜けぶりもいっそう不快でならない。

少女はいつの間にか弾《はじ》き飛ばされた自害用の短剣を探していた。

自分は何をしているのだろう?

この行為は無意味だ。この衝動は無価値だ。

こんなことをしても死んだ両親は甦《よみがえ》らない、喜ばない。

人に優しくなさい、人を許せる慈悲を持ちなさい、愛をもって生きなさい。

そんなあたたかな教えを裏切るかのような冒瀆《ぼうとく》的な衝動。

アンゼリカは短剣の柄《つか》を握りしめ、巨大な豚を見て、震える手を押さえて、そこで立ち止まる。呼吸の仕方を忘れてしまったかのように、息が乱れる。そんな時だった。

「臆するな」

悪夢のような少年が、真《ま》っ直《す》ぐに少女を見ていた。

鴉《からす》のような漆黒の髪に、凶暴な光を湛《たた》えた黒い瞳。

鋭いを通り越して悪いとしか形容できない目付きが周囲の全てを睨《にら》み付けている。

彼は世界の全てを同じように見ている。

怒りと憎しみ、軽蔑と失望。

少年の瞳には、アンゼリカの答えが映っているような気がした。

「そして恥じるな。お前の復讐心《ふくしゅうしん》は正しい。憎悪であれ怒りであれ、それが邪悪に向けられている限りは義憤となって世を正す。存分に殺意を燃やせ、女。お前が悪を為《な》したとて、胸に抱いた善が揺らぐことはない」

それはまるで天啓のように。信仰を得た信徒が目を見開く瞬間さながらに、アンゼリカの世界は開き、そして閉じた。

彼女にとっての世界の全ては、この一瞬の関係性に集約されるのだと思った。

悪魔よりも悪魔めいた少年が、不敵に笑って言い放つ。

「ゴミどもを片っ端から掃除すれば世界も少しはマシになる。そいつらがこの災厄を引き起こしたお前の敵なら慈悲など捨てろ。できないなら俺がやる」

「や、やる！　やります！　私が、この手でっ」

迷いはあった、恐れもあった、だが、それ以上に怒りが勝った。

許してはならない、生かしてはおけない。

たとえ利用されただけの被害者の一人であっても、既に十分に報いを受けているのだとしても、この『私』の感情はまだどこにもぶつけていない！

仇《かたき》に駆け寄り、一心不乱に刃《やいば》を振り下ろす。

一度、二度、三度。豚の悲鳴が甲高く響き、逃げ惑う獣を押さえつけて憎しみの全てを叩《たた》きつける。足と尻を切り刻み、後ろから肉を裂いて刃ごと腕を突っ込み、内臓を引きずり出して激痛の中で命を破壊する。

気付いた時、アンゼリカは肩で息をしながら全身を濡《ぬ》らしていた。

赤と黒のドレスで着飾り、臓物の香水でオシャレをして、テンポの早い円舞曲を踊ったばかり。軽やかに笑う少女の姿は、死屍累々《ししるいるい》の世界には似付かわしい。

そんな少女の姿を見ながら、少年がふと考えこむようにして呟《つぶや》いた。

「さて、レイミアとかいう女には勇者だとか言われたが、どうにもしっくりこない。というかそもそも、俺は誰だ？　おい、そこの女」

血染めの少女が哄笑《こうしょう》するのも構わずに己の都合のみで問いかける少年。少女はきょとんとなって見返した。

「お前、俺を見てどう思う？　率直に答えろ。誤魔化《ごまか》しや嘘《うそ》を口にしたら殺す」

質問は物騒ながらもシンプルで、アンゼリカはそこに彼らしさを見た。

少年が何であるのか？　出会ったばかりの彼女にそれがわかるはずもない。

けれど、アンゼリカにとっての答えなら、それはもう決まっていた。

「あなたは」

少女は跪《ひざまず》いた。

偶然にも玉座の前に立っていた少年に対しては、そうすることが相応《ふさわ》しい。

言葉にすることで、少女の世界は変わる。そのことに対して、もう躊躇《ちゅうちょ》はない。

「私の、神さまです」

少女の背に、翼が広がっていた。

天使の国。歴史ある王国に住まうその種族は、穢《けが》れなき信仰と天上の神に仕えるための美しい翼を持つ。

だがアンゼリカの背中から生えた翼の色は赤い。

罪深い殺人によって穢れ、血を吸って重くなっている。

清らかな天界から遠ざかってしまった堕天使の羽だ。

それを見た少年はほんのわずか、眩《まぶ》しそうに目を眇《すが》めて言った。

「は、笑える答えだ」

少女の盲信、壊れそうな精神を繋《つな》ぎ止めるための安易な依存。彼にはそのように切って捨てることもできた。それでも、そこには嘘がなかった。

「だがその見た目は嫌いじゃない。女、お前はこれより神のしもべだ。俺を主《あるじ》と仰ぎ、その命尽きるまで仕えるがいい」

かくしてここに主従の契約は結ばれた。

そして、物語はここから始まるのだ。

†

世界は衰退していた。

『救済の日』から千年。安寧に牙を抜かれた人類は窮地に立たされていた。

悪夢の時代が再び訪れ、同時に希望をもたらす救い手もまた復活を遂げる。

だが長き歳月は多くの忘却をもたらした。

失われた英雄の呼び名を、この世界はまだ知らない。

レイミア・ゼム・ヒムセプト

Lamia Them Hymsept

星幽教団の聖女。
頭に角を持つ竜人族で、
幼い頃から勇者の補佐役となるべく
教団に育てられてきた。
勇者に対する並々ならぬ感情を持ち、
懸命に勇者の助けになろうとするが
空回りすることもある。

アンゼリカ・オド・ゼールアデス

Angelica Od Seeladdes

天使の国の王女。
背に翼を持つ天使族で、
周囲から大切に育てられてきた
天真爛漫な少女。
全てを奪った魔人族を強く憎み、
自分を救ってくれた
『勇者』を神と崇める。

2　二分の一：勇者と聖女

もちろん、レイミア・ゼム・ヒムセプトは理解している。

自分は成功した。あらかじめ予定されていた通りに物語の幕は上がったのだ。

主人公にはふさわしいヒロインが必要で、その役目をこなせるのはひとりだけ。

揺るがぬ自負で表情を覆う。姿見の前に立ち、己の見栄えを確認する。教団の聖女であることを示す純白の貫頭衣《かんとうい》を身に付けていると、身だしなみと共に心も整っていく。

「笑顔よし、服装よし、発声よし。大丈夫、変じゃない」

不測の事態はあったが、落ち着いて軌道修正すればいいだけのこと。この程度で取り乱しているようではこの先が思いやられる。

準備を整えて客室から外に出る。通路から車窓に視線を向けると、のどかな田園の風景が流れていく。時折わずかな振動が足下を揺らすが、快適な旅を謳《うた》い文句《もんく》にしているだけあって気になるほどのものではない。

寝台列車での旅。一行が向かう先に待つのは、現状が問題にならないほどの困難であるはずだ。とりわけレイミアにとって、そこは敵地に他ならない。

貸し切りの車両はひどく静かだった。レイミアは扉の前に立つと、深く息を吸い込んでからとびきりの笑顔を作り上げた。

控え目なノック。それから鈴が鳴るようなモーニングコール。

「おはようございます、勇者様」

レイミア。着替えは済んでいるから入っても大丈夫だよ」

既に起きていたらしい少年の声。レイミアは室内に足を踏み入れて、思わず息を吞《の》んだ。

窓から差し込む朝日に照らされた金髪がきらきらと煌《きら》めいている。教団が支給した飾り気のないシャツさえ一流のテーラーが仕立てた特注品に見えるようだ。光の中からこちらに向かって微笑《ほほえ》む少年の姿に思わず見惚《みと》れそうになる自分を戒め、努めて冷静に言葉を続ける。正確には、続けようとした。

「かしこまりました。朝食の準備が整いましたので食堂車に、ちょっと待って下さい」

何かがおかしい。眉間に皺《しわ》を寄せて室内の一点を睨《にら》み付ける。寝台の上で赤毛の少女が伸びをすると、剥《む》き出《だ》しの背中から深紅の翼が大きく広がった。

「アンゼリカ？　何をやっているのですかあなたは！　不潔、不潔ですっ」

天使の少女は美しい裸身を晒《さら》したまま大きな欠伸《あくび》をすると、不思議そうに小首を傾《かし》げた。

もちろんわざとだ。これ見よがしな宣戦布告。

「おはよー。なんでレイミアがいるの？」

「それは私の台詞《せりふ》です！　貴方《あなた》の部屋はここじゃないでしょう？　わざわざ天使族のために縦寝台だって用意したのに」

「椅子に毛布巻いただけじゃん。私、椅子抱っこして寝るよりうつぶせ派だし。抱っこす

「馬鹿なことを言ってないで服を着て下さい！　こんな、こんなふしだらなこと」

頬《ほお》を紅潮させて身を震わせるレイミアをアンゼリカは意にも介さない。全裸のまま寝台から飛び降りると、窓際で椅子に座って本を読んでいる少年に駆け寄っていく。

頬を赤く染めながらも、全身を見せつけるように少年の前に立つ。

「主様《あるじ》あるじさま、おっはよーございまーす！」

「おはようアンゼリカ。あまりレイミアを困らせたら駄目だよ。君が脱ぎ捨てた服はテーブルに置いてあるから風邪を引く前に着た方がいい」

「む、なんだそっちかあ。見せ損だった。別の手を考えないと」

朝日に照らされた少年の容貌は期待はずれだった。露骨にがっかりした表情を作り踵《きびす》を返す。『これ』はアンゼリカのご主人様ではない。手で胸を隠しながら衣服を身に付けていく。一方、レイミアはわなわなと震えながら一気に捲《まく》し立《た》てる。

「信じられない、何度目ですかアンゼリカ！　勇者様の寝所に忍び込むのをやめなさい！　高潔で清廉な『私の』勇者様があなたを相手にすることはありません。間違った道に誘惑しようとしても無駄ですよ」

「はいはいお説教はもういらないでーす。レイミアってうちのハーナおばさんみたーい。あ、お城にいた家庭教師のことね」

「おばっ」

「レイミアおばさんって呼んでいい？」

言ったアンゼリカも自分でひどすぎる暴言だと思ったのか少し気まずそうな表情になるが、その分だけ効果は覿面《てきめん》だった。おばさん呼ばわりされた十代半ばの少女はショックのあまり言い返す言葉も失って小刻みに震えている。

「あまり気にしちゃ駄目だよ、レイミア。アンゼリカは君に対する距離感を掴《つか》めていないだけなんだ」

その言葉でレイミアはようやく我に返った。涼やかな微笑《ほほえ》みと、優しげな眼差《まなざ》し。金色に輝く髪の完璧な美少年はレイミアに続けて語りかける。

「いつも僕たちのお世話をしてくれてありがとう、レイミア。君のおかげで僕たちは不慣れな土地でどうにか生きていくことができる。態度はあんなふうだけど、アンゼリカも本心では君に感謝しているんだよ」

穏やかな言葉に、レイミアはとろけるように頰《ほお》を緩ませて柔らかく息を吐いた。

「身に余る光栄です、勇者様。あのように無思慮で愚昧で厚顔で慎みを知らない小娘に対しても慈悲深く寛容なその在り方、慈愛に満ちた伝説そのままの姿です。私はいま、言葉では言い表せないほどの感動に打ち震えております」

「相変わらず大げさだなあ、レイミアは」

だが少年を見るレイミアの目は実際に潤んでいる。一筋の涙まで零《こぼ》れ落《お》ちてしまっているから、おべっかの類ではなく本気の発言である。少なくとも、彼女は自分の心がそうあるように意識して真剣に感動していた。

「はいそこでどーん！　主様《あるじ》あるじさまー！　チェンジ、『私の』主様にチェンジで！」

その空気をぶち壊しにして、飛ぶような勢いで突っ込んでくるアンゼリカ。ひらひらした寝間着を身に付けた少女は何故《なぜ》かナイフを握りしめてぶんぶんと振り回している。物騒な突撃にレイミアがたじろぐ。アンゼリカはライバルを押《お》し退《の》けながら言った。

「主様、こないだみたいに魔獣を狩ろう？　私もっと強くなりたい。殺して殺して殺して、もっとあいつらの血をぶちまけてやるんだ！」

ぎらぎらとした目で少年の顔を覗《のぞ》き込む。無邪気な殺意に彩られた言葉が少女の軽やかな声とは不釣り合いなほどに加熱していく。ナイフを握る手は笑顔と裏腹に固く強く握りしめられていた。

レイミアが制止しようとするより早く、少年の低い声が響く。

「鬱陶しい下僕だ。さっさとどけ、殺すぞ。下らん茶番はお前らだけで済ませろ」

声の主は夜のように黒い髪に恐ろしく悪い目付きの少年だった。直前までの美少年と同一人物とは思えないほどの変貌ぶりに、二人の少女は正反対の反応を示す。

「きゃあ好き！　殺して！」

「ああ、私の清らかな勇者様が」

そんな少女たちを無視して立ち上がる少年。

本を放り捨てると、部屋から出ていこうとする。

「言われるまでもない。この俺に逆らうものは全て殺す。それと馬鹿げた媚《こ》びへつらいはやめろ、アンゼリカ。お前は俺のしもべ。ただ俺についてくればそれでいい」

「はい、主様《あるじ》！」

「教主様、ご先祖様、どうか私に力をお授け下さい」

三者三様の表情。このような一幕は、彼ら彼女らにとって日常になりつつあった。

勇者、主。そのように呼ばれる彼の正体は、未《いま》だ定まっていない。

これは、ある少年が少女たちの間で揺れ動く物語である。

†

天使の国を襲った災厄は復活した勇者の手で退けられた。

しかし問題が根本から消えてなくなったわけではない。アンゼリカの平穏を破壊した悪意などほんの先触れ。世界を脅かす邪神の眷属《けんぞく》、その一端に過ぎないのだ。

この世界には人類を脅かす敵がいる。

邪神とその眷属たちは千年前の大戦で大半が滅び去り、残党も封じ込められた。

しかし数百年の時が流れ、幾度となく繰り返された戦乱によって世が乱れると、封じられた邪神の眷属たちを復活させようとする者たちが現れた。

人類の裏切り者にして邪神崇拝者、その名は魔人族。彼らは各地に封じられた『邪神の仔《こ》ら』、通称『魔獣』を復活させて世界各地で破壊活動を行っている。

各国は魔人族と魔獣たちに対抗すべく、国家間の垣根を越えて共闘することを決めた。

戦いのあと、レイミアが少年に示したのは勇者が向かうべき道筋だ。

「大陸に覇を唱える六大国はそれぞれ『学院』に優れた人材を集め、次世代の戦士を育成しております。来たるべき魔人族との決戦に備え、準備を整えるために」

魔人族の本拠とされているのは大陸の南部に広がると言われている人類未到の地だ。人の叡智《えいち》が届かず地図にも記されていない暗黒の土地。世界の果てから押し寄せる魔人と魔獣の軍勢に人類は押され続けており、侵攻を押しとどめるので手一杯の状態だった。

復活した勇者は人類に対して協力的な態度で応じた。

とりあえず、どちらの人格も。

問題はそこだ。勇者は一人ではない。

千年前に行われた邪神との激しい戦いで勇者の魂は深く傷つき、損なわれた。致命的な傷は長い時を経ても癒えず、転生を経た彼の魂を引き裂かれた状態で再現してしまったらしい。その結果、少年の記憶は失われ、その後遺症として人格までもが分裂してしまったのだ。学者たちの調査と医師たちの診断の結果、『教団』が出した答えは『勇者は多重人格である』というものだった。

「あるいは儀式が不完全だった可能性もありますが。このような事態になってしまったこと、お詫《わ》びのしようもありません」

そう言ってレイミアは頭を下げたが、だからといって勇者の記憶が戻るわけではない。

代わりに彼女が提示したのはこのような案だった。

「この『天使の国』から山脈を越えて南下した先にあるシプトツェルム王国の『学院』に向かうのです」

古《いにしえ》の秘儀についての研究は国家事業だ。千年前の超神秘文明の遺跡を研究するための大学に併設される形で、魔獣退治の戦士たちに神秘の実践を教える学院も存在した。

戦士を育成するための学院は大陸に六つ。そのうちのひとつ、『全ての知識』が集うとされているのが目的の場所である。

「学院地下に広がる異界と化した大図書館。優れた冒険家ですら深層では命を落とすこともあるという危険な遺跡ですが、勇者様ならばあるいは」

聞けば、そこに通うのはこの世界では有力な貴族、騎士の家系といったそれなりの背景を有する良家の子弟なのだとか。この世界に転生したばかりで後ろ盾が『教団』しかない勇者にとって、それらの人材との繋《つな》がりを持つことは今後のためにも重要になってくるはず。レイミアはそう力説した。

「私も入学して勇者様のお手伝いをさせていただきます。それから、現世におけるお名前も用意させていただきました」

そう言ってレイミアが示した名がこれだ。

「セロト・プロタゴニスト。現段階では尊きお名前は秘させていただこうかと。周囲からの混乱や反発も有り得ますので、まずは十分な実績を積み上げましょう」

なるほど、と少年あらためセロトは頷《うなず》く。そこに明るい声が割り込んだ。

「ずるい！　私も名前考えてたのに！　はいはい主様《あるじ》！　あるじさまっぽいカッコイイ名前考えましたっ！　アド様ってどうでしょう！　アド様アド様きゃーステキ！」

「あなたはまた勝手に。セロト様に失礼でしょう」

セロト様、アド様、と交互にされる呼びかけのたび、勇者の姿は揺れる蜃気楼《しんきろう》の如《ごと》く曖昧にぶれていく。

なるべく早く勇者の存在を安定させなければならない。

レイミアは教団の分析結果を全て開示したわけではなかった。

印象の変化に留《とど》まらない外見、声、人格、存在の変質。

果たしてこれは多重人格と呼べるのか？

もちろん、そんなわけがない。

アンゼリカが少年の手を引くたび、その印象は次第に片方に寄っていくように思われた。

レイミアは唇を少しだけ噛《か》むと、鋭く息を吐いて気合いを入れた。挑むようにライバルの少女を睨《にら》み付け、対抗心を剥《む》き出《だ》しにした態度で少年の腕をとった。

少年の存在は揺れ動く。

これは彼の心をその手に掴《つか》まんとする少女たちの戦いでもあるのだ。

†

かくして三人は『学院』へと向かう列車の旅を続けていた。

食堂車を訪れた少年の姿が淡く揺れ動き、少女の呼びかけに応えるように確定する。白と青を基調とした仕立ての良いシャツとジャケットを身に付けた少年の顔を見て、レイミアはほっと息を吐いた。

「落ち着いていただけたようで何よりです」

「ごめんね、まだ不安定みたいだ」

微笑《ほほえ》みを交わす少年と少女。少し離れた場所でアンゼリカがぶすっとした表情でふてくされていた。黒い貫頭衣《かんとうい》は教団が支給した一般聖職者のための衣装だが、質素な色彩は快活な少女にはあまり似合っていなかった。

「ばーかばーか。レイミアおばさんの暴力女」

「幻聴でしょうか。いま何と？」

「なんでもございませーん」

アンゼリカがさっと姿勢を正して背もたれのない丸椅子に座り、レイミアはそれを見て良しと頷《うなず》く。セロトは苦笑しながら席に着いた。

朝の食卓は全体的に彩度が控え目だ。平たい雑穀パンと細い根菜と豆が入った色の薄いスープ、それから茹《ゆ》でた卵に燻製《くんせい》肉。少年の表情にはうっすらと悲しみが滲《にじ》んでいるようだったが、アンゼリカは朗らかに喜びを露《あら》わにした。

「わあ、根っことか混ざってないパンは久しぶり！」

少年の瞳がより深い憂いに潤む。レイミアはそんな勇者に問いかける。

「勇者様？　お気に召しませんでしたか？」

「いや、大丈夫だよ。好き嫌いはないから安心して」

完璧な笑顔を浮かべてみせる少年に、しかしレイミアは表情を曇らせる。

「勇者様、よろしければ私の分もどうぞ」

「それだとレイミアの分がなくなっちゃうよ。けどありがとう。気持ちは嬉《うれ》しいよ」

苦笑する少年と肩を落とす少女を見ながら、アンゼリカがつまらなそうに言う。

「けどまあ、確かに物足りないよねー」

車窓を流れていく農村の光景は悲惨なものだ。田畑は燃え上がり、逃げ惑う農夫たちが異形の怪物たちに引き裂かれている。脈動する血管が這《は》い回《まわ》るガラス窓は血の色に染まり、赤黒い空を不気味な暗雲が流れていった。

穀倉地帯の被害は深刻だった。食糧事情の貧しさもやむを得ないところではある。アンゼリカが頬《ほお》を膨らませながら言う。

「ただでさえ上納分でもってかれるから、王族でもかさ増しされてないパンとか食べる余裕なかったよー」

「天使の国の復興は徐々に進んでいますよ。先日になってようやく水晶王国の駐留軍は総督府を置くことを決定しました。今さらですが、本当に国に留《とど》まらなくてよかったのですか、アンゼリカ？」

真剣な表情で問いかけるレイミアに、アンゼリカは力なく答えた。

「残って何になるの？　総督の側室？　傀儡《かいらい》？　それとも殺される？　最悪じゃん、主様《あるじ》と一緒の方がずっといいよ」

天使の王女はその立場を捨て、新しい人生を選ぶと決めた。天使の国を襲った破滅的な事件は王族を根絶やしにしてしまったのだ。少なくとも、王女だった少女の中では全てが終わっていた。彼女の世界は決定的な変質を遂げた。

重苦しい食卓の空気を払拭するように、少年がレイミアに話しかける。

「その水晶王国っていう国がこの大陸東部で最も力のある大国なんだよね？」

「はい。正式にはシプトツェルム王国。シプトツェルム家が興した貴族たちの王国です」

「『キゾク』ね。アンゼリカの国はそこに飲み込まれてしまうわけだね」

考え込むように少年が呟《つぶや》く。

アンゼリカが補足するように付け加えた。

「シプトツェルム王国は周辺諸国に基地を置いて軍隊を駐留させているの。大陸の安定のために邪神の脅威から守るって言うから莫大《ばくだい》な軍事費を払っているのに、肝心な時にあいつらは何もしなかった。主様が全て終わらせてからやってきて、好き放題してるんだ」

死ねばいいのにと毒づくアンゼリカ。セロトは列車の外を眺めながら確かにと頷《うなず》く。怪物に人々が蹂躙《じゅうりん》される悪夢じみた光景はあまりに一方的で、当然あるべき反撃が存在しない。レイミアがやや冷淡な口調で言葉を繋《つな》ぐ。

「事実上の宗主国として振る舞うシプトツェルム王国にとって天使の国に降りかかった災いはむしろ吉報だったのでしょう。教団としてはあなたを保護して新しい立場を用意することを拒む理由はありませんし、勇者様を支える従者はむしろ歓迎するところです。もちろん節度を持ち、分をわきまえた従者であればの話ですが」

「なにそれ。いっぱい魔人と魔獣をぶっ殺せばいい？　そういえば色違いの主様あんまし食べてないね？　食欲ないの？　それ私もらってもいい？」

言いながら木の匙《さじ》を少年の皿に伸ばしていくアンゼリカ。あまりにも遠慮のない態度にレイミアの表情がひきつるが、少年が穏やかに皿を差し出すものだからアンゼリカは余計に増長して無尽蔵の食欲を発揮していく。

「レイミアも食欲なさそう。いらないなら貰《もら》うね」

「ちょっと、誰も許可してませんけどっ？　あなた節度とか慎みとか、そういうことを教わらなかったんですか？」

「習ったけど肝心な時に役に立たなかった。私はみんなが殺された時に学んだの。この世は殺すか殺されるか。弱肉強食なんだよ」

レイミアが罪悪感に駆られて返答に窮する一方で、アンゼリカは真顔でレイミアの皿をずるずると自分の側に引き寄せていく。凄惨な事件に直面してからまだ一ヶ月も経過していない。痛ましい心の傷を想像して胸を痛めるレイミアの目の前でアンゼリカはぱくりと他人の朝食を平らげた。

「うーんおいしいおいしい。レイミアはかわいそうアピールするとすぐに何も言えなくなってちょろいなあ」

「あなたそれ、どっちなんです？」

「ん？　何が？　私は当たり前のことを言っただけだよ？」

天使の少女が向ける曇りなき瞳を見てレイミアは口を噤《つぐ》んだ。アンゼリカの精神は事件を境に変わってしまったのだ。天使の国の王族は国民から愛される君主であり、とりわけ王女は誰からも愛される心優しい少女と評判だったという。それが一晩でこの有様だ。

ただ心が傷ついたというだけではない。奇妙なほどに前向き。朗らかな憎しみと攻撃性。炎のような復讐心《ふくしゅうしん》が無邪気な少女を闘争に駆り立てている。

レイミアはさりげなく少年に視線を向けた。涼しげな表情の美しい少年。完璧な存在として再誕した伝説の勇者。しかし彼の内側には美しいだけではない何かが今も存在してしまっている。アンゼリカを変質させてしまった何かが。

「私は邪神の手先を皆殺しにするためにいっぱい食べていっぱい力を付けるんだ。これは主《あるじ》様のお役に立つために必要なことなわけ。別に食いしん坊とかじゃないよ？」

「あなた、それは本当にどっち？」

もぐもぐと頬《ほお》を動かすアンゼリカを、胡乱《うろん》なものを見るようにに観察するレイミア。

「それ、強がりなのか図太いだけなのかって質問だよね。うーんとねえ」

アンゼリカは食事を口に詰め込んでからごくんと飲み込み、卓上のナイフを手に取って軽やかに手の中で回転させた。

「アンゼリカちゃんは超強い、が正解かな」

無造作に背後に突き入れたナイフが毛むくじゃらの怪物と化した客室乗務員の眼球を貫く。同時にセロトが展開した光の刃《やいば》が閃《ひらめ》き、レイミアに迫っていた怪物を両断していた。

「え？」

何の変哲もないはずの朝食の場面が一転して戦場へと移り変わる。

並んだ食卓に座っていた乗客たちは既に二足歩行の狼《おおかみ》の姿に変じている。獰猛《どうもう》な唸《うな》り声《ごえ》と共に干し肉を引き千切り、それでは足りないとばかりにレイミアたちに牙を剥《む》く。

戸惑うレイミアの目の前で車窓がひとりでに開き、外で繰り広げられていた悪夢の光景から無数の怪物が途中乗車を始める。

「レイミア、下がって」

セロトが手を振ると無数の光刃が宙を駆けていく。縦横無尽に飛翔《ひしょう》する斬撃が怪物の群を瞬く間に殲滅《せんめつ》するが、異様な光景は依然としてそのままだ。

わけもわからず狼狽《ろうばい》するレイミアに、呆《あき》れたようにアンゼリカが言った。

「さっきから窓の外がおかしかったよ？　レイミア寝ぼけてるの？」

そこでようやく気付く。この状況は明らかに異様だ。

当然のものと受け止めていた血みどろの田園風景、肉塊と血管に侵食されたおぞましい車内の様相、それら全てが敵の襲撃を意味していた。

「悪夢に囚《とら》われた時、普通の精神状態ですぐに気付くのは難しいんだよ、アンゼリカ」

「むむ、なんか悪口言われてる気がする」

足下の肉塊がぼこりと膨らんで飛び上がり、鋭い牙を剥き出《むだ》しにしてアンゼリカに襲いかかる。天使の少女は平然と躱《かわ》して怪物の上からナイフを叩《たた》きつけ、卓上に釘付《くぎづ》けにした。じたばたと暴れる怪物の手足が少女の柔肌を切り裂いて鮮血を飛び散らせたが、アンゼリカは苦痛を顔に出すこともなくナイフを抉《えぐ》り込んだ。

あるいは痛みなどはじめから感じていないのか。怯《ひる》まず臆さず、敵が絶命するまで決して手を緩めない戦意は異様ですらある。

血なまぐさい光景にレイミアは思わず口もとを押さえて後退《あとずさ》った。アンゼリカの表情は食事中と全く変わらぬ緊張感のないものだったが、その瞳だけが爛々《らんらん》と輝いている。

それは殺意の色か、あるいは錯乱《さくらん》の色か。先ほどのように「それはどっち？」と問いかけることが、今はどうしてか恐ろしい。

「アンゼリカ、しばらくここを任せてもいい？　僕は敵の本体を叩きに行ってくる」

「えー、私も魔人族やっつけたーい」

「ごめんね。でも君がここでレイミアや他の乗客を守ってくれた方が効率的なんだ」

「わかってるよーだ。言ってみただけだもん」

そのやりとりをレイミアは呆然《ぼうぜん》と見ていることしかできなかった。セロトは明らかにアンゼリカを『戦える者』として扱っている。対してレイミアは『守られる者』だ。

屋根を切り裂いて真上に跳躍していく少年を、ただ見送るだけ。自分に何かができるという驕《おご》りがあったわけではない。ならこの焦燥感は何だろう。

列車の上で少年が激しく戦っている気配を感じながら、レイミアは傍《かたわ》らに立つ少女の表情を窺《うかが》った。血塗《ちまみ》れの姿は恐ろしくも勇ましい。隣の車両から湧き出してくる異形の影にも怯まず無造作に刃《やいば》を振るう姿は既に戦士としてのそれだ。

殺戮《さつりく》だけに専心する天使の姿はレイミアの目には異常に映った。

ある意味では悪夢のような世界に似付かわしい、血塗られた暴力の化身。

平凡なお姫様であったはずの彼女を、何かが決定的に変質させてしまったのだ。

レイミアはその原因を知っていた。見えもしない天井上の戦いに思いを馳《は》せて、思わず祈るように両手を胸の前で組み合わせる。

自分は成功したはずだ。正しく選ばれるべき道は勇者セロトと聖女レイミアが織りなす物語で、それ以外は取るに足らない事故のようなもの。本当に？

焦燥感の正体などわかりきっていた。アンゼリカという比較対象が現れてしまったからだ。怪物を恐れず闘争の中に飛び込んでいける少女は、レイミアが演じるはずだった『守られるヒロイン』の立場を危うくしてしまう。

「レイミア、こっち」

手を引かれた直後、目の前を通り過ぎていく怪物の爪。次の瞬間にはもうアンゼリカが怪物の首を掻《か》き切っていた。レイミアには攻防の流れを目で追うことすらできない。

「私は神様のしもべなんだよ？　こんな雑魚、相手になるはずないじゃん」

得意げに言いながら尋常ならざる膂力《りょりょく》で敵を叩《たた》き伏せる少女はもう怯《おび》えているだけのヒロインではなかった。そんな彼女に守られながら、レイミアはふと思う。

まるでこの戦場に、自分が存在していないみたいだと。

戦場にぽっかりと空いた価値の空白。

浮いた存在としてぼんやり周囲を眺めていたからだろうか、それに気付けたのは。

倒れた椅子の陰に身を潜めてアンゼリカの隙を窺《うかが》っている小さな怪物がいる。

飛びかかる機を窺って爪を研ぐそれに気付いているのはどうやらレイミアだけだ。そのことを自覚して、ふと思い浮かぶことがあった。

たとえば、ここで競争相手がいなくなれば自分は『勇者セロト』を独占できるのではないか。それはひどく合理的な誘惑に思えたが、それ以上に自分が劣っていることを認めているようでもあった。

負けを認める？　栄誉ある竜人の聖女レイミアが？

それは果たして、物語のヒロインに相応《ふさわ》しい振る舞いだろうか。

「危ない！」

考えるよりも先に、レイミアの身体《からだ》は動いていた。

†

　高速で流れていく風景はいつまでも変わらない悪夢のまま。線路の行く先は来た道に続き、始点と終点が繋《つな》がったループ空間となって列車を異界に閉じ込めていた。

「時間を戻されるよりマシかな」

　無数の刃《やいば》を指先で手繰り寄せながら、セロトは列車の上を疾走していく。

　車両そのものに融《と》け合うようにへばり付いていた巨大な狼《おおかみ》もどきの肉塊を淡々と切り刻み、次々と出現する人狼《じんろう》を退けていた少年は、ふと立ち止まって眉根を寄せた。

「まずいな、決め手がない」

　けして苦戦しているわけではない。それどころか戦闘の片手間に真下の車両で襲われようとしている乗客を助ける余裕まであった。

　セロトが操る光の刃は精密な動作で的確に敵だけを切断し、堅牢《けんろう》な守りであらゆる攻撃を寄せ付けない。人々を守ることが彼に求められた役割であるならば、それは十分に果たすことができている。

「敵がこうも大きい上に再生するタイプだと、むしろ彼の方が向いてそうだ」

　もう一人の自分についての記憶と知識はセロトにもあった。あの圧倒的な破壊の力を広範囲にばらまけば、敵に再生を許さずに駆逐できるだろう。

問題は、その威力に列車と乗客が耐えられないということだ。

「なんとかするか」

襲い来る怪物の大顎を両断したセロトは光の刃《やいば》を一振りだけ別方向に飛ばし、食堂車の中に送りこむ。手もとの刃に言葉を吹き込むと、共振した向こう側の刃が音を送る。

「レイミア、アンゼリカ、聞こえる？　ちょっと手伝ってほしいんだ」

やや間があってから、レイミアの言葉が返ってくる。

「はい、何なりとご命令下さい」

息を乱したような気配。少しだけ奇妙に思ったセロトだが、今は皆を救う勇者として敵と戦うべき時だ。一人の変調にかまけている場合ではない。

「合図をしたら順番に僕たちの名前を呼んでほしい。最初はアンゼリカ。次はレイミア」

「それだけでいいのですか？」

「さっきみたいに、自分が望む方を願うだけでいいはずだ。それじゃあよろしく」

セロトはそれだけ言うと光の刃を操って乗客たちを引き上げたり押《お》し退《の》けたりして一箇所に集めていく。視覚に依存しない空間識でその全てを記憶すると、光の刃ごしにアンゼリカに呼びかける。

「それじゃあアンゼリカ、彼を呼んでくれるかな」

「う、うん。えっと、アド様ー！　おねがーい！」

戸惑いがちな叫びに応えて、少年の全身が光に包まれていく。

　変貌は一瞬のことだった。そこに立っていたのは闇を凝縮したかのような恐ろしげな暴力の化身。少年は不機嫌そうに顔をしかめて吐き捨てた。

「この俺を使おうとは、不遜な奴《やつ》め」

　その掌《てのひら》から浮上する黒々とした塊は、黒煙や暗雲よりも更に不安を掻《か》き立てる恐怖の凝縮体だ。異形の害虫が絡みあう猛毒の坩堝《るつぼ》が一気に膨れあがると、それは余波だけで周囲の怪物たちを吹き散らしていく。

「だが、その覚悟は面白い。やってみせろ」

　アドは何かに期待するように薄く笑うと、巨大な黒球を列車の背後へと投擲《とうてき》した。

　未来から過去へ。レールの上を逆行するように、アドの意思が飛んでいく。

　後方に投射された破壊の力はループする空間を巡り、やがて前から迫る脅威となって車両を襲う。あるいは、車両の方が逆行する黒球に突っ込んでいくと表現すべきか。

「蛇女、お前の主《あるじ》を呼んでやれ！」

「へびっ!?　っセロト様！」

　アドの暴言にわずかな反発を見せつつもレイミアが叫んだ。

　少年の姿がセロトに変わり、瞬時に光の刃を操作する。

「この多重人格にも利点はある。ひとつは時間差で別種の力を併用できること」

　異なる魂はそれぞれが別の個性と違った能力を持つ。アドの攻撃に列車と乗客が耐えられないのなら、セロトが防御を担えばいい。

列車にへばり付いた怪物が絶叫する。漆黒の球体が標的に着弾し、凄《すさ》まじい破壊が吹き荒れた。広がっていく闇が怪物を貪り尽くすのと同時に、盾のように乗客に覆《おお》い被《かぶ》さった刃《やいば》が光の粒子を散布して車両の至るところに付着させていく。

寝台列車の絢爛《けんらん》な外装が溶解し、窓ガラスが砕け散っていく。

一方で機関部をはじめとした走行に必要な部分に破壊が及びそうになると、光の粒子が障壁のように闇を遮断していた。

車両の上に立ち両手を前に突き出すセロトはいつものように涼しげな雰囲気のままだったが、両手は真っ赤に焼け爛《ただ》れ、口からは血を吐いている。致死の呪いをその身で受け止めながら、セロトは透明な表情で言った。

「もうひとつは、予備がいること」

荒れ狂う闇がその勢いを次第に減じさせ、周囲を覆っていた悪夢のような異界が消えていく。列車を襲っていた異変が終息したことを確認すると、少年はふらつきながら二人の少女が待つ食堂車に戻った。

「ただいま。とりあえず、なんとか列車も乗客も無事だよ」

「セロト様!?」

ぼろぼろの姿《すがた》で現れた少年を見て少女たちは息を呑《の》む。レイミアは悲痛な声で少年を呼びながら彼に縋《すが》り付いた。

「無茶《むちゃ》をしすぎです。もしあなたの身に何かがあったら」

その先を口にすることを恐れるかのように口を噤《つぐ》むレイミア。だがセロトは平然と答えてみせた。透明な笑顔の奥に、どこか空虚な本心を覗《のぞ》かせながら。

「『彼』がいるだろう？　どうせ僕は最初から存在していないようなものだ。みんなのために望まれてここにあるのなら、犠牲になって死ぬのもいい」

レイミアの表情が凍り付き、打ちのめされたようにくしゃりと歪《ゆが》んだ。

顔を伏せて声を押し殺す少女を意外そうな表情で眺める少年は、不思議と動揺している自分に気付いた。記憶を持たない空白の心に細波《さざなみ》が広がる。

「レイミア、怪我《けが》してるの？」

セロトの声に焦燥が混じる。少女の腕に鋭い引っ掻《か》き傷を見つけたからだ。すぐ傍《そば》のアンゼリカが気まずそうに何かを言いかけるが、先にレイミアが首を振って言った。

「これくらい、勇者様に比べたら大したことはありません」

「ダメだ！　すぐに治療しないと。傷を見せて」

セロトが手をかざすと柔らかな光が傷口を覆い、奇跡のように癒《いや》していく。自分の腕の方がよほど酷《ひど》い大怪我《おおけが》だというのに。レイミアのまなじりがきっと吊《つ》り上がった。

「あなたたちは、何なんですか」

何を言われているのかわからず、きょとんとするセロト。

レイミアはそれにさえ苛立《いらだ》ちを覚えたのか、より語調を荒らげて続けた。

「自分が存在していないとか！　価値がないみたいなこと言わないで下さい！」

頭を少年の胸にぶつけながら叫ぶレイミアの姿は、ひどく悲痛だった。

「あなたはちゃんとここにいます！　私があなたを見ています！　それだけじゃ不満ですか？　私なんて不要ですか？」

「レイミア、それは違う。僕はそんなつもりじゃ」

少年は、どうして少女がここまで必死になっているのかがわからない。

出会ったばかりの相手に向ける感情としてはレイミアの叫びは重すぎる。

それでも少女の切実さは確かにそこにあった。それだけは嘘《うそ》ではないと信じられた。

「なら、もう少し自分を大切にして下さい。危なっかしくて見ていられません」

レイミアの言葉は、セロトに一つの道を示していた。

もうひとりの勇者であるアドに比べてセロトという少年はひどく自己主張に乏しい。

自分の存在すら平気で手放す個我の希薄さ。空白の内面と透明な情緒。

だが静謐《せいひつ》な水面に石を投げ込む誰かがいれば、そこには波紋が生じる。

「君がそう望むなら、僕は君の勇者でいるよ。それでいいかな？」

望まれたからそうするだけ。それはひどく歪《いびつ》で一方的な契約の焼き直しでしかない。

それでも、その答えはひとつの笑顔を生んだ。

理由のわからない細波《さざなみ》を感じながら、セロトはレイミアの表情から目が離せなかった。

「はい。あなたは、私の勇者様です」

そうして、不安定な二人の関係が定まる。

空白の少年にとって物語の始まりはここだった。

けれど、少女にとっては少し違う。

レイミアは顔を見られまいとするように額を少年の胸に押し付けて、前に突き出した角でちくちくと相手の肩をつつく。

子供のようないたずらがもたらす、ささやかな痛み。

その意味を、少年はまだ知らない。

セロト・プロタゴニスト

Serot Protagonist

勇者として蘇生された
記憶喪失の少年。
アドと同じ身体を共有するという
異常事態に見舞われた。
物腰穏やかで
優しげな雰囲気だが、
その内面に不安定さを抱えており、
時に平然と我が身をなげうつ。

アド・プロタゴニスト

Add Protagonist

セロトと身体を共有する
もうひとりの勇者。
アンゼリカを助けたことをきっかけに
神を自称する。
尊大で不遜な生まれながらの強者。
記憶がなくとも自分が絶対的な
存在であることだけは確信しており、
常に我が道を行く。

3　貴族と亜人

木漏れ日は眩《まぶ》しく、空気は暖かく、道行く少年少女の顔には希望が満ちている。

広い並木道を彩るのは白に近いほど淡い紅色の花びらだ。

「これはまた、随分と大きいね」

古びた正門をくぐって敷地内を見渡しながら一人の少年が呟《つぶや》く。

見上げるような時計台を中心に、左右に広がる学舎の果ては驚くほどに遠い。おそらく奥行《おくゆ》きも相当なものだろう。研究機関である大学附属の学院であるためだろうか、すぐ傍《そば》にも広大な敷地と巨大な施設群が並んでいるのが見える。

道を往《ゆ》く生徒たちの数も相当なものだ。教師や事務職員といった関係者も含めれば小規模な都市程度の人口には達するのではないかと思われた。

「すごい！　私、こんなに大きな学校は初めて見る！」

興奮した様子のアンゼリカに、レイミアはたしなめるように言った。

「大陸有数の規模を誇りますからね。ところでいい加減に離れませんか、アンゼリカ？　勇者様もそんなふうに密着されては歩きづらいはずです」

「えー？　そんなことないよ、しもべがずっと一緒にいるのは自然なことだよ！」

にこやかながらも声を硬くして苦言を呈するレイミアに対して、アンゼリカは並んで歩く少年の腕を抱え込むようにしながら、無邪気な表情で反論する。

「勇者様はあなたを気遣って強く突き放そうとしないだけです。いい加減に聞き分けて下さい。教団に戻り難民の方々を安心させてあげましょう」

「やだよ。だってあそこにいたって魔人族を殺せないでしょ？」

頑《かたく》なアンゼリカの言葉に、レイミアは口を噤《つぐ》まされた。

あらゆるしがらみや立場をかなぐり捨ててまでこの王女が少年に執着するのは淡い恋心や恐ろしい体験に由来する依存心だけではない。黒々と燃え上がる怒りと憎しみ、殺意によって研ぎ澄まされた復讐心《ふくしゅうしん》がこの行動力の源泉なのだった。

「私は主様《あるじさま》と一緒に邪神の手先をみんなやっつけるの。これからこの学院でたっくさんあいつらを殺すための技術を学ぶんだから、邪魔しないでよね」

教団としては、戦力の拡充はむしろ望むところであった。邪神の眷属たちによって壊滅的な被害を受けた国の王女が勇者と共に立ち、戦いに参加すれば士気は上がる。更に彼女を支援する教団の対外的な心証も良くなるだろう。

レイミアの感情に関わらず、教団という組織は天使の国の王女アンゼリカを勇者の傍に置くことを決定した。既に各種の手続きも完了し、学院の入学試験も問題なく通過しているのだから、今更文句を言ったところで仕方のないことではある。

とはいえ納得ができるかと言えばそれは別。不服そうに頬《ほお》を膨らませたレイミアはアンゼリカが掴《つか》んでいる腕とは反対側に回って手を伸ばした。

おそるおそる、といった感じに、それもアンゼリカほど大胆にはなれず制服の袖口を掴《つか》む程度の対抗だったが、少なくとも戦意はしっかりと伝わったらしい。

アンゼリカとレイミアの視線がぶつかり合い、火花を散らす。

騒がしい三人に奇異の目が突き刺さるが、新入生たちはこちらを一瞥《いちべつ》しただけで足早に去って行く。喧嘩《けんか》をする少女たちは注目を集めつつも忌避されていた。血の色をした翼、捩《ねじ》れた角。それらを視界に入れまいとしているかのようだ。

嫌悪を隠そうともしない声が割り込んできたのはそんな時だった。

「嘆かわしい！　君、貴族の端くれなら従者の躾《しつけ》くらいはしておくべきじゃないかね」

男性としてはやや甲高い、ともすれば耳障りですらある響き。セロトと同じ制服に身を包んだ長身痩躯《そうく》で鷲鼻《わしばな》の少年が冷ややかな視線を向けている。

「従者を侍《はべ》らせるのはともかく、亜人の躾がなっていないな。ここは伝統あるクリスティアル王立大学附属学院なのだからね。切り分けはきちんとするべきだ」

彼の背後には長い前髪で顔が隠れた陰気そうな女子生徒が控えていたが、目を惹《ひ》くのはその首に嵌《は》められた鋼鉄の首輪だった。奇抜なファッションやアクセサリというわけでもないらしく、首輪から伸びた鎖が居丈高な少年の手に握られている。

少年が鎖を強めに引っ張ると、黒髪の少女が小さく呻《うめ》いて倒れ込んだ。四《よ》つん這《ば》いになった少女の背中を革靴が踏みつける。

「みたまえ。この従者を！　戦利品の魔人族だよ、初陣で手に入れたんだ。君たちとは違って既に戦場を知っているのさ、僕はね」

　背中や手の甲を踏みつけられるたび、女子生徒は小さく呻き声を漏らす。

　アンゼリカとレイミアは表情を硬くしており、周囲の生徒たちも遠巻きにしながらかわいそうなものを見るような視線を向けてはいるが、『これが異常な光景である』と認識している者は皆無だった。ただひとりを除いては。

「卑しい弱者を我々のような生まれながらの強者と同じように扱っては示しがつかない。純血の貴族が率先して規範を示すことは義務だと思わないかい？　そうだ、僕の予備を差し上げよう。この場で亜人どもに着用させたまえ」

　投げつけられた二つの首輪を掴んだセロトは困ったように眉根を寄せた。魔人族が奴隷として扱われているのはまだ理解の範疇《はんちゅう》だったのだが、どうも様子がおかしい。

「趣味じゃないから遠慮しておくよ。周囲を見る限り、規則というわけでもなさそうだし。というかレイミア、この時代ではこれが普通なの？」

　傍《かたわ》らの少女は小声で答える。

「極端な意見ではありますが、ここシプトツェルム王国では純血主義の考え方が根強いと聞いております。ただ、貴族が亜人の上位者であるというのは大陸全体の共通認識です」

「きぞく？　あじん？」

　不思議そうな顔をするセロトに、周囲から信じられないという視線が集まる。

「ええと、ごめん。何か非常識なことを言ってしまったかな」

「その、貴族というのはセロト様のような『無徴』の『正統なる人類』を示す言葉です。私たち亜人とは、たとえアンゼリカのような王族であっても立場を画する方々です」

記憶が曖昧な上に千年の時を超えてきた勇者にとって、現代の常識は驚くべき非日常である。事前にレイミアによる説明を受けてきたものの、現代語を習得するのに多くの時間を割いたために一般常識などの面では幾らかの抜けがあるままだ。

説明するまでもないあまりにも自明の前提に関しては、特に。

「よくわからないけど、優秀さがその振る舞いの根拠になっているんだよね？　この二人は僕と同じ試験を受けてきちんと合格しているし、とても教養があるいい子たちだよ。失礼ながら、初陣を済ませた程度でそこまで居丈高に出るのはちょっとどうかと思うな」

セロトにしてみれば千年前の古代人と流暢《りゅうちょう》な会話ができるというだけで既に称賛に値するのだが、そんなことは相手にはわからない事情であり、また関係のないことだった。

空気が凍り付く。あからさまな侮りの言葉に、少年の顔が引《ひ》き攣《つ》っていく。

「このバルオン公爵家きっての天才と謳《うた》われた『紫炎の貴公子』ボルクスを愚弄するのかっ！　学院に直訴して君を退学にしてもいいんだぞ！」

二つ名を自分で誇示しながらボルクス少年が怒声を響かせる。登校中の生徒までもが足を止めて息を呑《の》むような一触即発の状況は、校舎側からの声によって打ち破られた。

「生徒会です！　これ以上の騒乱行為は処罰の対象となります！　新入生は直ちに解散して速やかに講堂に向かうように！　間もなく入学式が始まりますよ！」

現れたのはケープ付きの制服を着用した独特な雰囲気の集団だった。

リーダー格らしき女子生徒が一歩前に出て仲裁に入ったのだが、その顔を見てその場にいた全員が絶句する。セロトですら表情は変わらないながらも目を見開いていた。

輝くような蜂蜜色の長髪に藤色の瞳、この世のものとは思えないほどの美貌。しみ一つない白皙《はくせき》の肌といい彫像のように滑らかに通った鼻梁《びりょう》といいその顔の造作は輝かんばかり。男女問わず魅了する異常な容貌に、誰もが呆《ほう》けたように見惚《みと》れていた。

だが、直後に細長い耳を見て何人かが舌打ちする。

セロトの知識ではエルフ、妖精族などと呼ばれていたこの種族もまた『亜人』とされて差別対象になっているようだ。

ボルクスは憤慨して上級生に食って掛かる。

「亜人風情がこの僕に指図だと？　何様のつもりだ？」

「私はいま生徒会副会長としてあなたに警告しています。生徒会には風紀を取り締まる役割があり、問題を起こした生徒に罰則を科す権限が与えられている。秩序と形式を重んじるシプトツェルム王国の貴族であれば、これを軽んじることの意味はわかりますね？」

生徒会の副会長であるという妖精の厳しい言葉にボルクスは言葉に詰まり、怒りの矛先を足下の女子生徒に向けた。振り子のように足を引き、鋭い爪先を従者の腹に蹴り入れようとする寸前、衝撃と激痛によってボルクスの体勢は崩れた。脛《すね》を押さえ、悶絶《もんぜつ》する。セロトが渡された首輪を投擲《とうてき》し、蹴り足に直撃させたのだ。

「返すよ。僕には不要なものだから」

ボルクスは殺意すら感じさせる眼差《まなざ》しでセロトを睨《にら》み付けたが、生徒会の上級生たちの目があることを思い出したのかぐっと歯を食いしばり激情を抑え込んだ。

「覚えていろよ」

すれ違いざまに言い放って、従者を引《ひ》き摺《ず》るようにしてその場を去って行く。

セロトの両脇で緊張に身を固くしていた二人が安心したように息を吐いた。

二人の少女は明らかにボルクスという少年に恐怖を抱いていた。貴族と亜人。その力関係を思い知らされたセロトは不思議そうに首をひねった。

「あのような無茶《むちゃ》な行為はなるべく控えていただけると助かります。教団としては今の段階で有力な貴族と事を構えるのは、その」

ひそひそと耳に口を寄せたレイミアの囁《ささや》きは、上級生の叱責によって中断された。

「そこの三人も！　今回は警告だけですが、次に問題を起こしたら罰則を適用しますから、心しておくように！」

腰に手を当てて言う上級生は、わかりましたと素直に頷《うなず》いた三人を見て「よろしい」と相好を崩した。柔らかい表情になってもその顔の造作は完璧な美麗さを保ったままだ。

だが上級生の視線がセロトを真正面から捉えた途端、表情が硬く強張《こわば》る。

「あなた、もしかしてお兄さんがこの学院に通っていたりする？」

「いいえ？　この国を訪れるのは初めてですし、血縁はいません」

一瞬だけレイミアと視線を交わしてからセロトは答えた。外国から来た貴族、というのが教団が用意した彼の設定である。上級生はそれを聞いて安心したように緊張を解いた。

「違うならいいの。ごめんね、ちょっと似た雰囲気の人を知っていたものだから。気にしないで、注意深く見ないとわからない程度だし、そもそも髪の色や体格だって違うから。気のせいだったみたい」

相好を崩して笑う上級生。先ほどとは打って変わってその視線は好意的だ。

「それはそれとして、あの女の子を守ろうとしたのは感心ね。私は君の態度を好ましく思うけど、大丈夫？　入る学院を間違えてない？　君ってたぶん外国の貴族だよね、純血バンザイ血統主義バリバリなこの国でやっていける？　今からでも混血派のローディッシュアカデミーとかに入り直した方がいいんじゃないの？」

「いいえ、この学院の地下図書館で学びたいことがあるので」

「あーやっぱりそれか。遺跡は宝の山だもんねえ」

うんうんと頷く上級生。それから居住まいを正して三人にこう言った。

「生徒会は基本的に貴族でも亜人でも公平に対応します。君たちがもし理不尽な扱いを受けたり、困ったことがあったりしたら、遠慮なく私や生徒会執行部の上級生を頼りなさい。ちなみに一年生の参加も歓迎だから、考えてみてね」

頼もしく、そして清らかな微笑《ほほえ》み。

正しさや善という概念を形にしたらこうなるだろう、というような具象化した美がそこにあった。アンゼリカとレイミアは年上の女子生徒に尊敬の眼差《まなざ》しを向けた。セロトは、周囲を歩く亜人の生徒たちがみなこの並外れて美しい妖精に憧れていることに気付く。

「私は生徒会執行部二年、副会長のミード・ハウレン・リーヴァリオン。よろしくね」

ミードと名乗った妖精の女子生徒は生徒会の生徒たちを引き連れてその場を立ち去っていく。よく見ればいずれも亜人であり、ミードに付き従うように列をなしている。

「リーヴァリオンって西方の国の王家だよね。ここって王女様も通ってるんだ」

アンゼリカが自分のことを棚に上げて言うと、レイミアが説明する。

「亜人であっても何らかの得意分野があれば入学することをこの学院は認めていますから。我々や先ほどの首輪の子のように、貴族を補佐する従者としての枠もありますが」

セロトは何度目になるかもわからない訝《いぶか》しげな表情を浮かべる。

「前提が共有できていない気がする。『亜人であっても』って、まるで本当に優劣があるみたいな言い方に聞こえるけど」

あれほどの差別意識、おそらく千年という時間が積み上げた歴史的経緯によるものだろうという前提でセロトは質問した。しかしレイミアは逆に戸惑った様子で答える。

「いえその、この時代における最高の権威である六大学の見解はその通りなのです。少なくとも神秘の担い手として最も優れているのは貴族であり、亜人は明確に劣るのだと」

「それが常識だって？」

「申し訳ありません。直接見ていただいた方が良いだろうという教団の判断です。今日ま

でお伝えしてこなかった怠慢をお許しください」

セロトはしばし目を伏せて考えこんでいたが、重く息を吐いてから言った。

「とりあえず今は講堂に向かおう。入学式に遅刻するのはまずい」

二人の少女は頷《うなず》き、自分たちとは異なる常識を持つ主《あるじ》のあとをついて行った。

†

講堂に詰め込まれた生徒の群れ、その視線を一身に集める老人が厳かに口を開く。

「栄えある純血の一級生徒諸君、そして卑しい生まれながら才覚を認められた二級生徒諸君、入学おめでとう。教頭、そして学長代理として君たちを歓迎しよう」

教頭を名乗る男には首がなかった。極度の肥満体ゆえに顎と胴の境目がわからないほどで、声はくぐもって聞き取りづらい。しかしそこに込められた意図は明白だ。

生徒の列は明確に分けられていた。貴族と亜人、その二つに。

「しかし二級生徒諸君は勘違いしてはいけない。人には『分』というものがある。わきまえるべき作法を知らぬ者は当学院には不要だ。そして一級生徒諸君は尊き血を担う者として恥ずかしくない振る舞いをしてほしい。仮に、万が一ではあるが、一級生徒が二級生徒に成績で劣るようなことがあれば、そのような怠惰な者は容赦なく退学処分とする。もちろん、そんな恥ずべき生徒は諸君らの中にはいないとは思うがね」

学長代理の言葉はこの時代、この国、この学院の価値観を端的に示すものだ。大人、子供の隔てなく、この認識が共有されている。つつがなく進行していく入学式をやり過ごしながら、セロトは考え続けていた。これからどうするべきか、ということをだ。

「それでは最後に、一級生徒諸君には適性検査を受けてもらう。今更と感じる者もいるかもしれないが、ここで貴族たるものの権威を示しておくことは重要だ。更に言えば、ここでの結果がそのまま学内における序列となる。一級生徒の諸君は切磋琢磨《せっさたくま》するように」

一級生徒とされている貴族たちは一人ずつ壇上に上がって教師の目の前で何かの器具らしい円盤の前に立たされている。二級生徒とされている亜人たちはそれを見ているだけで、適性検査とやらを受ける必要がないようだ。奇妙に感じながらもセロトは順番を待つ。壇上に上がった所で、目の前の教師に小声で問いかけた。

「これは何の検査なのでしょうか」

「は？　遺物《アーティファクト》の適性検査に決まっているだろう」

何を言っているんだ、と怪訝《けげん》そうな顔をする教師。

「いいからさっさと血を垂らしなさい、少量でいいんだから」

なるほど、とセロトは円盤を見て得心した。無数の溝と乱雑な古代文字が刻まれたこの道具は、中央から突き出している細い針に指を突き刺して使うものらしい。人差し指をぐっと押し込むと赤い血液が針を伝い、円盤の溝を通り抜けていく。途端、文字の群れが淡い光を放ち、観察していた教師が唖然《あぜん》としながらも結果を口にした。

「い、遺物適性、第十等級。下限ぎりぎりって、あなたよく入学できましたね」

その結果に周囲は騒然となる。これまでの最低値が第七等級とされた下級貴族の生徒であり、それよりも低い結果は異常な事態なのだと知れた。

「信じられない、亜人並みの低さじゃないか」

「何かの間違いじゃ？　あいつ本当に貴族なのかよ」

そもそも『遺物』って何だろう、というレベルのことを考えているセロトは周囲の視線に頓着することなく壇上から降りていく。

「はっ、道理で亜人どもの肩を持つわけだ！　当人が亜人レベルの無能だったとは！」

あからさまに嘲笑してみせたのは、先ほどひと悶着《もんちゃく》あった貴族の少年、ボルクスだった。

彼は円盤に血を垂らして得意げにセロトを見下ろして叫ぶ。

「身の程を知るがいい、劣等貴族が！　これが格の違いというものだ！　さあ先生、僕の遺物適性をみなに聞こえるように大きな声で知らせて下さい！」

「これは凄《すご》い！　第一等級、文句なしの純血ですね。これほど優秀な素体も珍しい」

哄笑《こうしょう》するボルクス、それを満足そうに冷えた目で観察する教師、羨望と嫉妬の視線を向ける生徒たち、それら全てを無視してセロトは亜人たちの列に近寄って訊《たず》ねる。

「レイミア、遺物って何？」

「あの、セロト様、ちょっと自由すぎるのでは」

「貴様ぁ！　ゴミの分際で僕を無視するとはいい度胸だ！」

背後の罵声にセロトは少しだけ眉根を寄せて、軽く手を振った。

途端、セロトとレイミアの周囲から音がかき消える。驚くレイミアに、セロトは同じ問いを重ねた。遺物とは、その適性とは何なのか、と。

「遺物というのは、遺跡や地下迷宮で発見された強力な神秘の道具のことです。同時に邪神の眷属に対抗できる唯一の手段でもあります。これを扱えるために貴族は貴族として敬われ、特権的な立場を得ているのです」

「つまり、亜人はそれを使えないってこと？」

「亜人の遺物適性は高くても第十等級ほどだと言われています。私やアンゼリカも似たようなものだと思いますが。その、本当にセロト様は遺物を扱えないのですか？」

信じられない、と自らの主《あるじ》に問いかける従者の瞳には不安が宿っていた。

レイミアの中にある『完全無欠の勇者』に対する絶対的な信頼が揺らいでいるのだ。

「遺物か。見てみたいな」

そう言って、セロトは背後を振り向かず後頭部に迫りつつあったものを無造作に掴《つか》んだ。

激しく燃えさかる鞭《むち》の先端が生きているかのようにのたうち回るが、それを鷲掴《わしづか》みにしている少年の手には火傷《やけど》一つない。

セロトが何らかの手段で音を遮断した結果、それを挑発と捉えたボルクスは無礼な格下の貴族を背後から打ち据えようとしたが、その目論見《もくろみ》はあっさりと潰《つい》えた。セロトがぐっと鞭《むち》を握りしめると、鞭が纏《まと》っていた炎はあっさりと鎮火され、荒れ狂うような動きがたちまち停止する。

その場にいる大半の生徒が何が起きたのか理解できず、間抜けなボルクスが失敗したのだと判断して失笑した。恥をかかされた少年の頬《ほお》が真っ赤に染まる。

レイミアは一瞬でも勇者を疑った自分を恥じ、セロトにこう答えた。

「今しがたセロト様が無力化したのが上級貴族が使う強力な遺物です」

「これで『強力』だって？」

セロトの表情は深刻だ。想定していたより文明の衰退が著しい。世界の危機は思ったよりも洒落《しゃれ》にならないレベルなのかもしれない。わけもなく使命感が込み上げる。

「僕がみんなを正しい未来に導いてあげないと」

小さな呟《つぶや》きを聞いていたのはレイミアだけだ。憧れと尊敬の眼差《まなざ》しがふと不安に翳《かげ》る。

少年の清らかな光を湛《たた》えた瞳は、あやうげに揺らめいていた。

†

地平線に近付いた大きな満月は、夕焼けのような鮮烈な赤に輝いている。まるで血のようだ、と考えてから慌ててぶるぶると首を横に振る。

少年は怒りの捌《は》け口《ぐち》を探すように愛用の鞭を手に取った。

「くそっ、くそっ、僕に恥をかかせやがって」

ボルクス少年は鞭打たれる奴隷の姿を思い浮かべて溜飲《りゅういん》を下げた。いっそ亜人寮からここに呼びつけて可愛《かわい》がってやるのもいい。暗い嗜虐心《しぎゃくしん》を滾《たぎ》らせながら笑みを浮かべる。

その表情が一瞬にして凍り付いた。

窓の外に、何かいる。

黒い髪、禍々《まがまが》しい目付き、傲岸不遜な笑み。

悪魔のような表情を浮かべて自分に襲いかかろうとしている見知らぬ誰か。

「この部屋か？　おい、鍵をかけるとは客人をもてなす態度がなっていないぞ。無礼な窓めが。よし壊すぞ」

「いけません勇者様！　露見したらどうするのですか！　せめて音を小さく」

「よーしやっちゃえあるじさまー！」

ガラス窓を盛大にぶち破る大きな音が鳴り響いた。

ボルクスはゆっくりと首を巡らせ、そして目撃する。煌《きら》めくガラスを突き破って舞い降りた形を持った恐怖。それは夜の化身、彼にとっての不安が形をとった悪魔の姿だ。

続いて侵入してきた少女たちがかしましく言い争いを続けている。脳天気な絵面に騙《だま》されそうになるが、紛《まぎ》れもなく危機的な状況に置かれている。ボルクスは悲鳴を上げかけたが、伸びてきた掌《てのひら》で口を塞がれてしまう。

声にならないくぐもった絶叫。恐怖と混乱に陥ったボルクスはデタラメに鞭を振り回そうとしたが、両手には得体の知れない長虫や羽虫が群がってもはや感覚がない。窓を破壊したのもこのおぞましい虫たちの仕業なのだと少年は直感する。

嫌だ、死にたくない、どうして自分がこんな目に。嘆いても理不尽は去ってくれない。

これは夢だ。ボルクスはそう信じることで今をどうにかやり過ごそうと決めた。

甘かった。

「おら口開けて上向け、虫突っ込むから気合い入れろ」

「あのあのあの、神さまあるじさまアドさまっ、なにしてるのっ」

血塗られた翼をぱたぱたと動かしながら好奇心に瞳を輝かせる少女、アンゼリカ。

決まっている、と一瞥《いちべつ》を返事がわりにして彼は虫たちを呼び寄せた。

恐ろしく長大な虫を指先でつまむ。

それからゆっくりと持ち上げ、片方の手で相手の口をこじあけた。

直後の光景を予想した少女ふたりが息を呑《の》む。

予想通りだった。アドはグロテスクな黒緑の長虫、捩《ねじ》れた触角とぶよぶよした沢山の足をもった少女の細腕ほどの太さの異形の怪物を涙目の少年に食わせていく。

既にボルクス少年は失神していた。あまりの光景に、レイミアは震えてアンゼリカに縋《すが》り付く。アドに心酔しているアンゼリカも半泣きだった。

「あるじさま。それって必要ですか？　お仕置きにしてはちょっとその」

「必要だ。これがこの時代の『優秀な個体』ならあまり楽観もできないからな」

アドの行動には懲罰意識や嗜虐《しぎやく》的な欲求を満たすといった雰囲気が全くなかった。どちらかといえば面倒《めんどう》そうですらある。

「千年前からろくに指揮もできねえ神秘も扱えねえってお坊ちゃん士官は軍にウヨウヨいた。こいつはこのまま行けば完全にそういうお荷物になる。鍛えないと話にならん」

「それ、もしかして『いい虫さん』なの？」

「ああ。お前たちも腹に住ませてみるか？　多少腹が減りやすくはなるが、怠け心を粉砕するいい訓練方法だ。特訓から逃げれば激痛、わかりやすく強くなれる最善の道だぞ？」

「遠慮しておきます」

「なくても頑張るからっ」

猛烈な勢いで首をぶんぶんと振る少女たちだった。

虫を少年の喉奥にねじ込みながら、アドはまじめくさった表情で続けた。

「邪神の眷属と戦うにしてもまずは戦力の底上げからだ。たとえ俺だけが局地戦で勝利し続けても背後が焼け野原じゃあな」

「あるじさま、かっこいい！　よーしこの調子で貴族どもを支配しちゃおう！」

「違う、絶対こんなの正しい勇者様のやり方じゃない。セロト様ならこう、もっとスマートに人心を掌握してリーダーになっていくはずなのに」

アンゼリカはきらきらとした瞳で、レイミアはどんよりとした表情で、それぞれにアドの行動を見ていた。夢見るような、悪夢を見るようなまなざしで。

気色の悪い虫が人体に入り込んでいくという生々しい現実感。

その光景が、ふっと掻《か》き消えた。

「これは――」

少年が訝《いぶか》しむのとほぼ同時だった。口腔《こうこう》内にあったはずの腕がすり抜ける。忌まわしい古代の神秘によって肉体を侵されようとしていた哀れな犠牲者はいつの間にかアドの真横に立ち尽くしていた。忘我の表情で直立不動のボルクスはまるで人形になってしまったかのようだ。アドが触れようとすると、その姿が遠ざかる。

遠ざかっていくのはボルクス少年だけではない。

その部屋も、割れた窓も、赤い月が照らし出す夜の光景も。

世界の全てが遠ざかり、白い霞《かすみ》の中に消えていく。

いつの間にか、アドたち三人は学生寮の外に立ち尽くしていた。

見上げると、標的にしていたはずの窓は割れる前の綺麗《きれい》な形に戻っている。窓の内側にはボルクス少年が不安そうに外を眺める姿があった。

全ては綺麗に元通り。

まるで、先ほどの出来事が悪い夢であったかのようだ。

「これ、知ってる。あいつが、お父様とお母様、みんなを滅茶苦茶《めちゃくちゃ》にした時と同じだ」

「まさかこれは列車の時の？」

恐怖に震える少女ふたりを前にアドはしばし沈黙した。

　ややあって、無造作に拳を振りかぶる。黒々とした虫の群れがその腕の周囲で渦を巻いた。穢《けが》れた暴風を纏《まと》った拳打は目の前の全てを強引に粉砕していく。たとえそれが学生寮という巨大な建造物であったとしても、根こそぎ瓦礫《がれき》に変えるだけだ。

　圧倒的な暴虐が吹き荒れ、建造物が瓦礫と化していく。

　常識外れな非道に絶句する少女たちは、しかしすぐに別の理由で言葉を失った。

　目の前で破壊されたはずの学生寮が、先ほどまでと寸分変わらぬ姿で元通りになっていたのである。まるで時間が巻き戻されたかのように。

　少年は外壁に触れ、感触を確かめるように上下に撫《な》でる。

「世界のループ現象。だが邪神の気配はない。悪夢の主は無意識か」

「えっと、あの、あるじさまー？　これどういうこと？」

　状況に置いて行かれた少女の疑問に、少年は気怠《けだる》げに答える。

「本来なら時空が歪《ゆが》むのは邪神の仕業だ。だが今回は城や列車の時とは違う。この現象を引き起こしている者は魔人族ではない。少なくとも今はまだ、汚染されていない」

　少女たちが息を呑《の》む。人類の敵である魔人族は種族であると同時に、邪神の力によって『汚染』されて成る後天的な変異体でもある。

「不幸中の幸いと言えるが、邪神の気配がしないのは面倒だな。悪夢の中心が誰かわからなければ夢から叩《たた》き起こすこともできない」

「ここはその何者かの夢の中、ということですか？」

レイミアの問いかけに、アドは溜息交《ためいき》じりにこう返した。

「夢というのはたとえだ。神秘の力は現実をほしいままにする。今の現象を引き起こした奴《やつ》は無意識下で学院の維持を望んでいる、おそらくは体制側の人間だろうな。お行儀の良いセロトお坊ちゃんとは相性が良さそうだ」

「いくらご自分のこととはいえ、セロト様を悪く言うのは」

アドの言葉尻を聞きとがめたレイミアがむっとして眉を吊《つ》り上げたが、返ってきたのは愉快そうな興奮の吐息。少年は獰猛《どうもう》に笑っていた。

「さて、攻撃したせいで見つかったな。本格的に悪夢に取り込まれるぞ、構えろ」

その言葉を証明するように、周囲の景色が歪《ゆが》んでいく。

融《と》けていく世界の歪みが三人を捉え、まるごと飲み込んだ。

3・5　夢想学祭

そして三度、悪夢の世界が具現する。

少女たちがこれまでに訪れた異界はまさしく悪夢そのもので、哀れな生贄《いけにえ》を閉じ込めて血祭りに上げるためだけの牢獄《ろうごく》に過ぎなかった。

天使の国を襲った惨劇。いつまでも終着駅に辿《たど》り着けない列車。

続く悪夢の世界は、果たしてどのような恐怖をもたらすのか。

「なんか平和すぎない？」

「お祭りみたいですね」

「魔人化していない奴《やつ》の夢ならこんなものだろう」

しかし、この世界はどうも様子が違っていた。

行き交うのは妖精、竜人、天使、魚人、矮人《わいじん》、そして貴族たち。

個性豊かな学生たちはどうしてか他の種族の仮装をしてお祭り騒ぎを繰り広げていた。

あちこちで花火が上がり、校庭に設営された舞台では数人の学生たちが楽器をかき鳴らしながら異国の歌を熱唱している。魚人たちがイカの串焼きを焼く真横で竜人たちが手作りのアクセサリを売り、妖精の女生徒たちがたっぷりと蜂蜜をつけた焼き菓子の試供品を手に宣伝文句を叫んでいた。

「これ、学園祭ってやつ？」

アンゼリカは螺旋状《らせんじょう》に切った芋の揚げ物を物欲しげに凝視しながら呟《つぶや》いた。

隣のアドは毒気を抜かれたように溜息《ためいき》を吐《つ》くと、レイミアに言う。

「茶番だな。おい、セロトを呼べ。こういうのはアイツにやらせろ」

心底から面倒くさそうなアド。レイミアは事態を飲み込みきれないまま自分の勇者を呼び出した。周囲を見渡した少年は少し考えこむと、静かに結論を出した。

「無害な夢だね。この夢の主は平和な学園生活を願っているのかな」

「その、退治する必要はないのですか？」

「今のところは不要だと思う。少し調査する必要はあるけど」

セロトは現実とは異なる異界の光景をじっと観察する。

行き交う学生たちは本物ではない。よく目を凝らせば、その姿が灰色の土くれで作られた偽物でしかないとすぐにわかる。

だが祝祭の活気と熱量の再現度はただ事ではない。

生徒主導の出店が立ち並び、きぐるみの生徒が声も高らかに呼び込みをしている。射的の屋台の隣で腸詰めの串焼きが香ばしい匂いを漂わせ、忙しそうに走り回る腕章の実行委員たちの表情には充実した活力があった。

学園祭。新入生が夢見る『楽しい学園生活』の結実こそこの光景なのだろうと思わせる熱量が、この夢世界には溢《あふ》れていた。

「迫真だけど、現実ではないね。これも夢に過ぎない」

これは幻。虚構に過ぎない。

誰が見てもそれとわかる嘘《うそ》が、この学園祭には当たり前のように存在していた。

「この夢の世界を作った人って、きっと頭の中がお花畑なんだろうね」

「多分あなたにだけは言われたくないと思いますが、同感です」

アンゼリカとレイミアが言うとおり、この夢はあまりにも甘すぎる。

学園祭は生徒たちの共同作業によって開催される祭りだ。

そのお題目があるからといって、貴族と亜人とが手を取り合って仲良く学園祭を成功させているなどという光景はあまりにも荒唐無稽に過ぎた。

昼間の入学式と簡単な説明会だけでもそれは理解できる。

だからこれは有り得ない夢だ。

もしかするとこれは、貴族たちにとってのおぞましい悪夢なのかもしれない。

だとすれば夢の主はいい趣味をしている。

「どうしましょうか、セロト様」

「少し見て回って、危険そうだったらその時に考えよう。その必要はなさそうだけど」

それに、とセロトは声に出さずに続けた。

こういう愚かしい夢は、あまり嫌いじゃない。

†

それからの三人は概《おおむ》ね平和に夢の学園祭を見て回った。

怪物に襲われることもなく、見舞われる危機といったらせいぜいお化け屋敷でレイミアが本気で泣き出す程度。アンゼリカは意欲的に屋台を回ってたらふく菓子や軽食を頰張《ほおば》り続けてほくほく顔だ。

「これだけ食べて全部タダって最高じゃない？」

「夢だからお腹《なか》には溜《た》まらないけどね」

「太らないからなお良し！　こんな夢ならまた来てもいいよ！」

おおいにはしゃぐアンゼリカとは対照的に、レイミアは大人しい様子でゼロトの後に控えている。少年は振り返って問いかけた。

「レイミアはどこか興味のある場所はない？　食べ物の好みとかはある？」

「いえ、私のことはお気になさらず。勇者様が向かわれる場所が私が望む場所です」

聖女を自任する少女の答えは常にこうだ。彼女は意識的に自分の意思を抑えているように思えた。例外はアンゼリカに対抗心を燃やす時くらいだろうか。

ゼロトはしばし考えてから提案した。

「さっき聞こえたんだけど、体育館で演劇をやっているんだって。少し覗《のぞ》いてみない？」

「えっ、本当？　私それ見てみたい！　演目はなあに？」

意外にもアンゼリカの方が食い付いてきた。

聞けば天使の国にいた頃から観劇が趣味で、家族で大きな劇場に招待されて行くことも多かったのだという。もう戻らない日々を懐かしそうに語るアンゼリカにレイミアが何かを言おうとして、言葉を見つけられずに押し黙る。代わりにセロトが続けた。

「とりあえず行ってみよう。王族御用達《ごようたし》の劇場と比較される演劇部は大変だけどね」

劇場と化した体育館には大掛かりなセットが配置され、バルコニーと庭に隔てられた男女が悲痛な表情で互いへの愛を叫んでいた。

どうやら異種族の悲恋もので、それが貴族と亜人の恋だというのがいかにもこの夢らしかった。きっと現実のこの国では上演することさえ許されまい。

舞台の上では喜劇すれすれの誤解と行き違いが繰り返され、遂《つい》には二人の男女は悲劇的な結末を迎えてしまう。かと思いきや、強引な軌道修正によって二人は結ばれ貴族と亜人の対立構造すらも解消されてしまうというハッピーエンド至上主義者でなければ胸焼けしそうなフィナーレが待っていた。

「この夢らしい劇だったね」

セロトは苦笑混じりの感想を述べたが、アンゼリカは拍手しながらじっと舞台上でお辞儀をする役者たちを見つめて黙りこんだ。しばらくして、こう続けた。

「でも、私はこういうのけっこう好きかも。最後、強引だったけど同じ劇作家の後期のロマンス劇からの引用だと思うんだよね。つらいことが沢山あっても最後には結婚式で大団円っていうの、救いがあるような気がしない？」

　そう口にするアンゼリカの表情はどこか儚《はかな》げだった。有り得ないとわかっている夢だからこそ肯定できる虚構もある。

　幸福を失った天使の王女は、理想を演じる舞台の上に何を見ているのだろう。

　そんなことを考えていたセロトは、すぐ隣のレイミアが奇妙にそわそわしていることに気付いた。何故《なぜ》かアンゼリカの方を見ながらもの言いたげにしている。

　ふと思いついて、小声で問いかける。

「もしかして、レイミアもこういうの好きだった？」

「いえその、別に、私は」

　不用意に踏み込みすぎたかな、とセロトは後悔した。

　上演中、レイミアはアンゼリカと同じように舞台に集中しているように見えた。

　頑《かたく》なに一歩下がって自分を出そうとしない彼女にしては珍しく、のめり込むような時間がそこにはあったのだ。もし二人の少女に共通の趣味があるのだとすれば、喧嘩《けんか》ばかりの状況も少しは改善されるかと思ったのだが。

「私はとても素敵な舞台だと思います。誘っていただいたおかげで素敵な時間を過ごせました。さすがはセロト様、芸術も嗜《たしな》まれるとはなんて教養深いことでしょう」

　いつもの笑顔で少年を褒めちぎるレイミアに、アンゼリカは半眼で指摘する。

「レイミアさあ、それ褒め方が露骨すぎて逆に皮肉っぽくなってない？」

「そ、そんなことありません！　言い掛かりです！」

慌てたように言い繕って、いつものようにアンゼリカに食って掛かるレイミア。

二人の関係は相変わらずで、しばらくは変わりそうにない。

「空想は空想か。都合のいいことはそうそう起きないね」

セロトは嘆息すると、平和な夢の世界を見渡した。

いっそ愚かしいほどの理想。だが認めざるを得ない。

虚構を形にしたこの異界は、とても楽しく美しい。

「今はまだ、壊さなくてもいいかな」

どのみち、夢の主がどこにいるのかもわかっていないのだ。

ここから脱出することだけならセロトの力だけでも可能だろう。今は少女たちを連れて退散するに留《とど》め、事態の解決は先送りでも問題あるまい。

ただそこにあるだけで、現実と接続されない虚構。

セロトが臨むべき学園生活はここにはない。少なくとも、今はまだ。

美しい悪夢から醒《さ》め、三人は忌まわしい現実へと帰還する。

共存の理想からはほど遠い、断絶に満ちた世界へと。

4 無能公子と復讐者《ふくしゅうしゃ》

生徒というのは教師に対してとにかく渾名《あだな》を付けたがる。

それは先輩から後輩へと受け継がれるものであったり、その年ごとに更新されるものであったり、あるいは好意や侮蔑を込めたものだったりするのだが、つまるところ『舐《な》めている』の一語に尽きた。

「弱さは罪だ。弱者は強者に何をされても文句は言えないということをまず胸に刻め。授業についてこれない亜人のゴミは殺処分。無能な貴族のゴミには鞭《むち》打ち十回と剃髪《ていはつ》と便所掃除を命じる。嫌なら死ぬ気で食らいつけ。口答えは許さん」

その体育教師は全身を分厚い鋼鉄の甲冑《かっちゅう》で包み込んだ威圧的な巨漢で、生徒たちに渾名を考える余地を微塵《みじん》も与えなかった。囁《ささや》かれる噂《うわさ》では元軍人であるという。

広々とした体育館に集まった生徒たちは男のあまりの言動に反発しようとして、結局できないまま口を噤《つぐ》んでしまう。体育教師から漂う圧倒的な暴力の臭いに視線を合わせることすらままならないのだ。

「初回の授業では貴様たちの実力を試験させてもらう！　配られた剣があるな？　それは使用者の神秘力を引き出して切れ味や頑強さに転化する第十等級の遺物『流転の剣』だ。今日はこれを使って現在の実力を把握するように」

全身甲冑をかちゃかちゃと鳴らしながら体育教師は剣を掲げた。

訓練用の巻藁《まきわら》人形に切っ先を向け、大きく深呼吸をする。

「遺物に意識を集中させ、神秘の力を引き出す。口で言うのは簡単だがこれを素早く行うには修練が必要だ。このように」

剣を振り上げ、無造作に振り落とす。十分に速度が乗っていたにもかかわらず、剣は人形の肩に接触して止まった。教師の解説が続く。

「ただ振っているだけではなまくらのままだ。そこで集中した状態で特定の呪文を繰り返し唱える。詠唱と動作が無意識下で紐付《ひもづ》けられ、呪文を唱えただけで集中状態に移行できるようになれば成功だ。これを一学期の目標とする」

教師は再び先ほどの動作を繰り返す。ただし今度は「切り裂け」というシンプルな命令を加えて。今度こそ人形が袈裟懸《けさが》けに切り裂かれる。鋭利な切り口を見た生徒たちが感嘆の吐息を漏らした。教師は満足げに頷《うなず》き、続けてこう言った。

「呪文として望ましいのは二種類ある。ひとつは先ほどの『命令』だ。目的に即した指示を出すのが理想的なのは言うまでもない。そしてもうひとつが、遺物に対して呼びかける『名前』だ」

そこで教師はもったいぶるように一呼吸置き、厳かに講義の雰囲気を作り上げた。

「『名付け』とは神秘現象を自分の感性で切り取り、定義し直すこと。君たちがこの学院で学び、『神秘とは何か』を理解していけば、いずれは『自分だけの遺物の顔』を見つけることができるだろう」

教師は言いながら持ち上げた剣の腹を指先でなぞっていく。

すると指先が通過した部分が淡い輝きを放ち始める。不可思議な現象を生徒たちが食い入るように見つめる。

「ただの低級遺物でも、それをどう切り分けるかで性質は大きく変化する。たとえばこうだ。牙を立てろ、『貪食者』」

剣が変貌し、牙を備えた巨大な口となってガチガチと音を鳴らす。鋼鉄の獣と化した剣は獰猛《どうもう》な食欲で切り裂かれた巻藁《まきわら》人形に食らいつき、貪り、ごくりと嚥下《えんげ》した。

「生命体から神秘を吸い出す『吸収』と『変換』の力を『捕食』に見立てた。これからの一年間でこの技術を習得することが年度目標となる。できなければ進級できんからな。目的意識を持って日々の修練に励むように」

生徒たちの態度は二極化した。

さっそく武器に名前を付けてできもしない技術に挑戦しようとする者。

どうせできやしないと暗澹《あんたん》たる表情で剣を振る者。

前者には貴族が多く、後者には亜人が多かった。

だがそういった全体の傾向とは関係なく、体育教師が厳しく指導に当たったのは貴族ばかりだった。叱責、罵声、体罰。威圧的な態度に晒《さら》される対象は偏っている。

「なんだそのていたらくは！　それでも貴族の男子か。まるで亜人ではないか」

それでいて亜人の生徒が質問をしようとするとあからさまに無視をする。

教師の態度が学院の方針そのものを体現していた。

「真面目にやる気がないなら帰れ！」

貴族の生徒たちを順番に見ていた体育教師が立ち止まる。切れない剣で人形を叩《たた》いていたセロトが振り返り、不思議そうに首を傾《かし》げた。

「剣に嫌われてるのかな。力は流してるんですけど」

「言い訳をするな。それでも貴族の端くれか！　貴様の従者を見ろ、亜人ですら切断まではできているのだぞ？　貴族である貴様ができないのは根性が足りんからだ！　そんなざまで邪神の眷属と戦うつもりなのか？」

叱責を受けたセロトはまじめくさった表情になって剣を振るうが、やはり人形には傷ひとつないまま。さすがの教師も渋面を作り、居残りと補習を命じて次の生徒を見に向かった。いくら厳格でも初日から懲罰を加えるのは気が進まなかったようだ。

しかしそれほど時間が経《た》たないうちに教師は方針を転換する。

「おい貴様ぁ！　何だその情けないざまは！」

「ちち、違うんだ！　いつもなら、使い慣れた遺物なら簡単にできるんだ、本当だ！　こ、こんな低級遺物なんて触ったことがないから勝手がわからなくて」

叱責を受けているのは先日セロトたちと諍《いさか》いを起こしたボルクス少年だった。

彼がセロト同様に失敗しているのはおそらく彼が口にしている通りの原因によるものだ

ろうが、体育教師はそれを認めなかった。

「言い訳をするな！　いいか、戦場では常に万全の状態で戦えるわけではない。時には敵の武器すら奪って殺し合うのが真の戦士だ。得物を言い訳にするようでは先はないぞ」

ボルクス少年は既に初陣を済ませていたが、それは万全の装備と精強な護衛を用意した上で与えられた『華々しい勝利の経験』に過ぎない。少年は反論できずに俯《うつむ》いた。

「貴様はあそこの軟弱な貴族とは違う。肉壁の亜人どもとは比較にならん力を秘めた公爵家の男子だろうが。そんなびくついた態度でいったい誰が貴様に敬意を払う？　入学式での醜態といい、貴様のこれまでの行状は貴族全体の恥と言ってもいい」

それからボルクスの耳元に口を寄せて囁《ささや》いた。

「いいか。あのセロトとかいう無名の貴族とは違う所を他の一級生徒や亜人どもに見せつけてやれ。大貴族の威厳を示すのだ。何なら奴《やつ》の従者を一匹くらい殺しても構わんぞ。今なら訓練中の事故で済む」

少年は震え上がった。教師の言葉が本気だとわかったからだ。

暴力と恐怖によって支配し弾圧するということは、舐《な》められたら終わりということでもある。体育教師はそのことをよくわかっていた。

「ようしボルクス、準備運動は終わったな？　いいか、これからこのボルクスがそこのセロトと模擬演習を行う。大貴族の血統がどれだけ優れた神秘の力を有しているか、しっかりと見て学べ！」

強引に生徒たちの前に引っ張り出されたボルクスは真っ青になった。

「どうした。やれ！　貴族に後退は許されん。大貴族であればなおのこと、敗北をそのままにするなどあってはならない。そんな出来損ないに生きている価値はない！」

失望の視線に怯《おび》え、しかし逃げることもできずに立ち尽くすボルクス。

とうとう体育教師の拳が振り上げられようとしたその時だった。

「それより僕は、先生にご指導いただきたいです。恥ずかしながら僕の方もさっぱり遺物を使いこなすことができなくて」

セロトが一歩前に踏み出す。その涼やかなまなざしは真《ま》っ直《す》ぐ教師に向けられている。

「戦場の最前線に立って武威を示すことが貴族の正しい在りよう。すばらしい教えです。とても感銘を受けました。ということは、やはり先生もそのようにして下さるのだと期待していいですよね？」

「何が言いたい」

「なにぶん実戦経験に乏しい未熟者ですので、ボルクス君といきなり試合というのは少し不安で。ほら、凄《すご》い遺物を使いこなす大貴族様ですし。その点、先生の遺物はそこまででもなさそうです。物腰も穏やかで恐《こわ》くなさそうですから安心して練習ができるかなと」

甲冑《かっちゅう》ががちゃりと音を鳴らす。

無造作な歩みでセロトに近寄っていく体育教師は低い笑い声を漏らしながら籠手《こて》に包まれた掌《てのひら》で開閉を繰り返した。

「この俺が、随分と舐《な》められたものだな」

「先生が優しくて人畜無害なのは事実ですよね？　言うほど厳しくないですし」

予備動作はなかった。体育教師の拳がセロト目掛けて振り下ろされる。

そして容赦なく繰り出された暴力を、真下から閃《ひらめ》く光が蹴散らした。

セロトの斬撃は光そのものだった。速度と軌跡の鋭さだけではない。美しく煌《きら》めく刀身は光を反射しているのではなく、自ら輝きを放っていた。誰の目にも明らかな神秘現象。

だが斬撃は何一つとして切断していなかった。

体育教師の拳が弾《はじ》かれ、光を放ち、それで終わりだ。

沈黙。それがセロトのもたらした結果である。彼は言葉を続けた。

「きっとその兜《かぶと》の内側に柔和で親しみやすい表情を隠されているんでしょう？　わかりますよ。無理して恐《こわ》がらせようとしてますけど、人の良さが滲《にじ》み出てしまっています」

「馬鹿な、何故《なぜ》だ、どうして俺の遺物が反応しない!?」

先ほどから体育教師はしきりに小声で命令と呼びかけを繰り返していた。自分が身に纏《まと》う鎧《よろい》、愛用の遺物に秘められた神秘の力を発揮しようとしているのだ。

だができない。遺物は沈黙したままぴくりともしなかった。

「すみません、この剣も先生の鎧もダメにしてしまいました。どうやら、僕が神秘を起こそうとすると何故か綺麗《きれい》になってしまうみたいで」

「な」

唖然《あぜん》としてセロトを凝視する体育教師。

確かに、少年が手にした剣からはもはや何の神秘も感じられなかった。

荒っぽく取り上げて集中しても何も起こらない。

「浄化、いや漂白かな？　何にせよ、元々あった神秘の力を消してしまうみたいですね。

ああ、勢い余ってボルクス君の剣まで。すみません、僕が未熟者なせいで」

暗にこれ以上の実技演習を継続することが困難であることを示しつつ、セロトは教師に向かって柔らかく微笑《ほほえ》みかけた。

「先生、本当にすみませんでした。授業についていけない弱者の僕がこのようなことを言うのは恐れ多いのですが、これ以上は次回までの宿題にさせてもらえませんか？」

どのみち遺物は使い物にならない。

体育教師は不気味なものを見るようにセロトから後退《あとずさ》り、取り繕うように授業の終了を宣言してその場から逃げるように立ち去った。

生徒たちの囁《ささや》くような噂話《うわさばなし》はやがて黄色い声に変わっていった。

「え、セロト君めっちゃ凄《すご》くない？　せんせー最後の方めっちゃびびってたウケる」

「でも遺物適性は最低じゃん。顔はかっこいいけどさ」

「私はありだな～。てかむしろ可愛《かわい》い系？　セロトくーん！　こっち向いてー！」

声に応じて小さく手を振ると、遠巻きに見ていた集団がどっと沸く。

体育館を後にした生徒たちは口々にセロトについての話題を交わし、時折涼しげに歩く少年に視線を向けてまた興奮したように噂話《うわさばなし》に花を咲かせていく。

とそこに二人の従者が並ぶ。レイミアが小さく咳払《せきばら》いして苦言を呈した。

「あの、セロト様。見事な剣さばき、さすがは勇者様と称《たた》えたい気持ちはあるのですが、少し目立ちすぎかと」

「レイミアかたーい。いいじゃんあのくらい目立っても。あの鎧《よろい》おじさんやな感じだったし、いい気味だよ」

セロトに対しては関心を持っていないアンゼリカだったが、学院生活に対する姿勢は近い。どちらも慎みや遠慮を知っていながら無視する傾向がある。

アンゼリカのそうした性質は次の授業で遺憾なく発揮されることになる。広い教室で生徒たちを待っていた老齢の教師は教卓を脇にどけて巨大な檻《おり》を用意していた。その中で獰《どう》猛《もう》に唸《うな》っているのは魔獣と呼ばれる人類の敵だ。

「この授業では諸君らが戦うことになる魔獣の生態について、あ、こら君！　何をするのですか！　近付いてはいけません、危険ですよ！」

「殺す。敵は殺す。魔人も魔獣も許さない、邪神の眷属は残らず死に絶えろ」

殺意を呟《つぶや》きながら進み出たのはアンゼリカだ。

その手に握られているのは制服のどこに隠していたのか、恐ろしく細い短剣。アンゼリカの近くにいたボルクス少年が恐怖のあまり尻餅をつくほどに鬼気迫る表情。

様子に生徒たちが怯《おび》え、教師さえもただならぬものを感じ取って一歩下がる。

少女はこれが授業だということを忘れている。

無造作に教師の手から鍵をひったくり、アンゼリカは当然のように魔獣を檻から解放した。狼《おおかみ》に無数の手足をデタラメに生やしてサソリの尾とコウモリの翼をおまけに付けたような怪物が咆哮《ほうこう》する。教室は騒然となった。

解き放たれた魔獣は真っ先にアンゼリカに襲いかかり、その細い身体《からだ》を血の海に沈めようと鋭い爪を振り下ろした。正確には、振り下ろそうとした。

手首だけが断面を晒《さら》して真下に抜けて、鋭い爪を兼ね備えた手は宙を舞っていた。

「死んじゃえ」

可憐《かれん》な唇がぞっとするほど温度のない言葉を紡いだ。

それから起きた殺戮《さつりく》は冗談のような光景だった。アンゼリカは訓練された兵士でさえ死を覚悟する魔獣の猛攻を紙一重で避《よ》け続け、その度に反撃の刃《やいば》を閃《ひらめ》かせて怪物の腕を切り刻んでいく。鮮血が飛び散り、広げた翼が更なる赤で上塗りされていく。

「お前たちは存在しちゃいけないんだ。死ね。いますぐ死んで償え」

教団が護身用にと与えた短剣は低級の遺物に過ぎない。機能としては先ほどの訓練用の剣と大差がない武器だ。しかし、少女には天賦の才が備わっていた。

魔獣の攻撃を見極める目と勘。即座の判断に肉体の動きを合わせることができる天性の資質。純粋な殺意。そして神秘の適性。

『死ね』という力ある言葉が死をもたらす。

アンゼリカの『命令』が刃《やいば》に必殺の鋭さを与えていた。

瞬く間に魔獣を解体してのけた血塗《ちまみ》れの少女に生徒たちの誰もが恐怖を覚えた。

その感情はすぐに別のものに形を変える。

ある者は忌まわしいと吐き気を堪《こら》えたが、別の者は強い共感に胸を打たれ、また別の者は尊敬と憧れに瞳を潤ませた。

アンゼリカの在り方は兵士を育成するこの学院では正しい。

黒々とした感情と強烈な敵意を胸に抱いているのは彼女ひとりではないのだ。

それはそれとして、授業を滅茶苦茶《めちゃくちゃ》にされた教師は激昂《げきこう》していた。

「なんという無茶《むちゃ》な！　危険極まりない、常軌を逸している、私の貴重な実験体、もとい教材をよくもこんな姿に！」

「うるさい黙れ。魔獣の味方をするの？　じゃあお前も敵だ。邪神の眷属だ。なら殺さなきゃ。私の敵なんだから斬ってもいいよね。死ね」

アンゼリカに躊躇《ためら》いはなかった。教師は少女の言動に理解が追いつかずに棒立ちのまま。

そこでセロトが口を出した。

「アンゼリカ。敵を殺せなくなるよ」

「ならやーめた」

教師の首を切断しかけていた短剣が途中で軌道を変えて顎を打ち、続けてこめかみを強打した。刃を使ったにもかかわらず切り傷ひとつない。アンゼリカは切れ味をわざと鈍らせて短剣を打撃武器に変えていた。神秘の力をどれだけ発揮するかを自在に調節する方法など彼女は教えられていなかったが、誰に聞くでもなくそれは自然にできた。

圧倒的な才。低級遺物しか使えないことなど問題にもしない神秘適性。誰よりも強い邪神の眷属への敵愾心《てきがいしん》。入学したばかりの亜人生徒たちはアンゼリカに理想を重ねた。

「アンゼリカさん、すごーい！」

「かっこいい、あんなの見たことない！」

「主従揃《そろ》って強いんだね！　もう上級生にも勝てるんじゃない？」

セロトに対してそうだったように、黄色い悲鳴が爆発する。

特に女子からの人気が凄《すさ》まじい。アンゼリカの周囲には女子生徒たちの人だかりができていた。驚くべきことに亜人だけでなく貴族生徒まで混じっている。

種族の差を超えて、共通の敵である邪神の眷属への敵意が共感を呼んだのである。

一躍クラスの人気者になった二人。

それを見ていたレイミアは思わず両手で目を覆い、深い溜息《ためいき》を吐《つ》いた。

5　真実と正解

　入り組んだ地下通路の様相はさながら水晶の密林だ。床や壁から突き出している無数の六角柱は紫紺の仄明《ほのあ》かりを放ち、通路を往《ゆ》く少年少女たちを照らしている。一定周期で光量が変化する幻惑的な光景に生徒たちは目を白黒させていた。

　初老の教師に先導されていく新入生たちの胸中を満たすのは未知なるものへの不安、そして恐れ。若者ならば誰しもが抱きうる、毎年恒例の景色。

　だが今年は一部の例外がいた。

　二人の少女を左右に侍《はべ》らせた少年だ。『問題児』に対する忌避感と好奇心の入り交じった視線を意にも介さず、セロトあるいはアドと呼ばれる少年は泰然自若とした態度で歩みを続ける。左右の少女は相変わらず距離が近いだの呼び名が違うだのと言い争っているが、少年が耳を傾けているのは先導する教師の言葉のみだ。

「ここが本校の図書館、『水晶回廊』です」

　その日行われたのは施設の紹介も兼ねた『異界実習』の初回授業だ。この学院の図書館は極めて特殊な性質を有するため、教師による適切な指導が必須とされていた。

「この空間を埋め尽くす無数の水晶柱、その全てが『書庫』であり『書物』そのもの。かつては紙ではなくこのような水晶に様々な情報を蓄積させていたのです」

教師の説明によれば。大陸の各地に存在する遺跡群は、この世界に残された貴重な神秘の名残だという。貴族たちはそれら遺跡を調査することによって断片的な神秘の知識を掘り起こし、利権を巡って貴族同士で戦いに明け暮れた。

長い戦乱の果て、最も巨大な遺跡を勝ち取った六つの家が『王家』を名乗り、発掘された遺物や知識を独占することで大陸に覇を唱えている。この地、『シプトツェルム王国』もそのひとつである。『王立大学附属学院』と呼ばれる三年制の学《まな》び舎《や》も当然のことながら王家の管理下にある。

つまり、この巨大な地下遺跡こそが貴族が持つ特権の源泉なのだ。

この学院を含む大学等の施設は、遺跡の上に建てられた研究機関を前身としている。現在も学生や研究員、調査団や民間の探索者たちが遺跡の調査を継続しているが、遺跡の全容を解明し尽くすには至っていない。

「この地下第一層は比較的安全ですが、書物に記された神話や伝承が具現化する第四層より下ともなれば本職の研究員でさえ半年以上の調査期間を必要とすることもざらにあります。何を隠そう、偉大なる神秘学者にして大陸有数の探索者でもある本学の学長は第十層の調査に赴いたきり、五年ほど帰還しておりません」

生徒たちがざわつくが、教師はこの程度は当然のことと言わんばかりに話を続ける。

教師が手近な水晶柱に手を触れると、その淡い輝きが強まる。すると水晶からするりと浮かび上がるように、虚空に映像と文字が投影されていく。

「これらの水晶もまた『魔導書』と呼ばれる遺物。魔導書から情報を読み出し、過去の神秘を現世に再現することが可能なのは一級生徒である貴族の皆さんだけです」

少年はなるほどと納得した。有益な情報にアクセス可能かどうか。この段階で決定的格差があったのだ。貴族と亜人との間には才能や適性のみならず学習効率においても埋められない溝があることになる。

「さて、ここが地下第一層の中心部、大書庫です。これから一級生徒の皆さんに小型の魔導書を配布します。校章を象《かたど》ったこの魔導書は皆さんの身分を示す証《あかし》ですから、くれぐれも無くさないように」

辿《たど》り着いた広間で新入生たちの半分に配られたのは首飾りだった。細い鎖に繋《つな》がれた小さな六角柱は、遺跡産の水晶を加工したものだろう。貴族の子弟たちは誇らしげに首飾りを身に付け、自信に溢《あふ》れた顔つきで己の姿を従者である亜人たちに褒《ほ》め讃《たた》えさせる。

一方、もう半分の生徒たち、二級生徒とされた亜人たちにはそうした証は与えられることがなかった。それを当然のものとして受け入れる生徒たちの姿を、セロトは無表情に見つめていた。

†

しばらく館内を自由に見学することを許された生徒たちは、思い思いに集まって周囲の水晶に触れたり散策したりして新しい環境を楽しんでいた。そうした輪から離れて、セロトは無機質な口調で二人の少女に告げる。

「現状はあまり良くない。この学院、というかこの国は君たちをとても軽んじている。まずは正しい評価と地位の向上、これが必要だ」

淡々と語る少年に、レイミアは両手を胸の前で組んで大仰に感激してみせた。

「私たちの扱いを不当と、そう仰《おつしや》って下さるのですね、お優しい勇者様」

「というより危機感が足りてない。専門職に適した人材を単純作業に従事させているようなものだ」

あくまでも少年が現代に蘇《よみがえ》った目的は一つだ。アンゼリカを救ったように、人類を災厄から守らねばならない。

「現代人の認識を根本的に変えるべきだけど、それには支配者層の子弟が多く通っている学院というのは都合がいい。『教団』の意図もそんなところだろう？」

「どうでしょう。上層部の意向までは私にもわかりかねます」

あくまでもにこやかな表情を崩さないレイミア。教団は立場としては勇者が上位であるという姿勢を徹底している。請願ならともかく、直接的な命令がレイミアの口から出てきたことは一度もなかった。

「僕の内発的な義憤とかに任せたいのかな。自由に動いても構わない？」

「はい。私たちは勇者様の決定を支持します」

「うーわ。めんどくさーい」

完璧な笑顔を浮かべるレイミアの横でしらけた様子のアンゼリカが呟《つぶや》く。セロトは苦笑しながら、二人に向かって提案を行う。

「既にアンゼリカを見てクラスの亜人生徒たちは勇気付けられている。彼らと共に特訓するのはどうかな。亜人たちが揃《そろ》って貴族より好成績を残したら、学院の教師たちも何かしらの動きを見せるだろう」

「とても素晴らしいお考えです、さすがは勇者様」

微笑《ほほえ》みながらレイミアはアンゼリカの方を向いてじっと視線を送った。

無言の圧力に耐えかねたのか、天使の少女は面倒《めんどう》そうに言った。

「何人か、話聞いてくれそうな子がいるから声かけてみるけど、期待はしないでよ」

とはいえ一年生の亜人生徒たちにとってアンゼリカは憧れの的だ。密《ひそ》かに親衛隊ができているという噂《うわさ》すらある。彼女に声をかけられて拒否する者などそうはいないだろう。

「亜人が貴族より弱いというのは意図的に作られた常識だ。力による支配としては効率的だけど、知恵による統治にはほど遠い。これは善き王の治世ではない」

二人の少女は思わず息を呑《の》んだ。

少年の言葉とまなざしが、かつてなく力強い熱を秘めていたからだ。

理由のわからない義憤。現状に対する強烈な忌避感。

穏やかな少年の中に眠っていたのは、民の善導を望む強い欲求だ。

　セロトの静かな激情にアンゼリカはついていけずに一歩退いたが、レイミアは感極まったように少年に縋《すが》り付いた。

「現代の常識は貴族たちが都合良く歪《ゆが》めたもの。教主様も同じことを仰《おつしや》っていました。やはりセロト様は私たちの救世主です」

　この階級社会と差別構造はそうあるようにと意図して作られたもので、維持するために情報操作されている。『衰退』の根は深く、単純な啓蒙《けいもう》では終わらない、それこそ『戦い』になる可能性が高かった。

「人によって向き不向きがあるのは当たり前のことだ。遺物適性だけで人の全てを判断できるなんて考え方は間違っている」

　そうして、セロトの学園生活は教師たちの方針と真っ向からぶつかる形で幕を上げた。

†

　その日、『神秘生物学』の初講義を受講したセロトの表情は強張《こわば》っていた。

　教卓に見本として載せられているのは犬やネズミ、鳥などの小型の動物だ。最初の講義ではこれらの生態と飼い慣らすための知識を覚えるための座学、最後に生徒たちが今後の授業で付き合うことになる専用の使い魔を選ぶという段取りだったのだが、その際に教師が口にした言葉にセロトはひどく打ちのめされていた。

「諸君らはこの講義を通して下等生物の使役方法を学ぶ。これはもちろん一級生徒と二級生徒では全く別の意味合いを持っていることは言うまでもない」

つまり、と間を置いて生徒たちを見渡す教師。二分された席の割り振り。教え子に対する視線は慈しみと侮蔑の二色に綺麗《きれい》に分けられていた。

「奴隷を支配する訓練と、奴隷として支配される訓練だ」

これがこの時代の常識なのだと、重苦しい沈黙が物語っていた。仕方がないという諦めが蔓延《まんえん》した空気の中で、少年は俯《うつむ》く二人の少女の顔を見た。

「第一学年の終わりには修練の成果として二級生徒との契約を結んでもらう。魂にかけて結んだこの主従の鎖は呪いとなって反抗する使い魔に地獄の苦痛を与える。完全なる絆《きずな》が我々に更なる力を与えるのだ」

その授業でセロトは用意されていた全ての動物を手懐《てなず》けるという前代未聞の行為を成し遂げて周囲から顰蹙《ひんしゅく》を買い、教師から絶賛された。

「どうやら君はこの分野において抜群の才能を持っているらしい。よければ放課後に私の研究室に来なさい」

「光栄です、先生。是非ともお邪魔させてください」

愛想良く笑うセロトは狙い通りに教師に取り入った。

放課後、大学部の棟に赴いたセロトは教えられた研究室の前に立っていた。レポート提出用のボックスが取り付けられた扉を叩《たた》く。

「入りたまえ」

本と薬品だらけの雑然とした室内は消毒液の臭いが充満していた。奥《おく》で椅子に座ってふんぞり返る男の周囲には首が二つもある大型の犬や浮遊する淡い光の玉などがさまよっている。教師は自慢げに使役した魔獣や精霊たちをひけらかす。

「子供だましの講義は退屈だったろう。あんな小動物は偵察か連絡係にしかならない。戦場では脇役と蔑まれるクズだよ。やはり貴族ならば戦闘用の魔獣を使役しないと」

偵察と情報伝達を軽んじる発言にはさすがに驚かされる。実技を教える教師というのは偽装だと言われた方がしっくりくるほどだ。セロトは表情に笑顔を貼り付けて教師が得意げに話すのを聞いていた。

親しげに振る舞う教師の狙いはおおかた便利に使い潰せる助手の確保だろうが、セロトの目的もまさにそれだ。

狭い空間で向かい合う両者は、既に互いをモノとしてしか見ていなかった。

「君の才能は私に匹敵するよ。亜人は各種族につき一種類の使い魔としか契約できない。竜人なら爬虫類《はちゆうるい》、天使なら鳥類というようにね。それに比べて我々はどうだ。亜人とは比べものにならないほど豊富な生物を支配できる」

セロトは『それは契約の深度が浅いからですよ』という言葉を舌の先で止めた。

「ええ。貴族に生まれたことを感謝したい気持ちです」

おもねり、へつらい、心にもない賛同を繰り返す。セロトの柔らかな雰囲気は年配の教師に対しても効果的に作用した。『従順な教え子』としての立ち位置を確保する。

「先生。ところで、先ほどの授業で教わった『主従契約』についてですが」

「ふむ？　君には従者が二人いるようだったね。忠誠心は高いようだが、少し自由奔放すぎるきらいがある。よければ躾《しつけ》の指導をするが」

「よろしいのですか？　実は、まさにそれをお願いしたかったのです。どうでしょう。これから先生のお世話になるにあたって、僕と先生の間で契約を結ぶというのは」

「ほう。やはり君は自主性に富んだ良い生徒だ」

教師の『お気に入り』になれば、様々な雑務の代行と引き替えに学院内での特権的な立場が手に入る。とはいえセロトはその程度の椅子で満足する気などなかったが。

「よかった。このやり方なら『通る』わけだ。先生に自由意志がある、学院に既に存在するルールから逸脱しない。このへんが鍵かな」

「セロト君？　何の話かね」

小さく呟《つぶや》いた少年に訝《いぶか》しげな視線を向ける教師は、しかし相手の細い指先が自分の額に触れていることには気付いていない様子だった。意識は保ったまま。だが現状を正しく認識できていない。彼の中では一対一で生徒と対話している状態が続いている。

まさかセロトが光輝く翼を広げ、『対象を従属させる術』を行使しているとは夢にも思っていない。教師の中でセロトは『従順な教え子』のままだ。

それどころか、客観的にもセロトの立場は変わっていない。

彼は優遇され甘やかされる『へつらい上手の生徒』として目的を達成する。

「いいえ。ただ、学院のルールについて、まだまだ学ぶことがたくさんあるな、と思ったのです。よろしければ先生に色々と指導していただきたいのですが」

「もちろんだとも。君の質問にならなんでも答えよう。それが教師のあるべき姿だ」

教師は従順に頷《うなず》いた。彼が自分の言動に疑問を抱くことはもはやない。

「地下遺跡での実習許可をいただいても？　先生の研究のお手伝いをする上で必要になると思いますので。それと僕の従者たちに同様の許可を。二人分の魔導書も用意していただけると助かります。そうそう、この部屋の茶葉とお茶請けを貰《もら》っていっても？　アンゼリカが喜びそうだ」

「難しいが、他ならぬ君の言うことだ。最大限の便宜を図ろう」

「ありがとうございます」

少年は部屋を訪れた時から変化のない笑顔のままだ。教師はその意味を理解できない。自分の言動すら正しく客観視できないまま、彼は『良き教師』の夢を見ていた。

†

所用を終えたセロトが校舎を訪れると、待ち合わせていた階段の踊り場でなにやら悄然《しょうぜん》としているアンゼリカを見つけた。

声をかけるとぱっと表情が華やいで翼が持ち上がる。しかし相手が『セロトの方』だと知ると不満そうに頬《ほお》を膨らませた。

「なーんだ。アド様が良かったのに。かわってよー」

「自分の意思ではなんともならないんだよね。かといって君に求められたときに必ず交代するってわけでもなさそうだし、正直仕組みがよくわからないんだ、ごめんね」

アンゼリカは納得はしたが満足はしていない、という表情で口をひん曲げた。それから、掌《てのひら》に乗せていた小さな鳥籠を見て眉根を寄せる。

「なんか思い通りに行かないことばっかり。暫定政府とか言って好き勝手してる貴族連中と顔合わせなくて済むのはいいけど、ここだってイヤな奴《やつ》だらけだし。こいつも言うこと聞いてくんないの」

教団がアンゼリカを学院に入学させたのは彼女の政治利用を避けるためでもある。状況に翻弄されていることに不満が溜《た》まるのも無理はない。

「ぜんぜん懐いてくれないし、強そうな猟犬を飼ってる貴族連中は下等な使い魔とか見下してくるし、もー最悪」

アンゼリカの気も知らず、小鳥はちちち、と鳴きながら止まり木をつついている。

少年は籠の鳥を穏やかに見つめながら言葉を選ぶようにして語りかけた。

「下等なんてことはない。鳥は優れた使い魔だよ」

「そうなの？　鳥頭とか言うけど」

「鳥は歌うし、踊るし、色鮮やかに飾りたてるだろう。このような文化的特性は僕たち人類との共通項だ。たとえそれが繁殖目的の競争であったとしても、それは愛の遊戯にほかならない」

それを聞いてアンゼリカは思わず吹き出した。

「愛て。なにそれ恥ずかしい。そのキャラやめてよ、アド様とかわって！」

いつの間にか、腕を軽くつかんで揺さぶる少女の表情は幾分か明るくなっていた。

そんな二人を、『亜人専用』と書かれたトイレから出てきたレイミアは遠くからじっと見つめていた。少女はしばらく時間をおいてから『自分の勇者』の下へと駆けていく。

楚々《そそ》とした表情で、もう一人の少女とやかましく喧嘩《けんか》をしながら、いつものように振る舞ってみせる。セロトもまた、そんな二人を軽く受け流す。

三人の関係性は、ひとまず安定を見せていた。少なくとも、表面上は。

†

「探索実習に行かせてもらえることになった」

入学からちょうど一週間が過ぎた日の放課後、自習室でセロトがそんなことを言い出した。『亜人専用』の席に平然と居座って二人の少女に勉強を教えている彼は周囲から当惑の目で見られていたが、そのことを気にするようなそぶりは一切なかった。

少年はいちど見たものを決して忘れなかったし、本をぱらぱらとめくって目を通すだけで全てそらんじることができた。教科書のたぐいを完全に読み込んでいる彼の学力なら同学年に教える程度のことは容易《たやす》かった。この一週間というもの教師を唖然《あぜん》とさせない日はなく、気に入らないと絡んできた貴族が捨てぜりふと共に逃げていく光景ももはや日常茶飯事。彼の教師然とした振る舞いと指導はある種の『絵になる風景』としてこの自習室にゆっくりと受け入れられつつあった。

「いくらなんでも早すぎませんか？」

レイミアの疑問はもっともだ。

通常、図書館迷宮での探索実習は複数人で班を編成してから行われる。一年生はまだ班決めも終わっていないし、事前の座学で基礎知識を身に付けている最中である。

しかし、何事にも例外というものはある。

「先生の助手として調査を手伝わせてもらうんだ。ほら、この間から研究室に出入りさせてもらってる」

「お気に入りってこと？　贔屓《ひいき》じゃん。いいなー」

アンゼリカは机に向かって勉強することに飽きているようだ。連れて行ってほしいという願望が顔に出ている。

「二人も連れて行くよ。手っ取り早く強くなりたいなら実戦を経験した方がいい」

地下を徘徊《はいかい》している怪物たちは、古代に封じられた邪神の眷属《けんぞく》たちである。古代の遺跡や迷宮は怪物たちを閉じ込めるための牢獄《ろうごく》として機能しており、際限なく増え続ける怪物たちを適度に狩ることも貴族の役目とされていた。

「ほんと？　やった、探索とか冒険とか楽しそう！」

喜色満面のアンゼリカに『静かに』とジェスチャーで示して、セロトは首を振った。

「ごめんね、最初だけは僕ひとりで行かせてほしい。ルートの確認と安全確保をしておきたい。単独の方が動きやすいし、遺物の回収も捗《はかど》るから」

「わかりました。足手まといにならないよう、今回は二人で待機しておりますね」

教師の助手と言いつつ完全に一人で動くことを前提とした物言いのセロト。レイミアはそれを当然と受け止めながら理解を示す。

「申し訳ありません、勇者様。教団が強力な遺物を支給できていればよかったのですが」

『教団』が捏造《ねつぞう》した貴族としての身分は完璧とは言えず、張りぼての遺物しか用意されていなかった。操る才能がほとんどなくても学院内で貴族として振る舞うには自分用の遺物がなくては話にならない。

ここ一週間、圧倒的な力を見せつけながら未《いま》だに侮られ続けているのは貴族社会を支える価値観、『遺物至上主義』が原因のひとつだ。社会構造を変革すると息巻いたところで、軽く見られたままでは話にならない。

「ある程度潜ればそれなりの遺物や魔導書を確保できるだろうと思う。もともと図書館で記憶を戻す方法を探すのが目的だったんだし、ちょっと行ってくるよ」

「お気をつけて。いくら許可があるとはいえ一年の探索可能範囲は三層まで。それでも危険は多いと聞きます」

レイミアはセロトの身を案じて言ったが、当事者の少年は平然と否定の言葉を返す。

「いや、とりあえず十層まで降りるつもりだけどね？」

「えっ」

聞き耳を立てていた周囲の亜人生徒たちまでもが驚き、耳を疑い、噂《うわさ》が広がりながら『いくら何でも冗談だろう』という結論に落ち着いていった頃。

少年は遥《はる》か地中の奥《おく》深く、図書館迷宮の第十層に到達していた。

通路を満たす水晶柱の密度は上層の比ではない。魔導書と呼ばれる紫水晶から放たれる光は七色に変幻し、中空にどこともしれぬ光景を投影していく。大気が揺らぎ、水面のように見知らぬ世界を映し出す。空間の歪《ゆが》みは近付くものを吸い込もうとするが、少年が窓を閉めるように手を動かしただけでさっとかき消されてしまった。

空間の窓は前触れなく開き、数々の悪夢を現出させて迷い人を誘う。巨大な食人植物に溢《あふ》れた密林、溶岩の流れる洞窟、飛竜舞う天空の城、死人の徘徊《はいかい》する暗黒の淵《ふち》。

尋常の探索者であれば引きずり込まれ、過酷な夢世界での冒険を強いられるところを少年は強引にそれを無視して最速で下層を進み続けた。

背後にうずたかく積み上げられた屍《しかばね》は正気の者なら目を疑うようなものだ。ねじくれた角の高位悪魔、睨《にら》み付けたものを石に変える蛇の王、水晶の身体《からだ》を持つ動く像。

周囲に散らばる人骨は歴戦の探索者たちのものだろう。未《いま》だ風化していない、死亡からさほど時間を経ていない教師の遺体すらそこにはあった。

死のただ中で少年の姿はあまりに自然だった。それが日常であったかのように死屍累々《ししるいるい》の道を歩んでいく。

「なんでこんなに落ち着くんだろう」

ぽつりと呟《つぶや》く。あるいは騒がしい少女たちからの解放感がもたらした感慨だったのかもしれない。だとしても、このような死地に安らぎを見出《みいだ》す精神性に共感するものはそういるものではない。

「だろう？　この静けさは得がたいものだ。地上ではなかなか理解してもらえないのだが、君とは話が合いそうだ」

だが、決して皆無ではなかった。

唐突に響いた声を聞いた少年は、彼にしては極めて珍しいことを実行した。両腕で顔の前を庇《かば》いながら声から遠ざかるように後退《あとずさ》ったのである。前触れなく響いた声の主はいたずらを成功させた子供のように笑い、こう続けた。

「すまない。驚かせるつもりは、まあ少しはあったが、警戒させるつもりはなかった。見ての通り退屈していたものでね。そしてこれも見ての通り警戒は無意味だ」

少年は声の主の姿を確認し、その言葉に偽りがないと理解する。

それは豊かな白髪と白髭《しろひげ》をたくわえた老人の首だった。

正確に言えば、巨大な水晶の塊に首から下の全身が埋まっている老人がそこにいた。

「あなたは？」

「セイロワーズという者だ。趣味は遺跡探索。最近の悩みは運動不足だ」

「はあ」

「それで、なんとも凄《すさ》まじい神秘を従えている君はいったい何者かね？」

名乗ろうとして、少年は言葉を舌の上で留《とど》めた。

自分は、誰だ？

対外的にはセロトと名乗っている。少年を蘇《よみがえ》らせた『教団』は千年前の英雄が生まれ変わったのだと語る。しかし、『何者か』と問われた時に少年が思い浮かべたのはそうした断片的な言葉ではなかった。

不完全な記憶すら本物かどうかわからない、今ある思考や肉体にすら実感が持てない。誰よりも強い力を持ち、誰もが恐れる死地すら軽やかに踏破できてしまう自分という存在が何なのか、その答えがどこにもない。

「わかりません」

だからありのままを答えた。

『教団』のこと、これまでの経緯、自分への疑念。言葉にすれば短い、それだけに不可解さに満ちた自分という存在の謎について、滔々《とうとう》と語っていく。

相手が得体の知れない老人であったにもかかわらず、少年の言葉は止まらなかった。溢《あふ》れ出すように、空っぽの内側をさらけ出していく。

「なるほど、なるほど。セルエナ、あの妖怪ババアめ。ついに成功させおったか」

「教主をご存じなのですか？」

「教団が学院に君たちをねじ込んだ理由はひとつ。内部に協力者が存在するからさ。ここに閉じ込められてから部下のことが心配だったのだが、どうやらまだ無事のようだ」

「ですがあなたは無事ではない。貴族でありながら教団の協力者、つまり親亜人派であることが露見してここに幽閉されたのですか？　それならむしろ公にして失脚させそうなものですけど。殺されていないのも不思議だ」

「そりゃあ私をここに封じたのは教団だからね」

「つまり教団内部で派閥争いが？　方針を巡って教主と対立でもしましたか」

「話が早い。まさしくそれさ」

老人は頷《うなず》こうとして首が上手《うま》く動かせないと気付き、むりやり喉を鳴らした。

「私はかつて『教団』を率いる教主セルエナと志を同じくしていた。亜人の解放。権利の獲得。種族間の平等。理想を掲げ、しかし決裂した」

「それは何故《なぜ》です？」

「私は穏健派、セルエナは急進派。貴族に不当に扱われている亜人たちを救うという目的は同じでも、漸進的に改革を進めようとする私と、破壊と流血を厭《いと》わずに革命を断行しようとするセルエナとでは嚙《か》み合うはずがなかった。我々は最終的に決別した」

「あなたの言う穏健派の思想とは、教育による次世代の意識改革でしょうか？」

「うむ、その通りだ」

セロトは考え込んでしまった。この老人と自分は同じことを考えている。だが、現在の教団主流派はそれとは相反する思想を有する急進派らしい。レイミアはにこやかな表情で少年の意見に同意していたが、本心は違ったのかもしれない。

「『教団』の主流派から追いやられた私はそれでも諦めなかった。社会の意識を変えていくにはまず若い世代から。学院という場を共有する貴族と亜人の融和と相互理解から始めていくことで少しずつ社会を良くできればと考えた。まずは私の研究室に所属する弟子たち、そして講義を受けにきた熱心な学生たち、そこからじっくりとな」

「立派な志だと思います」

端的な所感を述べたところ、苦笑されてしまった。老人の現状を考えれば皮肉に響いたのかもしれない。

「トイレや教室、乗り合い馬車での分断や隔離、この国では制度的な差別が公然と許されている。これに個人で抵抗するのは困難だ。ならば校則なら？　学長の権限を利用して差別的な制度を撤廃し、若き世代の常識を塗り替える。私は弟子たちからの賞賛でいい気になりながらこうした取り組みを次々と試していった」

老人は教団主流派を急進派と呼んでいたが、この老人のやり方もかなり急進的と言えた。保守的な貴族たちがどう反応したのかは想像に難くない。

「浅はかだったよ。教団急進派と貴族たちからの反発は予想以上だった。王に忠誠を誓う血統主義派の教師たちに罠《わな》にかけられ、貴族に雇われた刺客と戦っているところを救援を装って現れた教団の部下に背後から刺された。どうにか撃退はできたのだが、厄介な呪いをかけられてね。このような場所で無様を晒《さら》しているわけだ」

セロトは老人の首から下を封じている水晶に触れて、即座に今の自分ではどうにもならないことを悟った。複雑に入り組んだ呪いは、別系統の術が絡み合ったことでより厄介なものに変質してしまっている。

「思えば未熟であった。穏健派と言いながらも私は焦っていたのだ。セルエナが強硬手段に出る前に、私のやり方で成果を上げなければと急いでしまった。その結果がこれだ。まことに愚か、若い若い」

その独白は、老人の自嘲としてはあまりにも苦かった。

セロトは慰めを口にしようかと一瞬だけ迷って、しかしそれをやめた。必要なのは正しい現状認識と情報の共有だ。

「トイレ、今は別々に分けられてますよ。教室の席も配置は分断されてますし、食堂も」

「やはりな。むしろ私のしたことは逆効果だったやもしれぬ」

「ただ、生徒会のスタンスはやや理想主義のきらいがあるものの、あなたのそれに近いように思えます。おそらく、あなたの教えはわずかに生き残っている」

「そうか。それを聞けてよかった」

寂しそうに言う老人の顔をじっと見つめながら、セロトは考え続けていた。これまでの情報が正しいものだと仮定した場合、自分は何をすべきなのか？

「少し、わからない。その話が事実だとすれば、教団の狙いは僕を武力として用いることなのでは？　破壊工作や暗殺ではなく、貴族の師弟が通うあなたの学院に入学させるというのは、むしろ穏健派の考えそうなことです」

「教主セルエナ、あの性悪な妖怪ババアは貴族たちが亜人たちを裏切った時代を直《じか》に体験している。その憎悪は計り知れない。君に貴族の次世代を担う子供たちを虐殺させようと考えていても不思議ではない」

「そんなことをすれば大事になりませんか。教団の存在が悪い形で露見し、亜人弾圧はより過酷になるのでは」

「ゆえにこの学院を選んだのだろう。地下に広大で危険な迷宮を有する場所を。ここならば大量殺人も実習中の事故、意図せぬ行方不明ということにしてしまえる」

乱暴だが、それでもかろうじて通りそうな仮説ではあった。教団の理性がどのくらい残っているのかはわからないが、セロトが見た限り現状は亜人たちが憎悪で暴走するのに十分なように思えた。

「共通の敵である魔人を勇者である僕が倒し、それを支えた教団と亜人が世界救済に貢献したという功績をもって亜人の地位向上を図る。そういう話ならまだ穏やかにまとまりそうなんですが」

「それはないだろう。大まかな方針は合っているだろうが、セルエナめは魔人族との戦いに紛《まぎ》れて貴族たちを背後から刺すつもりだ。亜人たちの恨みはそれほどに根深い」

勇者は世界の敵である邪神の眷属《けんぞく》と戦うためにこの現代に再び生を受けた。

それは間違いではないが、その一方で亜人たちを救い貴族たちを倒す革命の英雄としても期待されていたのだ。

問題があるとすれば、少年自身が貴族であるということ。

「最終的に、貴族である僕が勇者だと邪魔そうですね」

「む？　いやそれは、セルエナは君の。だが千年も恨みを積み重ねればあるいは」

「楽観的な希望は捨てましょう。教団急進派は親亜人派の貴族であるあなたを迷宮に封印するという暴挙に出ているのです。僕も最終的にはそうなるか、あるいは」

少年は無表情に首に手刀を立てながら言った。

「処分される。そう考えておいたほうがいい」

「そのような非道は許されん」

「僕も嫌ですね」

にこりと笑う少年を見て、老人はふっと息を吐いた。

安堵《あんど》したように頬《ほお》を緩め、しかしすぐに真剣な表情になってこう続けた。

「少年。頼みがある」

真摯にこちらを見つめる視線は強く、願うように潤んですらいた。

「勇者の生まれ変わりである君は、何の因果か記憶を失っている。それはある意味で救いなのだ。君と同じ千年前を知る教主セルエナは記憶と感情に復讐心《ふくしゅうしん》を刻まれてしまっている。同様に、千年前の固定観念もだ」

少年にとって自分が何者かわからないことは苦しみだった。

だが老人はそれこそが救いだと語る。

「君はまっさらだ。だから覚えていないだろう。貴族と亜人、その捻《ねじ》れた差別意識と恨みの歴史を。前提が異なるのであれば、君はきっとセルエナとは別の答えに辿《たど》り着ける」

正確には、少年には不完全な記憶と知識があった。

だから、実を言えば貴族と亜人の現在の関係性についてもある程度の推測はできていた。

貴族が歪《ゆが》めた歴史の裏側にあるもの。歪めなければ耐えられなかった歴史についても想像がつく。

千年前、『亜人が』差別されていた事実はなかった。

だがそれは、差別が存在しなかったことを意味しない。

「セルエナと教団はその心を恨みと憎悪で染め上げている。だがそれでは不毛だ。千年前に戻すのではない。新しい世界を作らなければ。必要なのは未来。そうだろう？」

「不毛。そうですね。それについては、同意見です」

自分という欠落。セロトという名の空白。

それは、何か新しい夢によって埋められるのだろうか？　少年にはわからない。わからないなりに、試してみる価値はあると思った。

少なくとも確かなことがある。

自分は英雄として、誰かを救えるのだと信じられているということだ。

こうして二人は誰にも知られずに協力関係を結んだ。

互いに方針を確認し合い、その終わりに老人はひとつの個人的な願いを少年に託した。

「少年よ。これは完全な私事なのだが、もし地上でミードという女子生徒に出会ったら私の心配は不要だと伝え、可能なら助けてやってくれないだろうか」

「ミード？」

聞き覚えがある名前だった。老人は頷《うなず》いて続けた。

「孫娘だ。娘が妖精の王族との間にもうけた。私はこのざまで守ってやれん。あの子が難しい立場に置かれていないかどうかがずっと気がかりだったのだ」

少年は入学式の直前に出会った美しい上級生の姿を思い出した。

「たぶんそれ、生徒会の副会長ですね。貴族と揉《も》めた時に仲裁してもらいました」

「なんと」

老人は目を見開いて驚く。セロトはこの巡り合わせを幸運と捉えた。

「守るというか、申し訳ありませんがこの際なので利用させていただきます。混血や学長の孫娘という立場は使いようによってはこちらに大きく利するものです。あなたの意思が彼女に受け継がれているのなら、それは望ましい方向性のはずです。違いますか？」

「それは、しかし、ううむ」

老人は理性と情愛の狭間《はざま》で葛藤する。

愛する孫娘を過酷な道から遠ざけたいという感情と、思い描く理想の未来のためにその孫娘が必要になるという現実的な判断。

ひとしきり唸《うな》ったあと、老人は諦めたように溜息《ためいき》を吐《つ》いた。いずれにせよ、地底に封じられた彼には表舞台に立つ役者たちに関わることができない。

「いや、これも浅はかな自らの選択の結果か。幼いあの子を研究室に出入りさせ、弟子として理想を教え込んだのは他ならぬ私。今さら保身に走れというのは無責任というもの」

全ての決断を一人の少年に委ねる。もはや道はそれしかないのだ。

「どうか孫をよろしく頼む」

「ええ。千年かけて同じことを繰り返すのも芸がない。あなたのお孫さんが生きやすくなるようにやってみましょう」

†

問題は環境と常識だ。それが亜人たちの成長を妨げている。

個々人の資質や適性が能力に影響しているのはもちろんだが、それ以前の段階で才能の芽が摘まれていることがあまりにも多い。

それを証明するかのように、驚異的な意志力で既存の常識を無視したアンゼリカは飛躍的な成長を続けていた。授業態度はそこそこ不真面目ながら要領が良く、座学において並ぶ者のないセロトに教えられればすぐさま吸収してのける。実技演習では頭抜けた才覚を示すあまり貴族たちすら彼女を恐れ、あるいは尊敬のまなざしを向けていた。

「殺せ。切り刻め。忌まわしい邪神の眷属を皆殺しにしろ」

彼女が憎悪の呪詛《じゅそ》を口にするだけで、低級の遺物は殺戮《さつりく》の凶器に変貌する。

既にアンゼリカは『命令』の技法を習得していた。入学前に習得済みであった一部の貴族たちを除けば新入生の中では最速。苛烈な意思がもたらす破壊的な力の大きさは一年で最大どころか全学年有数とされていた。

学院始まって以来の天才。そしてその才覚が最大限に引き上げられているのは、一人の少年が適切な指導を加えていたからこそであった。

「あの、セロト君」

「私たちも、教えてもらっていいかな」

少年は教導者としてたぐいまれな才能を有していた。クラスの亜人生徒から徐々に勉強会の輪が広がり、クラスの外にもその評判は浸透していく。

今年の新入生にはとびきりすごいのがいるらしい。

セロトとアンゼリカ。二人の名は学年の枠を超え、学院全体に広まりつつあった。

一方で苦戦していたのがレイミアだ。

ある日のこと。セロトの自室に集まった三人は亜人生徒たちを集めて行うのとは別に個人的な勉強会をしていた。アンゼリカが心底から不思議そうに問いかける。

「ていうか、レイミアはその性格で勉強得意じゃないの？　嘘《うそ》でしょ？」

「煽《あお》ってるんですか？」

「うん。ちょっとだけ」

セロトはいつものように始まった喧嘩《けんか》を仲裁し、柔らかい微笑《ほほえ》みを浮かべる。

「大丈夫だよレイミア。君には僕がついてる」

「セロト様」

感動に身を震わせるレイミア。

アンゼリカに冷ややかな目を向けられているのにも構わず、少し調子に乗ったレイミアは少年の方に身を寄せて甘えるように課題のわからない部分について質問する。

「その答え教科書じゃなくて副読本の資料集に載ってるよ。自分で調べたら？」

「アンゼリカには訊《き》いてません！　セロト様に言ったんです！」

「大丈夫。ちゃんとわかるまで教えるよ。亜人のみんなには本当はすごい力が眠っているんだ。誰にだって可能性はある。天は人に公正な運命を与えるものだからね」

優しげなセロトの言葉にいちいち感動するレイミアとは反対に、アンゼリカはどこか醒《さ》めた様子で二人を眺めていた。それからふと思いついたようにこう言った。

「ていうか、もしかしてレイミアさ。構ってほしくてできないフリしてる？」

レイミアはわかりやすく狼狽《ろうばい》した。疑問に思ったセロトが追及すると、案の定わざと手を抜いていたのだという。

「だって最近のセロト様、他の方たちの面倒見てばかりだから」

可愛《かわい》らしい焼き餅で少年への独占欲を示すレイミアに、アンゼリカはげんなりとした視線を向けながら言った。

「うっわあざと」

「あなたに言われる筋合いだけはないですよね？」

「私のは媚《こ》びじゃなくて忠誠なんですぅー！」

結局、いつも通りの口喧嘩という流れになっていく二人。

蓋を開けてみれば座学に関してはレイミアの成績はそう悪いものではなかったのだが、問題はまだあった。実技である。

レイミアだけではない。放課後にセロトが個人指導を続けている亜人の生徒たちは、アンゼリカという例外を除けばいずれも実技科目で苦戦していた。

「みんなごめんね。僕に遺物への適性がないばっかりに、上手に教えられなくて」

申し訳なさそうに謝罪するセロトだったが、だからといって彼が実技の成績が悪いかといえばそんなことはなかった。

「でもセロトは遺物なしでも強いじゃん。なんかあの光の剣？　みたいなのでズバババーってさ。訓練用の自動人形とか捕獲した魔獣とかじゃ相手にならないし。あれどうやって

る の？」

アンゼリカの問いに、セロトは難しそうな表情で答えた。

「自分の身体《からだ》を遺物に見立てて『命令』するって言えばわかりやすいかな？　個人的な能力だから、皆が同じことをしても僕のような現象は起きないと思う」

唯一無二の異能は、誰にも真似《まね》ができない。

セロトは貴族社会の常識を共有していないが、だからといって亜人たちと同じように考えられるわけではなかった。彼はあまりにも異質であり、突出しすぎていた。

はじめは必死に食らいつこうとしていた亜人生徒たちは一人、また一人と疲労と劣等感と己への失望から勉強会から足を遠のかせていった。

「みんな、本当はやればできるはずなのに」

がらんとした自習室の一角で、心底から残念そうに零《こぼ》すセロト。

それをレイミアは申し訳なさそうに、アンゼリカは何か言いたげにじっと見ていたが、口を開こうとしたまさにその時だった。

勢い良く扉を開けて入室してきた上級生の姿に、セロトが目を見開く。

見覚えのある女子生徒だった。尖《とが》った耳と蜂蜜色の髪。目に焼き付くような神々しい美貌。ミードと名乗っていた生徒会の上級生だ。

「こんにちは。勉強会の噂《うわさ》を聞いたわ。随分頑張ってるみたいじゃない」

声をかけてきた上級生はどうやらセロトの行動を好意的に捉えている様子だったが、彼の計画は早々に暗礁に乗り上げていた。気まずそうに現状を説明すると、ミードは意外そうに目を瞬《まばた》かせた。なんともコメントしづらそうに苦笑する。

「みんな来なくなっちゃったの？　それは、なんというか」

セロトはいつになく悄然《しょうぜん》とした様子で零した。

「どうして皆、すぐに諦めてしまうんでしょう。亜人とか貴族とかは関係ないはずなのに。本来、人には誰にだって可能性が眠っているんです」

「ほんとに、言うことまでそっくり」

「え？」

「ごめんね。君がうちの生徒会長と似たようなことを言うから、つい」

ミードはしばし考えこんでいたが、ややあってこんな助言をしてきた。

「先輩からのアドバイスとしてはね、多分だけど君、真面目に勉強会やりすぎなんだと思うよ。適度に雑談とか遊んだりとかするのが長続きさせるコツ」

自分の体験談なのだろうか、奇妙に実感の籠《こ》もった言葉だった。

「その方がモチベーションの維持に繋《つな》がるとかですか？」

「そうじゃなくて。入学したばかりなんだから、君自身を知ってもらった方がいいと思う。多分みんな、君のことを恐《こわ》いと思ってるからね」

セロトは困惑した。常に優しく穏やかな微笑《ほほえ》みを絶やさない少年。それがレイミアたちの反応からセロトが得た自己像である。もちろん、それは偏った見方だ。

「君はあまりにも他と『違う』もの。異質であることはそれだけで恐ろしい。傑出していること。常識に囚《とら》われないこと。善良であること。純粋であること。そうじゃない人にとって、君は眩《まぶ》しすぎるし異様に見える。誰もが清く正しく頑張れるわけじゃないから」

その言葉はセロトにとって衝撃だった。

自分が何者かということを知らない彼は、自分がどう見られているかについても知らないことだらけだ。白紙の少年の心に、ミードの言葉がするりと入り込む。

「コツは真面目さや厳しさを見せた直後に親しみやすい言動で緊張をほぐすこと。落差と緩急をつけると『実はいい人なのかも』とか『本当はこういう人間味があるんだ』って勝手に感動してくれるから。鏡の前で笑顔の練習とか、どう？」

「今日から練習してみます」

「いや、最後のは冗談というか、実例というか。君、すごく素直なんだね。どこかの自己完結男にこのくらいの純真無垢《じゆんしんむく》さがあればなあ」

それから少し迷うように眉根を寄せて、じっとセロトを見つめながら唸《うな》る。

「うーん、今日は君を生徒会に誘うつもりだったんだけど、こんなに素直だと変な影響受けそうで恐《こわ》いなあ。むしろ私のところで預かった方がいいかも。いいな。よし」

一人で勝手に納得して頷《うなず》いたミードは何かを思い立ったようにこう続けた。

「ね、部活動に興味はない？　私の入ってる『神秘研究部』、新入生が足りなくて困ってるんだ。前途有望な若者に是非とも入ってほしいんだけどな」

冗談めかした口調だったが、ミードは真《ま》っ直《す》ぐにセロトを見定めている。それからまた柔らかい雰囲気に戻って脇の二人を誘う。

「もちろん、友達も一緒にね。新入生はいつでも大歓迎」

「ええと、見学からでよければ」

「本当？　じゃあさっそく今日から、あ、ダメだごめん。今日は部員だけで図書館に潜る予定だったんだ。けっこう深めに潜るし、一年生をいきなり連れていくのは危険だよね。どっちにしろ中層探索の許可申請が必要だし。見学はまた今度でいい？」

申し訳なさそうに謝罪する上級生に構わないと伝えてから、セロトは後日また見学に行かせてほしいと申し出た。用件を済ませて去って行くミードを笑顔で見送っていたセロトは、ふと表情を消して静かに呟《つぶや》く。

「僕は、結果を急ぎすぎていたのかな」

それからレイミアに向き直って言った。

「ごめんね。君に無理をさせていたみたいだ」

「そんなこと！　私がご期待に沿えなかっただけで、セロト様が謝る必要なんて」

否定するレイミアだが、その反面どこか安堵《あんど》しているようでもある。

自分の従者の表情を観察しながらこれまでの己を内省するセロトは、ふと視線を持ち上げて指先に淡い光を灯《とも》す。神秘的な輝きはふわりと舞い上がり、宙を滑るようにして部屋の外に出て行った。

「ミード先輩、か」

呟《つぶや》くセロトと出て行った光を交互に見ながら、アンゼリカが首を傾《かし》げた。

「さっきの何？」

「あの先輩がちょっと気になるから、使い魔で様子を探ろうかなって。あまり大っぴらに地下を自由に探索できることを明かすのもどうかと思うし、こっそりね」

レイミアの表情が凍り付き、アンゼリカが「うわ」と露骨に仰《の》け反《ぞ》った。

「勇者様、それはちょっと」

「記憶喪失とか無垢《むく》とか言っとけば倫理を無視できると思ってる顔だ。セロトも大概どうかしてるよね。アド様ほどじゃないけど」

不思議そうに首を傾げるセロト。

自分がわからない少年は、同じように自分以外のこともわからないのだった。

Glossary

星幽教団

千年前、邪神討伐の直後に発生した『無徴奴隷の反乱』に対抗して賢者セルエナが結成した『正統な神と人』を守るための教団。有徴人類が敗北して亜人に貶められ、神々が封印された後も滅びた亜人国家の残党や難民たちを束ねる最大の反貴族勢力として、世界各地のレジスタンスに兵力・資金・武器を供給している。セルエナを女王とする『魚人の国』を母体としており、貴族や魔人が容易に手出しできない海底に拠点を置く。セルエナ率いる急進派とセイロワーズ率いる穏健派の二派閥に分かれており、大半は急進派として貴族社会の崩壊を望んでいる。

6　三分の一：姉と弟（ではない）

ミード・ハウレン・リーヴァリオンは祖父と最後に交わした会話を覚えていない。それくらいどうでもいいようなやりとりだった気がする。「また後でね」とか「帰りは遅くなるの？」とか、「あんまり無理しないで」とかそういう日常的な会話だ。

それが彼女の後悔で、今も胸に残り続ける未練。

逆に、父と母から投げかけられた言葉は強烈に心に焼き付いている。

両親が娘に贈った言葉は『お前は道具だ』というものだった。

物心がつく頃になれば家族への見切りだってつけられるようになる。代わりに得たのは孤独感だ。祖国を離れて祖父のもとで育てられるようになった少女は『家族の愛』をたったひとりの老人に求めるようになった。

飢えた雛鳥《ひなどり》のように、もっともっとと囀《さえず》りねだる。

自分の本質がそんな甘えた子供でしかないことを、もちろんわかっている。

それは秘するべき短所だ。立場を考えればなおのこと。

生徒会副会長という役職は暇ではない。学生の本分としての勉学も手は抜けない。更に貴族と亜人の混血という出自、そして学長の孫という立場が重くのし掛かる。

それでもミードは地下図書館に潜る。全ては消息を絶った祖父を見つけだすために。

生存の望みは半々だろう、というのが世間の見解だった。ミードもそう思う。学長は超人であり、世界屈指の遺物使いにして神秘の担い手である。若い頃は迷宮の深層で遭難した数年後にふらりと帰ってきたこともあったという話だ。

それでも五年というのは微妙なラインだ。あの学長なら、という楽観。さすがの学長でも、という悲観。どちらもありそうで、だからこそ残された者にとって性質《たち》が悪い。

諦めなかったのは意地のためだろうか。それとも情愛のため？　自分でも整理ができない。しかし、それよりも大きかったのは周囲の期待だった。

学長派と呼ばれる彼の教えを受け継いだ者たちの視線。

学長の孫にしてその理想の体現者となりうる混血の貴族という特異な立場。

生まれた瞬間に特別であることを望まれていた。不可避の期待と重圧。それは存在して当たり前のもので、だからこそ応えないなんてことは考えられなかった。

だから彼女に逃走の選択肢はない。

どんな絶望的な状況であっても『立ち向かう』の一択しか彼女の思考には浮かばない。浮かべることができなかった。泣きたくてもわめきたくても孤独に震えていても、弱音よりも先に自分を鼓舞し、前に進まねばならない。

この世界には不公正という名の病が蔓延《まんえん》している。

ミードの人生はその治療のために捧《ささ》げられねばならない。

それが偉大な祖父を持った自分の責務。

それが二つの血のあいだに生まれてしまった自分の宿命。

他の道などない。無謀な挑戦のその先に、たとえ絶望しか待っていなくとも。

「こんな、ところで」

腹部からの出血量が多すぎる。治療用の遺物は底を突いた。全滅は時間の問題と冷静に思考している自分がいる。それでも、傷ついた仲間たちが自分を見ている。見られている以上、彼女は『頼れる生徒会副会長』としてのミードを演じ切らなければならない。そういうふうに生まれてしまったのだからどうしようもない。

第五層だった。通常、学生がこの深さまで足を伸ばすことはまずない。

ミードの執念があってはならない事態を招いたのだ。学長派の生徒たちの熱意のせいにしてもよかったかもしれないが、彼女はそれをしたくなかった。

目の前で見上げるような双頭カマキリが血塗《ちまみ》れの手を高く振り上げている。前衛の一人は息も絶え絶えといった様子で盾を掲げ、残る二人は血塗れで昏倒《こんとう》中。壁に貼りついて擬態している水晶トカゲもまだ数体残っている。奇襲された後衛は半壊しているから索敵も十分にできない。極めつけに厄介なのは奥で控えている水晶の巨人。あらゆる攻撃を跳ね返す頑強な体躯《たいく》はそのまま鈍器となって未熟な生徒たちを蹴散らしていく。

まるで悪夢。だが現実はそれ以上の苛酷を突きつけてくる。

「みんな、諦めないで！」

力を振り絞って口にしたはずの激励は思っていたよりもずっと弱々しく響いた。

張りぼての言葉だ。自分で自分をだますことさえできない。

カマキリの怪物が振り下ろした一撃を転がるようにして回避するが、腹部に走った激痛がそれ以上の行動を制限する。手足、肩、背中、至るところに走る裂傷は数が多すぎてどこがどう痛むのかもわからない。

軍服ベースの制服は自慢の耐久性を発揮することなくぼろ切れと化している。愛用の第五等級遺物、『苦痛の弓』も矢を撃ち尽くしたいまはただの置物だ。

「死にたくない」「助けて」「ミーちゃん」「副会長、どうすれば」

仲間たちの縋《すが》るような視線。悲鳴。折れることは許されない。立ち上がって痛みを堪《こら》える。血を吐きながら自らを奮い立たせようとして、唐突に限界が訪れた。

溢《あふ》れそうなコップに落とされた最後の一滴。ミードは深く吸い込んだ息をそっと吐き出す。それは諦めの吐息だった。

ミードは惰性のままに突き進むことに疲れてしまった。

もう頑張らなくてもいい。ここで死ねば全て終わる。投げやりな気持ちになりながら、思っていたより気が楽にならなくて少しだけがっかりする。

ああ、けれど。

できれば最後に、よく頑張ったねって褒めてもらいたかったな。

家族はもういない。それは空虚な夢だと知っていた。

夢であるはずだったのに。

「やれやれ。まったく、世話の焼ける姉を持つと弟は苦労するものです」

それは、確かな形として少女の前に現れた。

降り注いだ光の雨は膨大な熱量を有した矢だった。

撃ち放ったのは突如として現れた長身の少年だ。

少女は自分の精神状態を疑っていた。自分はおかしくなってしまったのか。それともこれは失神したあとに見ている夢なのか。

毅然《きぜん》と立つ少年の、彫像のような美しさ。

「無事ですか。姉さん」

蜂蜜色の前髪をそっと横に払う。眼鏡のブリッジを中指で押し上げながら、すらりとした長身の少年は落ち着いた口調でそう言った。ガラスごしにアイスブルーの瞳が怜悧《れいり》に輝く。なによりも目を惹《ひ》く特徴は、長い妖精の耳。ミードと同じかたちだ。

「えっと、いや、あの。私に弟はいないんだけど」

「奇遇ですね。私にも姉はいません」

支離滅裂な受け答えをしながら、少年は圧倒的な力で怪物たちを殲滅《せんめつ》していく。

手にした弓を軽く引き絞ると、そこから光輝く矢が無数に出現して次々と解き放たれていく。縦横無尽に空間を飛び回る光は外れるということを知らず、当たれば必殺の威力をもって強固な怪物の装甲を打ち砕いていった。

「ですが私はあなたの弟です。運命がそれを求めたがゆえに、あなたは私の姉なのです」

「えっこわ。なに言ってるのこのひと」

ぞわぞわと背筋に走る寒気が混乱と痛みを上回った。気持ち悪いなどという言葉では片付けられない。いかに見目の良い異性であっても許容できないことはある。

絶体絶命の窮地において自分を助けに来たのは弟を自称する変人だった。世界中どこを探しても、こんな意味不明な救われ方をしたのは自分だけに違いない。

ああお爺《じい》さま。私はきっと世界で一番かわいそうな女の子です。

心の中で静かに嘆く。せめてもっとこう、長身でスマートでクールな眼鏡姿が似合って て礼儀正しくて自分の苦しみに理解を示してくれて強くて頼もしい白馬の王子様に助けてもらいたかったのに。とそこまで考えてミードは渋面を作った。変人でなければわりと好みの顔立ちをしている。なんてことだ。

「セイロワーズ先生に聞いていた通りの百面相。思っていたより愉快な人ですね」

くすりと笑った笑顔が思いのほか子供っぽい。

不意に見せられた幼さにミードはどきりとしてしまう。

どうしてだろう。この少年といると、不思議と安心してしまう。

「あなた、お爺さまのことを？」

「先生に言われてあなたを助けに来ました。私はあのひとの弟子。師弟とは親子に似ており、子になぞらえることができる私はあなたの弟と言える」

「えっ、そうかな」

「そうですよ。少なくとも弟子であることは確かです」

強引に言い切って、少年は少女の耳元に顔を寄せた。

くすぐったさと気恥ずかしさで思わず身を離そうとしたその時、囁《ささや》きが重すぎる秘密の共有を押し付けた。

「実は私も、あなたと同じ妖精と貴族の混血なのです。これでセイロワーズ先生が私を気にかけてくれた理由は納得できますか？」

不意に少女は理解した。彼は自分と同じ孤独と痛みを抱えているのだと。

異様な『姉』への呼びかけは願いの強さゆえだ。

彼は同じだ。家族が欲しい。寂しいのは嫌だ。そのつらさを共有している。

何もないところから、湧き上がってきた衝動。

突き動かされるまま、少年を抱きしめた。

「知らないのに、知ってる。欲しかったぬくもり」

見知らぬ弟は無言で応えた。

それは初対面のきょうだいが家族になる瞬間。

「あなたは、私の家族になってくれるの？」

「最初からそう言っています。あなたは私の姉だと」

前提が狂った会話ゆえに、過程と結論も狂ったままに突き進む。

誰もそれに口を挟めない。

戦いが終わり、危機が去り、しかしこれまでよりも遥《はる》かに恐怖した表情を浮かべている仲間たちのことなどおかまいなしに、ミードは最愛の弟を強く抱きしめた。

「そっか。私、ずっと弟が欲しかったんだ」

もとから流されやすい性格だったのだろう。

自称弟を押し通す少年と、惰性のままにそれを受け入れる姉。

「助けてくれてありがとう。大好きだよ、弟くん」

新たな姉弟の誕生を、紫水晶の仄明《ほのあ》かりが祝福していた。

†

少し離れた場所で、角を持つ少女と赤い翼の少女が一部始終を眺めていた。

ひとりは虚《うつ》ろな目で、もうひとりは頬《ほお》を膨らませてコメントする。

「増えた。増えました。増えてしまいました」

「初対面の相手を弟呼ばわりとか、あたまおかしいんじゃないの？」

「神さま呼ばわりしている人に言われたくはないと思いますが」

そもそも先に姉呼ばわりしたのは少年である。

言うまでもない。突如として現れ少女を救った自称弟こそは彼女たちの勇者である。

問題は少年がセロトでもアドでもないこと。

「求められて現れた弟。器の許容量はここまで」

レイミアは目を伏せて何かを考えこむ。

「むー。飛んでった時はアド様だったのにー」

不満げに呟《つぶや》くアンゼリカ。彼女の言うとおり、ミードの危機を察知して遺跡内部を飛翔《ひしょう》していく少年は紛《まぎ》れもなくアンゼリカの勇者だった。

その姿が以前までと違っていたことが引っかかる。

アドの背中に広がっていたのは漆黒の翼。

通常の天使にはありえない、神聖な光と相反するかのようなイメージ。

血塗《ちまみ》れの翼を持つアンゼリカの主《あるじ》に相応《ふさわ》しい、闇夜を飛ぶための翼だった。

少女の願いに呼応するかのように、あの少年が姿形を変えるのだとすれば。

「どうして、私は」

セロトには、角がなかった。

一番最初に願ったのは自分であるはずだ。勇者の導き手、教団が設定した英雄譚《たん》のヒロインはレイミアでなければならないというのに。

認めたくなどなかった。

偶然出会っただけの二人の少女よりも、修行を重ねてきた自分が勇者に相応しくない。

そんな事実、悪夢でしかない。

7　紫紺の王子と漆黒の騎士

「あらためてお礼を言わせてほしい」

まるで玉座から投げかけられたような響きだった。

生徒会室のはずである。

少なくとも教師に案内された部屋の前にはそのようなプレートが存在し、ここがそうだという説明も受けた。断じて謁見の間や国王の執務室ではない。

ならばこの赤絨毯《じゅうたん》は何だろう。豪奢《ごうしゃ》という言葉では片付けられないほどの華美な内装は？　壁際のガラスケースにはトロフィーや賞状と並んでものものしい甲冑《かっちゅう》や刀剣、禍々《まがまが》しい遺物が混じっているし、木棚をはじめとした調度にはぞっとするほど緻密な彫刻が施されている。なによりも窓からの逆光を背にした大きな机と椅子だ。

言い訳の余地などどこにもない。黄金と捩《ねじ》れた刃《やいば》が交差するデザインの背もたれと、頂点で燦然《さんぜん》と輝く水晶の王冠。あまりにも仰々しいそれは既に椅子の範疇《はんちゅう》を逸脱していた。

「はじめまして。僕は生徒会長のメシス・アト・シプトツェルム。昨日は我が生徒会執行部の副会長を救ってくれてありがとう。おかげで僕は優れた人材を失わずに済んだ」

玉座の上で、紫紺の髪を持つ美男子が微笑《ほほえ》む。

その場に呼び出された三人のうち二人が、その顔立ちを見て思わず息を呑《の》む。

メシスと名乗った上級生は、セロトと瓜二つ《うりふた》の姿をしていた。

厳密に言えば髪色や体格、声質などの差異は存在している。よく見ればメシスの方が鋭い目付きだ。それでも身に纏《まと》う雰囲気や受ける印象はそっくりだった。

アンゼリカは口を開けて呆《ほう》け、レイミアは手で口を押さえながら両者を見比べている。

もっとも、いま表に出ている人物との比較にはあまり意味がなかったのだが。

初対面の両者にはこれといった関係性は存在しないはずだ。

ならばこの相似はただの偶然なのだろうか。

当のメシスは泰然と構えてそんな下級生たちを静かに観察していた。

あらためて見ても、少年は明らかに他と隔絶した存在感を有していた。学生服の基本的なつくりは同じだが、一般生徒たちとは異なり、胸元の勲章などがあって、軍装としての機能も有しているように見える。

傍《かたわ》らに侍《はべ》る長身の男子生徒の佇《たたず》まいからして平凡な学生のものではない。屈強な護衛官は公然と帯剣を許されており、油断なく周囲に警戒の視線を向けている。雄々しく伸びた一対の黒角は竜人に特有のものだ。

絵になる主従だった。

現実感のない光景から響いてくるのは、ひどく空虚な言葉だ。

「それに、副会長が率いていた班のみんなも亜人ながら優れた実績を上げている。亜人が多い探索班に対する救出活動は遅れることが多いんだけど、僕はこういうの、人的資源の

損失を招く悪習だと常々思っていたんだ。それだけに君の迅速な対応には本当に感動したよ。僕は副会長と共にこうした旧弊を改めていきたいのだけど、どうだろう。よかったら君も生徒会に入らない？」

見るものを蠱惑《こわく》するような、美しくも妖《あや》しい美少年の微笑《ほほえ》み。老若男女の区別なく、その輝けるかんばせの完璧さに溜息《ためいき》を吐《つ》かずにはいられない。そんな美貌を前にして、うんざりとした吐息をこれ見よがしに響かせるものがあった。

こちらも黒髪の美少年である。漆黒の翼がその背に生えており、顔立ちの要素だけ見れば天使のごとき愛らしさだ。ただし、その表情は剣呑《けんのん》の極みにあった。

「『優れた人材』ね。生徒会長さまは功利主義者でいらっしゃるわけだ？　人の命で算盤《そろばん》勘定とは恐れ入る。会計の方が向いてるんじゃねえのか」

アドの暴言に両脇に控えていたアンゼリカが拳を突き上げ、レイミアが慌てふためく。だがそれよりも激烈な反応を示したのは生徒会の顧問らしき教師だった。

「君、無礼だろう！　口を慎みたまえ！」

年配の教師がアドに詰め寄ろうとするのを、玉座の少年が制止する。

「構いませんよ」

「しかし殿下、このような言動を放置することは王室への不敬とも」

「先生。僕がいいと言っているんです」

言葉には有無を言わせぬ響きがあった。生徒会長の言葉に教師は頭《こうべ》を垂れ、自らの僭越《せんえつ》な行為を詫《わ》びて引き下がる。

生徒会長の少年、メシスは口の端を持ち上げてかすかに笑った。

珍獣を観察するようにアドを眺め、それからゆっくりと言葉を繋《つな》ぐ。

「驚いたよ。君は思っていた以上の博愛主義者だ。なるほど、学長派の新しい風、というところかな」

「学長派とやらに所属した覚えはないが」

「へえ、そうかい？　そのわりに、うちの副会長はずっと君に注目しているようだけど。僕の勘違いだったのかな」

対峙《たいじ》する二人の少年のあいだにはひりついた空気が漂っていた。

尋常な感性の持ち主であれば、この緊張感漂う場面に軽々しく割り込んだりはできないだろう。つまり、それができる人物は普通ではない。

「待ってたよ、弟くん♪」

がばっ、とアドに横合いから抱きつく女子生徒がいた。蜂蜜色の髪をなびかせて『弟』に頬《ほお》ずりしているのはほかでもない、生徒会副会長のミードである。

「ドっくんたら私に気付いてるのにずっと知らん振りしちゃって。お姉ちゃん悲しいぞ。お姉ちゃんは弟くんに構ってもらえないと死んじゃうんだよ？」

情熱的な抱擁だった。赤の他人同士であるという事実に目を瞑《つぶ》れば、仲のいい家族の触れあいに見えないこともない。

だが二人は家族などではない。それでも彼女は自分が姉だと信じている。

当事者以外の全員が、女がおかしくなっていく過程を確かに目撃した。

「あ、ドっくんというのは弟くんの愛称ね。ドーパくんだからドっくん。ドーパくんっていうのは、私が小さい頃に考えてた『こんな弟くんがいたら一杯可愛《かわい》がるのになあ』って考えてた架空のきょうだいのことね。ほら見て、設定ノート!! ドっくんはこれをよく読み込んで私の弟くんとしての勉強をすること。お姉ちゃんとの約束です」

アドは白けた表情でミードの言葉をはね除《の》けた。

「よせ。俺に姉などいない」

ひどく冷淡な拒絶。だが姉を自称する少女の奇行は続く。

「もー、照れちゃって可愛いんだから。そんなこと言っても私がお姉ちゃんである事実は揺らがないのです！」

少年の背に伸ばされた両腕は力強く、がっちりと組み合わされた両手は絞め技を繰り出すための予備動作さながらであった。抜けだすことは容易ではない。

「なんだこの偽姉は。常識が通じないのか？」

「お姉ちゃんをこんなふうにしたのは弟くんだよ？　責任とってきょうだいになろ？」

ぎゅうぎゅうと抱擁を強行するミードだったが、とうとう我慢できなくなったアンゼリカが引き離そうと手を伸ばした。

「ちょっと、私の主様《あるじ》だよ！　抱きしめていいのは私だけ！」

「そんな、ドっくんがお姉ちゃん以外の女の子と不純異性交遊だなんて」

アンゼリカの介入に予想外のショックを受けたらしいミードはよろよろと後退し、そのまま生徒会室の床にうずくまってしくしくと泣き始めた。あまりにも不安定な情緒にアンゼリカすら引いていた。

「ぐすん。弟が姉以外と付き合うのは法律違反なのに！　弟くんの犯罪者！　校則違反するなんて不良だよ！　弟くんがこんなに悪い子だなんて、これじゃあお姉ちゃんは心配で夜も眠れず心臓がどっくんどっくんドっくんのことばかり考えて恋のどっきゅんフォーリンラブ、だよう！　生徒会長、黙ってないで学院の乱れた風紀をなんとかして！」

「えっ、僕に話振るの!?」

先ほどまでの妖《あや》しげで余裕に満ちた態度から一転、生徒会長の表情は混乱と当惑に染まり、年齢以上に幼い印象が浮かび上がってきていた。

二人は同じ生徒会の会長と副会長。これが定例会や生徒会主催のイベントなどであれば当意即妙に意図を汲《く》んで適切な反応を返すこともできたのだろうが、今度ばかりは意味不明なミードの言動にどう返せばいいのか計りかねている様子だ。

「何がどうしてこんなことに？」

「すんすん。弟くんが優しくしてくれないとお姉ちゃん拗《す》ねちゃうぞ」

周囲の困惑をよそに泣き続けるミード。アンゼリカは段々気の毒になってきたのか、アドから離れてちらりと主《あるじ》の顔を窺《うかが》う。少年は嫌そうな表情で深く溜息《ためいき》を吐《つ》いた。

直後、その全身が光に包まれていく。

少年の姿は一瞬にして変貌していた。黒髪の少年は影も形もない。そこにいたのは眼鏡がよく似合う知的な雰囲気の少年だった。身長すら伸びており、ミードと同じく妖精の長い耳と蜂蜜色の髪の毛を持っている。

「やれやれ、困った姉さんだ」

「ドっくん！　嬉《うれ》しい、私の弟になってくれるのね！」

「当たり前でしょう。むしろあなたが私の姉になるんですよ」

顔を寄せ合って笑い合うふたり。それは仲睦《むつ》まじい姉と弟というにはあまりにも恋人同士の距離感に近い。異常な光景を観察しながら生徒会長が呟《つぶや》く。

「なるほど。軽度の認識汚染が誤差を微調整しているのかな。興味深い現象だ」

メシスはゆっくりと立ち上がり、もったいをつけるように室内を迂回《うかい》して偽りのきょうだいに近付いていく。心理的な間合いを詰めるように。

「副会長に倣い、ドーパ君と呼ぼうか。とりあえず今の君に対してはね。さて、あらためて勧誘させてほしい。生徒会に入らないか？」

「私が姉を助けるのは弟だからです。あなたの手駒になりたいからではありません」

ドーパの眼鏡が窓からの光を反射してきらめく。

アドのような攻撃性はないが、そのぶん冷淡さが強調される。

だがメシスはますます愉快そうにこう続けた。

「けど君は『弟』として生まれ変わったわけじゃない。それは『追加』だね。背後の二人の少女と君との関係性は健在だ。違うかな。亜人のことをどう考える？」

「いきなり何を」

「最初からそういう話をしているよ。基本姿勢は違っても共存はできる。そうだろう？僕は亜人の有用性だけを重んじるが、人道を重んじるミードとも協調できる」

結論や前提が省かれた非効率な会話だった。

メシスは意図的にずらしている。重要な点に辿《たど》り着かせないように、対話を曖昧にぼやけさせていく。彼はドーパの周囲をぐるぐると巡ってどこにも辿り着こうとしない。

「その天使の子も亜人にしては非常に優れた資質を有しているね。優れた亜人は大切に育成していくべきだ。可能性は万人に存在する。天が人に与えた道は公正だからね」

どこかで聞いたような言葉を並べていくメシス。

やはりそのありようは似ているの一言で済ませるには共通点が多すぎた。

ただ決定的な相違点があるとすれば、それはメシスという少年が見ている世界のかたちだった。彼は不確かな過去を追い求めるセロトとは異なり、確かな未来を見据えている。

「今年から『月光祭』は一年生の参加も認められる。他の代表校に勝つために、使えるものは全て使う。貴族至上主義が常識とされているこの世界で一歩抜きん出るためには、既存の常識を破壊する必要があるんだ」

メシスが革新的な思想を有していることは間違いない。少なくともこの世界において

『亜人の地位向上』を望むのであれば、彼のような思想の改革者と手を組むのが効率的ではある。だが、ドーパの視線は無感情な色彩のままだ。

メシスは駄々《だだ》っ子《こ》をあやすように優しく語りかけた。

「生徒会は貴族の不正や横暴から亜人を守る権限を有している。なにより、校則を変更するなら生徒会に入るしかない。ミードが生徒会長に立候補したのもそれが理由だしね」

ドーパは押し黙った。

もとより、遺跡の深層に閉じ込められていた学長との約束は『ミードを助けること』だ。名前や姿形は変化しているが、その約束は有効だ。というよりむしろ、ドーパはその約束を起点にして発生したとすら言ってもいい。

貴族社会という逆境の中で足掻《あが》くミードの切なる願い。

それを叶《かな》えるために求められた英雄がドーパという少年だ。

生徒会長の誘いを断る理由はない。本来ならば。

「今、アンゼリカのことを褒めていましたが。レイミアはどうなんですか」

「ん、その竜人の子かい？　そうだね。僕にはあまり見るべき所があるようには思えないけれど、君が望むなら一緒に来てもいいよ」

無関心。メシスはレイミアという少女に何の価値も感じていない。ドーパがそれを望むのであれば、という程度の付属品や愛玩動物に向ける視線があるのみだ。

入室してからずっと所在なげにしていたレイミアが更に萎縮し、俯《うつむ》いてしまう。

言外に『無価値』と断じられた少女の頬《ほお》は羞恥で赤く染まっていた。

そしてここには少女の苦境に応えてしまう存在がいた。

それこそ、『彼』がメシスの誘いに即答しない理由だった。

「あなたの判断基準は恣意的です、生徒会長。僕はそれに賛同できない」

再び少年の姿が光に包まれ、その存在が変質する。

その顔を直視したメシスは驚愕《きょうがく》に目を見開いたが、すぐに何かを得心したように笑みを浮かべてみせた。アンゼリカが頬を膨らませ、ミードが不思議そうに首を傾《かし》げるすぐ傍《そば》で、顔を上げたレイミアが高鳴る胸を押さえてその姿にまなざしを向けた。

「一方的に他者に値札を付けることを、僕は正しいと思わない。それはレイミアにとっても、他の全ての亜人にとっても同じくらい傲慢な行為だ」

セロトは涼やかな美貌を静かな義憤で燃え上がらせていた。

彼が少女のために抱いた最初の感情。優しげな笑みにその本心を隠してきた少年の初めて見せた顔は、他者に対する憤りなのだった。それがあまりにも意外だったのか、レイミアは呆然《ぼうぜん》と救い手の横顔を凝視したまま動けずにいた。

「傲慢か。そんなこと、生まれて初めて言われたな」

自分と瓜二《うりふた》つの顔に怒りをぶつけられたことが愉快だったのか、心底から楽しそうにメシスが笑う。初めて対面した鏡のような容貌にセロトはやや当惑を隠せずにいたが、メシスの方はまるで構わずに話を続ける。

「僕にはその権利があり、それだけの権威がある。それでも否定するのかい」

「否定します。それは僕が望まれた正義ではない」

望まれたから存在する。

それはどこかいびつな在り方だったが、セロトはそれ以外の自分を知らない。

ひどく狭い感情のはけ口として用意された怒り。

それを愛《いと》おしむように受け取ったメシスは、仲のいい遊び相手に呼びかけるようにセロトの意思に応じた。

「いいだろう。それなら勝負しようじゃないか」

まるで楽しい遊びを思いついた子供の顔だ。

メシスはごっこ遊びに夢中になった幼子のようにセロトを真《ま》っ直《す》ぐ見つめて言った。

亜人の価値。レイミアの価値。

生徒会長は、メシスが規定する『有用性』とセロトが主張する『何らかの価値』を秤《はかり》にかけて審判しようと持ちかけてきたのである。

「カーム」

「御意に」

短い呼びかけに即応したのは傍《かたわ》らの男子生徒だ。

寡黙な竜人の印象は揺るがぬ漆黒の巨岩。

雄々しい角は優雅な主《あるじ》の敵へと向けられ、語らぬ言葉の中には自らの力を認め、拾い上げた主《あるじ》の思想に対する信頼があった。

この亜人は、生徒会長が唱える思想の体現者でもあるのだ。

揺るぎない主従に対するのは、セロトとレイミア。

だが毅然《きぜん》とした表情のセロトに比べ、レイミアの顔には事態への戸惑いと恐れが強く浮かんでいる。

「あの、セロト様、この方は」

「知ってるよ。さっき教えてもらったから」

水晶王国。あるいはシプトツェルム王国の第六王子。

全校生徒どころか歴代生徒の中で随一の成績を誇り、国宝である特級遺物を使いこなす世界有数の遺物使い。それがメシスだ。

「強い、なんてものではないんですよ？　昨年の月光祭では他校の代表と共に魔人を倒し、陰謀を未然に防いだ英雄で」

「魔人なら僕も倒したよ」

平然と言ってのけるセロト。確かに千年前の勇者という肩書きは現代の英雄と比較しても遜色のないものではある。

メシスに与えられた異名は数多い。

『月光祭の六人』『次世代の英雄』『紫水晶の貴公子』そして『亜人使い』。

従来の戦場では亜人は使い捨ての駒にしか使えないと認識されていた。

その常識を打ち破り、亜人の特性を活《い》かした特殊部隊を編成して幾つもの戦局を塗り替えた『南方戦線の救世主』。学院の実戦演習でありながら敵将の首級を上げるという大戦果は世界を震撼《しんかん》させ、新たな英雄の誕生によって水晶王国の民を熱狂させた。

「さっきも言った月光祭でも主従でのタッグマッチはあるんだ。いい予行演習になる。他校と競い合う世界最強の座より先に、校内最強を決めてしまおう」

セロトとメシス。絶世の美貌同士が相対し、熾烈《しれつ》な火花を散らす。

かくして戦いの火蓋は切られた。

†

そして、あまりにもあっけない幕切れを迎える。

「やはり未剪定《せんてい》の枝か。ここまで育ったケースは珍しいけど、こんなものだろうね」

メシスはつまらないと拗《す》ねる子供のように呟《つぶや》いた。

とても素敵に見えたおもちゃが、実際に手にしてみるとその輝きを失ってしまったかのようなありふれた落胆。失望に対する向き合い方も子供じみていた。

激戦の果てに崩壊した演習場。

砕けた床に倒れ伏しているのはセロトだった。

全身には無数の裂傷が刻まれ、硬質な水晶が手足の枷《かせ》となって動きを妨げている。

抵抗を示そうとした光輝く刃《やいば》はひび割れて力なく垂れ下がる。

翼のように広がるセロト最大の武器は、たった一枚しか残されていなかった。

「他の二人だったらこうはならなかったろうに」

「同じことでしょう、メシス様」

勝利の感慨にひたるような余分な感情はそこにはない。

並び立ち、共に自然体のまま約束された成果を掴《つか》む。

完成された主従の形がそこにあった。

「次は万全の状態でやろう。できれば他の君とがいいな。生徒会に入るかはその時に話そう。弱っている相手を痛めつけて勝利しても、あまり自慢にはならないからね」

メシスは感情の籠《こ》もらない口調でセロトに、というよりも彼ではない彼にそう語りかけた。既にメシスはセロトに対する関心を失っている。

レイミアの目から見てもセロトは明らかに弱々しい戦いぶりだった。

かつて天使の国を救った時の勇姿が見る影もない。

操れる光の刃はたった一振りだけ。天を翔《かけ》るような俊敏な動きは常人同然に鈍り、神々しいまでの癒やしの力は失われてしまっていた。

突然の弱体化に見舞われながら、彼はレイミアの苦境に立ち上がった。

望まれたからこそ彼は戦う。戦わなくてはならない。

レイミアの価値と誇りを守るために立ち上がった彼を突き動かしていたのはただの意地

でしかなかった。それが敗北によって打ち砕かれたのだ。

「悲しいね。一つの器に収まる夢は本来ひとつきりだ。下級の遺物が上級の遺物にかなわないように、強い魂の輝きは弱い魂の輝きを掻《か》き消してしまう」

有望な下級生を導くために告げた事実は、けれど残酷な宣告に他ならない。

「君はセロトと名付けられているんだったかな？　不完全な君は淘汰《とうた》されて消えるだろう。変則的な可能性がどこを目指すのかには少し興味があるけどね」

そのまま演習場を立ち去っていくメシス。

後を追う竜人の従者がふと立ち止まり、振り返ってレイミアを見る。

「俺の目から見て、その一年は良き主《あるじ》だった。従者の誇りを守るために意地を通すその姿には敬意すら覚える」

激しい戦いの末、護衛である黒い少年の制服には幾つかの傷が刻まれていた。セロトの攻撃から主を庇《かば》って生まれた負傷だ。それすら忠義の証《あかし》と、誇らしげに胸を張る。

レイミアは傷だらけの主と傷一つない自分の身体《からだ》を見比べた。いっそ惨めですらある。ただ負けるならばまだよかった。

「だが。主を心から信じられぬ従者に、俺は負けない。差があるとすればそこだ」

剥《む》き出《だ》しになった真実が、ただ痛い。苦しみを忌避して考えないようにしていた。それでも現実は牙を剥く。逃がすまいと巻き付いて、猛毒の牙を突き立てる。

去って行くメシスたちの足音を聞きながら、レイミアはセロトを見下ろした。

少女は戦いの場に入り込むことすらできなかった。

アンゼリカならば、共に戦場を駆けただろう。ミードだって苦痛を厭《いと》わずに愛する弟を守ろうとしただろう。レイミアは違う。そうはならなかった。

共に戦っていれば、せめて同じ敗北を共有できただろうに。

アドには堕天使の翼がある。ドーパには半妖精の耳がある。セロトには角がない。

ひび割れた光の刃《やいば》が明滅し、やがて消滅する。

セロトは血の気の引いた顔で無理に笑顔を作り、そのあとすぐに意識を失った。

レイミアは呆然《ぼうぜん》と立ち尽くしたまま、震えながらそれを見ているだけ。

最初に少年のために駆け寄ったのは、アンゼリカとミードだった。

ミード・ハウレン・リーヴァリオン

Mead Howlen Reavallion

妖精の国の王女。
耳の尖った妖精族で、
学院の生徒会副会長。
神秘研究部の部長も務め、
亜人生徒から絶大な信頼を
集める優等生。
理不尽な差別を許さない
清く正しい性格で、
学院の方針や貴族からの反発にも
挫けない強い心を持つ。

ドーパ・プロタゴニスト

Dopa Protagonist

新たに出現した第三の勇者。
理知的な雰囲気の美男子だが、
その言動は謎めいており
思惑も計り知れない。
ミードの弟を主張しており、
ミードが姉になるように洗脳してくる。

Keyword

悪夢　現実と異なる法則を持つ空間。
人類側の遺物に対し、魔人側は悪夢を広げて戦う。

貴族　無徴人類。亜人的な身体的特徴を持たない。
総じて遺物に高い適正があることから、亜人より地位が高い。

亜人　有徴人類。角や翼など貴族にはない身体的特徴を持つ。
大半が遺物に低い適正しか持たないため、貴族より地位が低い。

邪神　かつて主神を殺め、世界を滅ぼそうとした存在。
千年前の戦争で討たれた。

魔人　夢魔、邪神の眷属、邪教徒とも。生まれつきの魔人族と、
邪神の力に影響されて後天的に変異する『汚染眷属』の二種類がいる。

遺物　古代遺跡で発掘された神秘の道具。魔人族に対抗するための武器。
宿した神秘の量に応じて一から十まで等級が付けられており、
その枠に収まらない『特級』も存在する。

命令　遺物が宿す神秘に方向性を与えるための指示。

名づけ　神秘を個人の解釈で再定義して性質を変化させること。
名前を呼ばれて変質した遺物は『宣名状態』と呼ばれる。

忌避　神秘特性のひとつ。原初的な生命は、苦痛を避けて前進する。
思考能力の向上、予知や索敵、防御や治癒といった力を発揮する。

惰性　神秘特性のひとつ。たとえその歩みに痛みや代償が伴おうとも、
狂気にも似た屍の道が途切れる事は無い。
身体能力の向上、肉体に影響を与える力を発揮する。

歓喜　神秘特性のひとつ。喜びを求め、より先へ進まんとする意志は苦痛さえ
恍惚に変える。精神力の向上、特定対象の支配や破壊的な力を発揮する。

8　できそこないの聖女

竜人たちは祖国を知らない。

始祖の物語、連綿と紡がれてきた神話、氏族が継承してきた長い歴史の全てを知っているのはいまやレイミアただひとり。教団が伝える真実の歴史のみが少女にとって自尊心の寄る辺であり、今はない故郷への希望だった。

積み上げられた亜人たちの屍《しかばね》は幾千幾万を超えて数えることすら難しい。

シプトツェルムの都が独占していたのは遺物だけではない。峻厳《しゅんげん》な山脈と渓谷が織りなす天然の要塞と、各地の港に繋《つな》がる河川がもたらす物資。遺物の交易により富と人が集中した都の守りは厚く、抵抗勢力の足掻《あが》きは無為に終わった。

滅ぼされてなお隷従を選ばなかった国々の残党は各地に散り、ある勢力は山奥に身を潜め、ある勢力は都市の奴隷たちに浸透して機会を窺《うかが》っている。

勇者を復活させた『星幽《せいゆう》教団』もそのような亜人の抵抗勢力のひとつだ。

聖女の使命は甦《よみがえ》った勇者に付き従い、輝かしい亜人たちの未来を見届けること。

そのためだけに待ち続けた。あの復活の日。目覚めた彼の顔を見た瞬間、それまでの全てが救いに変わるような予感がして、レイミアはたとえようもないほど幸福だった。

今は違う。現実はそう都合良くできてはいないし、教団はそう甘くない。

彼の隣に立つべき存在は、きっと別にいる。

だというのに、レイミアが隣にいなければ彼はいなくなってしまう。

なにが聖女だ、厚顔な名乗りにも程がある。恥ずかしいことこの上ない。

もちろん、レイミア・ゼム・ヒムセプトは理解している。自分は失敗した。レイミアは、とうとう物語の主人公にふさわしいお姫様になれなかったのだ。

†

窓から差し込む陽射《ひざ》しの暖かさで目を開ける。

太陽など消えてしまえばいい、とばかりに忌々しげな舌打ち。

覚醒したばかりの意識で朝の日課をこなす。腕に人肌の感触。いつも通り、布団の中に潜り込んでいる『しもべ』を腕から引っぺがそうとして、あることに気が付いた。

感触が二つ。無断で同衾《どうきん》している不埒《ふらち》者が二人になっている。

「珍しいな」

学生寮の自室には鍵がかかっているが、従者であるレイミアとアンゼリカには合鍵が渡されていた。主《あるじ》の非常時にすぐに駆けつけられるようにという理由付けがされているが、これまではアンゼリカが布団に潜り込むことにしか役立っていなかった。

「お目当ての勇者様に会えなくて不満そうだな、レイミア」

「いいえ、勇者様。たとえ姿形が違っても、あなたは私にとって大切なお方。お慕いしていることに変わりありません」

淑《しと》やかに微笑《ほほえ》み、上目遣いで媚《こ》びてみせる竜人の少女。昨日の言動からは考えられないほどの変わり身。丸一日昏睡《こんすい》していた主が別の人格で目覚めた直後の言葉としてはいかにも不自然だった。アドは短時間だけ考えこみ、やがて吐息を漏らすように笑った。

「なるほど、この段になって色仕掛けもないだろうと思ったが、切羽詰まれば話は別というわけか。自分を穢《けが》せば罪悪感も薄れると思ったか？」

腕を抱きしめるようにして身を寄せてくるレイミアがぴたりと硬直する。

反対側ですやすやと寝息を立てているアンゼリカがむにゃむにゃと唸《うな》る。

「うー、主さまとの赤ちゃん、天使みたいに可愛《かわい》いよう」

寝言だ。白けた表情になるレイミアは、同じ種類の視線が自分に対して向けられていることに気付いて頬《ほお》をさっと羞恥に染めた。

「最初は俺との間に子を孕《はら》むことで『貴族と亜人の混血』を『英雄の子』として祭り上げようとしているのだと思っていた。だが違うな、そうではない」

アドの言葉は思考を整理する際に排出されるゴミのようなものだ。聞かせるために話しているわけではなく、彼には最初からレイミアと対話するつもりがない。

「学長という後ろ盾を奪われたミードは混血の理想主義者という優秀な駒だ。にもかかわらず教団のイメージ戦略に使われている様子はない。それとも別の役割でもあるのか？」

「さて、どうでしょう。直接訊《たず》ねてみては？」

仮面のような笑顔で応じるレイミアは、しかし緊張に身を強張《こわば》らせている。

アドの視線が刃《やいば》のように突き刺さる。少年にそのつもりはなくとも、見られている側がそれを罰だと捉えてしまうのだ。罪悪感とは自傷のための刃に他ならない。

勇者は望まれたように振る舞う。この時の彼もやはり、望まれたとおりに罰を与えようとしていた。レイミアの表情はいつだって虚飾でしかなかったからだ。

アドという少年は、彼女の仮面が嫌いだった。

「ならこうか。『共存と融和の象徴』などはむしろ邪魔。教団の目的は亜人の救済であり、断じて平等などというお題目ではない。最終目標を達成したあとの理想的政策は隔離か？絶滅か？　それとも隷属？　ああ、浄化と言った方がお気に召すかな」

糾弾の言葉は少しだけ呆《あき》れが混じっていた。アドはアンゼリカの邪悪に対する怒りに呼応して現れた勇者だ。故に彼は邪悪を嫌う。それは本能のようなものだ。最初から彼は教団を嫌悪していた。敵意に晒《さら》されたレイミアは、それでも笑顔を崩さない。

「だって、あなたが証明したんです。教団の教えは真実だったんだって。亜人の心を慰撫《いぶ》するための空想物語なんかじゃない、真実の歴史があるって」

泣き笑いの惨めさは余計にアドを苛立《いらだ》たせた。仮面の内側を見透かされていると理解していても、そうすること以外にやり方を知らない少女の姿がそこにあった。

「どうしても嫌な感情が消えてくれない。卑しい奴隷なんかに、どうして私がって」

レイミアの瞳に浮かんでいるのは、少年への嫌悪感だった。

アドだけではない。三つの顔を持つ勇者に対しての隔意は個人に対する感情とは違う。

貴族たちが亜人に向ける差別感情。それと全く同質のものだ。

貴族の勇者は失笑する。千年前と変わらない表情で、とっくに取り戻している記憶と世界の有様を照合しながら。答え合わせをしていった。

「だろうな。セロトは都合良く記憶を調整されているんだろうが、俺は記憶がはっきりしてきたあたりで気色悪くなったよ。ヒムセプトの白竜様が祈族《きぞく》ごときにベタベタくっつくなんざ千年前なら考えられない。クソ竜人ども、穢《けが》れが感染するとか喚《わめ》き散らして使い捨てた兵隊を弔いもしねえ。俺たちはゴミ捨て場で生まれてゴミ捨て場で死ぬわけだ」

悪臭と穢れ、蛇蝎磨羯《だかつまかつ》の忌まわしき力を操るアドはそう吐き捨てた。

千年の時間は貴族が亜人を蔑み、道具として使い捨てる社会を作り上げた。

では千年前の社会は平等であったのか。答えは否だ。

「神なき眷属種は無意味な祈りを続けて他種族の神におこぼれをねだるしかできない。じっさい遺物ってのは悪くないごまかしだ。道具を介して他所《よそ》に祈ってる事実をわかりづらくしてるんだな。昔みたいにいちいち神々に祈って加護を分けてもらう手間も減る」

「もういいでしょう。私は失敗しました。あとはどうぞお好きに。殺すなり、穢すなり、あなたの自由です。どうせ教団の計画なんて最初から上手《うま》く行くはずなかった」

捨て鉢に呟《つぶや》くレイミアの表情は依然として貼りついたような笑顔のままだ。

冷静に、取り乱すことなく、相手が快く感じるように調整された仮面を被《かぶ》り続ける。

アドは舌打ちし、身を起こして女の身体《からだ》を腕から引き剥がす。

「なぜ俺、いやセロトを最初から亜人に設定しなかった？　セルエナがその程度の調整もできないほど耄碌《もうろく》していたのか。貴族社会に入り込ませるために必要だったからか。それとも、単にお前の渇望が弱すぎただけか」

「最後の推測が大当たりです。全ては私の落ち度、私の無能が招いた事態」

ミードとの一件で明らかになった勇者という存在の不安定さ。英雄など誰かに望まれた偶像でしかない。などとわかったような言葉で納得するのにも限度がある。詳細な条件は不明ながら、誰かの強い願望が勇者に新たな側面を追加してしまうのだ。

そして存在の変容は人格に留《とど》まらず、肉体にも及ぶ。

半妖精ミードが望んだ勇者ドーパは耳の長い半妖精。

天使の王女アンゼリカが望んだ勇者アドは黒い翼の天使族。当初は漠然としていた願いがより明確化した結果としてのイメージの変遷。初期設定を上書きするほどの強烈な願望が種族の設定を更新したのだ。

逆に、弱い願いは強い願いに打ち消されてしまう。

「お前の『竜人の英雄』を願う感情がよほど弱いのか。それとも別の願望があるのか」

レイミアの瞳がはっきりと揺れた。張りぼての表情が剥がれかけている。彼女が失態を挽回《ばんかい》すべく教団に申し出た『最後の機会』がこの学院への入学なのかもしれなかった。

「一度でも情を交わせば竜人に『寄せられる』と推測したか。最悪の場合、処分して祭り上げれば『喋《しゃべ》らない英雄』に仕立て上げられる。上等な眷属種様の考えそうなことだ」

「今はあなたも翼あるゼールアデスの眷属では？」

「心底嫌だからせめて翼は黒くしてるんだよ。堕天使ならまだマシだ。清らかな天使を血《ち》塗《まみ》れにして下僕扱いするってのも悪くない気分だしな」

「下劣な男」

ぼそりと呟《つぶや》くレイミアの角をアドは鷲掴《わしづか》みにして無理矢理に引き寄せた。痛みに表情が歪《ゆが》む。それを見てアドは楽しげに笑った。

「あいつの頭に角はない。お前は胸に抱くべき願いを間違えている」

「知ってます。だから何ですか」

「不正解ゆえに消えていく。俺という正しい強さに押し潰されてな。お前が招いた事態だ。それで？　この苦境でお前は何をしている。さっき諦めを口にしたか？」

「私、は」

「ふざけるな。お前たちが苦境で下を向くなど俺が許さない。死ぬなら戦って死ね。俺たちは皆そうしたぞ。この脳天気なお姫様ですら立ち上がって敵を血祭りに上げた。この期に及んで戦いの穢《けが》れを厭《いと》うのか、聖域の白竜よ」

貫くような視線に耐えかねて、レイミアは涙を零《こぼ》した。角を掴んでいるアドの手に両手をかけて逃れようともがき、叫ぶ。

「何なんですか、あなたはっ！　私が気に入らないのであれば、さっさと殺せばいいんです！　憎いんでしょう？　嫌いなんでしょう？　それとも言葉でいたぶることを楽しんでいるのですか、悪趣味なひとっ！」

「しょぼくれていればお前の勇者様が優しく慰めてくれるのか？　排除すべき障害があるなら何をすべきかを考えろ。これはお前が始めたことだろうが」

『本当の願い』ではないセロトは希薄化して消えていく。であればレイミアの願いが強くなれば問題は解決する。単純だがそれだけにどうしようもない。レイミアとて、言われてできるなら疾《と》うにやっている。できないから今があるのだ。惨めなこの窮状が。

アドは角を握る手に力を込めた。不思議なほどの執拗《しつよう》さでアドはレイミアに問い続ける。

鋭い眼光が向かう先はレイミアの顔から微妙にずれていた。

握りしめた角。そしてその背後の空間だ。

「お前、本当にそのままで重くないのか」

「私たち竜人にとっては、当たり前のことです」

レイミアは涙を拭い、意地を張るように睨《にら》み返した。

アドは怒りを露《あら》わにする。彼はずっとレイミアの在り方に苛立《いらだ》ち続けていた。彼は常に邪悪を憎む。アンゼリカに願われたその気性は本能のようなものだ。

「お前には自分がないのか」

「勇者様にそれを言われるとは思いもしませんでした」

さすがにむっとしたのか、普段ならばしないであろう強気な態度で言い返すレイミア。

「このざまだからこそ言っている。俺のような在り方は面倒だぞ」

「お言葉ですが。人は誰しも子供のように気ままには生きられません。私は教団の聖女。かくあるべしという理想の姿があり、立場に見合った義務があるのです」

角を握って無理矢理に向き合った二人に逃げ場はない。

嘲るように言えば、強情な反論が飛ぶ。

「呪いだな。そして詭弁《きべん》だ。立場と表情を使い分けているならまだ健全だが、お前のそれは抑圧だろう。己を潰して何になる？」

「余計なお世話です。私の勇者様でもないあなたにそんなことを言われる筋合いはありません。私は、セロト様の聖女なのですから」

「なら、意中の相手でもない男の寝所に潜り込んでいるお前は何だ？」

レイミアの顔が怒りと羞恥に染まっていく。そんなふうに相手の表情が歪《ゆが》むたび、アドは余計楽しそうに悪罵を舌に乗せていく。

「アンゼリカもだがお前ら本気で色仕掛けをする気があるのか。なんなんだこのペットがじゃれつくような腑抜《ふぬ》けた媚態《びたい》は。目が腐るだろうが真面目にやれ。雰囲気を出せ」

理不尽なことを言われているはずなのに、威圧的に言われると自分に非があるような気がしてくるレイミアである。だがここで引くことは少女の意地が許さなかった。

「それはそれは。見苦しいものをお目にかけてしまい、申し訳ありませんでした。女性の献身を品評できるくらいに勇者様は目が肥えていらっしゃるのですね。亜人風情の女で満足できないのであれば、実技で活躍するたびに黄色い悲鳴を上げている貴族のご令嬢にでもお声がけしてはいかがでしょう？」

「種族差に逃げるとは見下げ果てたな。もう少し女を上げてから出直せ。自分を磨くにせよやり方を工夫するにせよ、改善の余地が多すぎる」

ぶつかりあう言葉からどんどん中身と品が消え失《う》せ、残ったのは剥《む》き出《だ》しの感情だけ。激情と涙で乱れた少女の顔を見下ろしていたアドはふと押し黙り、それからしげしげと角を撫《な》でさすった。レイミアはぞわぞわとした寒気で身を震わせ、距離を置こうと身を捩《ねじ》った。そこにすかさずアドが顔を寄せる。間近で言い放ったのはこんな言葉だ。

「だがまあ、今の顔は多少ましだ。芝居用の厚化粧は寝る前にはきちんと落としておけ。お前、素材だけなら俺の知る女の中で一番美しいんだからな」

硬直。赤かったレイミアの顔が青くなる。

「気持ちわ」

「冗談だ。本気にしたのか？」

馬鹿を見下ろす少年の視線に、罵声を口にしかけていたレイミアの顔が再び真っ赤に染まっていく。ありとあらゆる種類の激情が口の中で渦を巻き、結果として出力されたのは単純な結論だけだった。

「私、あなたみたいな人は嫌いですっ」

鋭い平手打ちがアドの頬《ほお》に紅葉を作る。

角を掴《つか》む手を引き剥がし、レイミアは寝間着のまま部屋を飛び出して行った。

しばしのあいだ、寝台の上に沈黙が横たわる。

少年の傍《かたわ》らで大きな欠伸《あくび》が響く。横向きの赤い翼がばさばさと動いて、ぬっと起き上がったのはアンゼリカだった。

「んぅー？　ふぁ、おはよーあるじさまー」

「少し、可愛《かわい》げが出てきたな」

「え、私？　可愛いって言った？」

「そうだな。お前たちは俺の可愛いしもべだ。そら、さっさと起きろねぼすけ」

寝癖だらけの赤毛に手を置いてくしゃくしゃと荒っぽく撫《な》でる。

アンゼリカは嬉《うれ》しそうに翼を二度三度と羽ばたかせた。

なにやら主がとてもやる気に満ちあふれた表情をしている。

神さまなら、きっと何かすごいことをしてくれることだろう。

清々《すがすが》しい陽気が気持ちいい。今日はいい一日になりそうだ。

Keyword

祈族	他の神々に祈り、加護を分けてもらう神亡き無徴人類。
魔人	邪神『盲目の鐘楼守レザ』を崇める夢魔。魔人勢力は『目覚めの弔鐘』と呼ばれる特級遺物に相当する秘宝を使って現実を悪夢に変える。
貴族	聖神『供儀の祭司ユネクティア』の教え『ユネクト聖教』で再定義された無徴人類。歴代教皇が受け継ぐ特級遺物『群青聖典』により祈族は『貴族』と『名づけ』られ、『劣った亜人を従えよ』と『命令』されている。
天人	雷神『四つ首の雷竜クロウサー』を崇める雲と稲妻の種族。 貴族に滅ぼされた。 神の力は『雷霆の四刃』という特級遺物として封じられている。
矮人	山神『星空の巨人ディスケイム』を崇める小さな種族。 山岳地帯で暮らし、優れた鍛冶の技術を持つ。 神の力は『流れ星』という特級遺物となり黎明帝国に奪われた。
妖精	森神『歪み翅の大樹リーヴァリオン』を崇める耳の尖った種族。弓の扱いと薬草術、養蜂などの技術に秀でた『魔女の軍勢』を持つ。『遺物の父』は『彼方の枝』という特級遺物を作り出し、神の力は具現化可能と証明した。
竜人	竜神『聖域の白竜ヒムセプト』を崇める角持つ種族。 奴隷の反乱で敗れ、独自の国家を失っている。 『真実の剣』という特級遺物が地下遺跡に封印されている。
魚人	海神『囁きの大蛸フィーリィ』を崇めるヒレのような耳を持つ種族。 海中で生存可能な特性を持つ。特級遺物『猿断ち包丁』を女王セルエナが所持している。
天使	伴神『永劫の機織りゼールアデス』を崇める翼持つ種族。 主神と心を通わせる形なき特級遺物『祈りの血翼』が王家に受け継がれているが、主神が失われた世界では無価値とされている。

9　三分の一：決意と変容

「失礼。セロト君を呼んでくれるかしら」

突然現れた上級生の姿に、放課後の教室は騒然となった。『妖精のような』という定型句そのままの美貌、透き通るような視線。ミードはただそこに立っているだけで群衆の意識を架空の美術館に誘ってしまう。入り口付近にいた女子生徒は女神像じみた佇《たたず》まいに陶然としていたが、再び声をかけられるとぴしりと背筋を伸ばして返事をした。

「はい、すぐに呼んできます！　あ、でも今日はアド様みたいです！」

大人しそうな女子生徒はそう言って小走りに窓際の席に向かった。黒い翼の少年と赤い翼の少女の取り合わせは広い教室の中でも一際目を引く。アドとアンゼリカはちょうど帰り支度をしていたところで、そのまま鞄《かばん》を持ってミードに歩み寄った。

「奴《やつ》なら昨日の一件からずっと反応がない。もう起きないかもな」

開口一番に切り出す。ミードもすぐに本題に入った。

「話があるのは『あなたたち』。アド君でもいいわ。ここじゃなんだから、場所を変えてもいい？　お爺《じい》さまの研究室なんだけど」

「出入りできるのか。驚くほどのことでもないが」

アドとアンゼリカはミードに連れられて校舎の中を歩いて行く。普段立ち入らないような学院の奥深く、遺跡の研究者や上級生たちが行き交う区画を迷いなく進むミード。アンゼリカは落ち着きなく周囲を見回し、アドはつまらなそうに無言を貫く。

　歩きながら、ミードが軽い調子で問いかけた。

「レイミアちゃんはお休み？」

「朝に一発いいのを貰《もら》ってから見ていないな」

「そう」

　何かを察したのか、それ以上は深く立ち入らないミード。

　しばらくして、三人は教師や研究者たちのための区画に立ち入った。特に咎《とが》められることもなく、ミードはひとつの部屋の前に立つと鍵を取り出す。

「話っていうのは、君に起きていることについて」

　部屋の中に通される。実際の間取り以上に狭く感じられる空間だった。そこら中に本や書類、水晶石板が雑然と積み上げられているせいだろうか。ミードは椅子の上にとりあえずという感じで置かれていた本をどけると、客人に座るように勧めた。

「ごめんね、お茶がちょっと行方不明で出せないんだ」

「構わない。それより、何が目当てだ？」

　鋭く切り込んだアドに対して、ミードはこちらも真《ま》っ直《す》ぐな視線で迎え撃つ。

「あなたの変化、クラスメイトは受け入れているのね。いいえ、気付いていないのかな。目が開いてないから、異常を異常だと認識できてない」

「そういうお前は自覚が早いな。お姉ちゃんごっこはもういいのか？」

真剣な空気が弛緩《しかん》した。肌の色素が薄いからか、羞恥に染まった頰《ほお》は痛々しさすら感じさせる紅潮ぶりだった。

「あれはっ！　その、ちょっとおかしくなってたの。あの時は切羽詰まってて、何かに縋《すが》りたい気持ちが大きくなってて、それで。ていうか、問題はそれよ。あなた、私の願望に引《ひ》き摺《ず》られて容姿から性格から全部変わってなかった？」

アンゼリカが何かを言おうとするのをアドが手を伸ばして止める。口を無理矢理塞がれた天使の少女が翼をばたばたと動かしてもごもごと唸《うな》った。

「そういう遺物があるんだ」

「あなた、遺物適性が極端に低いって評判よ」

「多重人格だ。心の変化が肉体にまで影響する特異体質でもある」

「私の欲求と妄想そのままに変化するなんてこと、あるの？」

「お前が求めているのは正解じゃない。だがお前が納得する言葉が俺から出て来ることはないだろう。セロトやドーパはともかく、俺はお前にそこまでの価値を感じていない。よって話はこれで終わりだ。じゃあな」

会話を打ち切って立ち上がろうとするアドを、ミードは慌てた様子で引き止めた。

「待って。ごめんなさい、一方的に質問しすぎたわ。違うの、私はこんなことが知りたいんじゃない。ただ、あのとき」

言葉を探すように目を泳がせ、沈黙の中で舌を巡らせる。口の中には答えがない。ミードはどうにか絞り出すように続きを吐き出した。

「あなたは正しい人なんだって思ったの。もしセロト君が苦しい状況に置かれているのだとしたら、私は力になりたい」

それは美しい少女にはお似合いの綺麗事《きれいごと》だった。蔑むような視線がミードを苛《さいな》む。

「それに、責任を感じていないと言えば嘘《うそ》になるから。私の影響で余計なものが生じて、セロト君が押し出されたのだとすれば悪いのは」

「それなら俺の存在も邪魔ってことになるな。そしてその責任はアンゼリカにある。自分は罪深い、お前たちも罪深い、だから自分が考えた贖罪《しょくざい》ごっこに付き合え、と？」

「ごめんなさい、失言だった」

詫《わ》びるように目を伏せて、それでもミードは言葉を尽くそうとしていた。

「私が言いたいのは、そうじゃなくて。ただ、後輩にしてあげられることをしてあげたいだけ。私は上級生で、生徒会副会長だから。同じ学院の仲間だから」

「恥ずかしげもなく綺麗事を口にする女だ」

「いけない？　胸を張ってそう言えないよりずっといいと思うわ」

瞳に強い力を込めて、アドのまなざしに向かい合う。

少年は探るように少女を観察し続けていた。

「俺たちのことを『学長派』とあの王子様は呼んだ。お前の仲間だと早合点してな。だが本当にお前は今も祖父と志を同じくしているのか？」

「どういうこと」

「最初の、偶然を装った接触にはどういう意味があった。レイミアは学院内にいる仲間と連絡をとっていたはずだ。そうでなければ俺たちがスムーズに入り込めないからな。であれば、その仲間は行方不明の学長ではない」

ミードは怪訝《けげん》そうに眉根を寄せた。思考を整理するための独り言が漏れ出す。

「えっと？　仲間、レイミアちゃん、会長は私たちが仲間だと思ってて、それで」

やがて何かに気付いたように目を見開く。

「これって、私が疑われてるのね？」

互いにとって不毛な会話だった。閉塞感に満ちた空気がミードの側から取り払われていく。不思議なことに、この険悪さの中でミードはアドに心を許しつつあった。

「あなたは、お爺《じい》さまを守ろうとしてくれているの？」

「質問に質問で返すな。それが許されているのは俺だけだ」

傲然とふんぞり返る相手にも構わず、ミードは勢い込んで言葉を連ねた。

「つまり、ドーパって子がお爺さまの弟子なのは事実。私を助けるように言われたっていうのも最近の話。無事だけど戻って来ることができない状況、つまり敵が学院にいる。裏切り者は身内で私も容疑者。なるほど、それは確かに油断できない」

「すっとぼけているんなら大した演技力だ」

「それはどうも。うーん、そっか。どうしたら信用してもらえるかな」

むむむ、と唸《うな》りながら顎の下に手を当てるミード。腕を組み、何かを考えこみ、やがてよし、と何かを決意する。

そうしてミードが始めたのは、これまでの話とは関係なさそうな身の上話だった。

「私、妖精の国では『余り姫』って呼ばれてたのね」

「何の話だ」

「私の話。末っ子は聖樹リーヴァリオン様に愛された子供っていう言い伝えがあるんだけど、『祝福の末妹姫』と呼ばれたのは私のひとつ上の姉様だった。私、混血だから嫌われていたの。私にとって兄弟とか姉妹っていじめっ子のことだった」

「同情してもらいたいのか？」

冷淡な反応に、ミードは首を振って否定を示した。

「小さい頃はなんで私ばっかりっていじけてた。ずっと、弟や妹ができたら同じようにいじめてやる、なんて性格の悪いことも考えてたわ。この国に預けられて、お爺さまの教室に招待されなければそう思い続けていただろうな」

アドは沈黙する。少女は散らかった部屋を見渡しながら懐かしむような顔で回想に浸っている。彼はセロトやドーパとは異なる考え方で相手の心を推し量る。その判断基準はいたって単純だ。アドは、アンゼリカを気に入って傍《そば》に置いている。

無邪気に心のままをさらけ出す感情の生き物。

アドという少年は疑い深い心根でありながら、理性よりも感情を重んじる。

ミードはそれを直感的に理解した上で正攻法で相手の心に切り込んでいた。

「お爺《じい》さまは暖かかったし、先輩たちは優しかった。私はね、そういう世界の綺麗《きれい》な部分をつらい思いをしている後輩たちに見せてあげたいの。もしも今、弟や妹ができたらめいっぱい可愛《かわい》がって優しくするわ。お節介でもいい。そうするって決めてるの」

ミードの在り方は最初と変わらない。真《ま》っ直《す》ぐに相手を見つめて真摯な心で向き合う。ただそれだけだ。少女は平然と綺麗事を口にできる善人なのだ。

「私をあなたたちの事情に関わらせて。ここにはいないセロト君のこと、レイミアちゃんのこと、それからドーパって子のことも」

「祖父のことはいいのか」

当然の問いかけに、ミードは曖昧に笑いながら言う。少し気まずそうな答えだった。

「知りたいよ。けど、私は信用されてないんでしょ。私はあなたたちに助けられちゃった格好悪い先輩だよ。後輩の力になれない先輩なんて信用されるはずがない。だから、力になりたいっていう意思表示だけはしておきたかったの」

「あくまで互恵関係を望むのか。言っておくが、歪《ゆが》んでるぞ」

「自覚はあるよ。でも私ってこんな立場だから。混血の王女なんて、媚《こ》びを売る相手をはっきりさせないとどっちからも裏切り者扱いされちゃうでしょ？」

「思っていたより自虐的な女だ」

「現実的な現状把握だよ。貴族にとって聖なる森は切り開くべき『新天地』。留学なんて言えば聞こえはいいけど、私は形式的な停戦合意を証明するための人質でしかない」

美しく、前向きで、善良で、綺麗事を真っ直ぐに口にできる少女は、けれど現実に期待をしていない。ある種の諦観が彼女の根底には存在していた。

「水晶王国、共和国、聖教国、接合体、黎明《れいめい》帝国、そして共同開拓国。六大国に分割統治された妖精の国に未来なんてない。私がこんなふうに自由にしていられるのも、婚約者であるメシス会長が放任主義だから。学院を出たあとの私は政略の道具になって、人としては死ぬの。せめて生きている間に、何かを成し遂げたい」

だからお願い、とミードは少年に懇願した。

切実な願い。欠落したものを埋めたいと渇望する悲痛な叫び。

アドという少年は、それを聞き届けるために生まれた。

「ね、主様《あるじ》」

袖を弱い力で引くアンゼリカを横目で見て、短く溜息《ためいき》を吐《つ》く。

「俺はもったいをつけた展開が嫌いだ。情報は共有しておいた方がいい」

やおら立ち上がると、ミードの手をとって部屋の外に歩き出す。

「待って、どこに行くの？」

「一気に十層まで突き進む。お前たち、掴《つか》まっていろ」

ここでの会話は無駄とばかりに説明を放棄し、アドは学舎の階段を降りて地下に移動する。そのまま迷路のように入り組んだ遺跡の内部を迷わずに最短距離で突き進み、瞬く間に十層の深みに辿《たど》り着いた。

ミードはおののいた。未知の環境よりも、この少年の異常性と大胆さが恐ろしい。

「見ろ。だらだら二度手間で説明するよりさっさと会わせた方が早い」

少女は息を呑《の》んだ。夢にまで見た家族が、巨大な水晶に閉じ込められている。

「呪いの解除は難しい。真っ向から、理性的な方法では。つまり俺向きだ」

アドはそう言ってぐんぐんと老人に近付いていった。

こちらの姿を認めて何事かを言おうとした老人の言葉が断ち切られる。

少年が振り下ろした手刀によって。

手の延長線上に出現した闇の帯が水晶から突き出た生身の部分を切り離し、自由の身にしたのだ。ミードはごろごろと足下に転がって来た球体を震える手で持ち上げた。

「そら、感動の再会だ。むせび泣け」

「嫌、嫌っ、そんな、どうして、どうしてこんなことっ」

ミードは凄惨な光景を前に泣き叫んだ。アドはつまらなそうにそれを見下ろし、祖父の首を抱きしめた孫娘は当惑と悲しみと憎しみの入り交じった視線を仇《かたき》に向けた。

「嘘《うそ》よ、こんなのひどすぎるっ！」

「全くだ。驚きのあまり心臓が止まるかと思ったぞ、少年！」

「本当は優しくていい人なんだって、信じたかったのにっ」

「ああ、孫娘を悲しませてしまうとは！　ミード、かわいそうに！」

ミードは続けて何かを言おうとしたが、何かがおかしいと気付いて腕の中から声が響いているることを突き止めた。心臓は最初から止まっているだろう。アンゼリカがうえーと気味悪そうに引いた。

「黙れジジイ。表情が凍り付く。謝罪などしてたまるか」

「おっとそうだった。ちょっぴりドジな十七歳のユーモアがついぽろっと」

少年と老人が軽口を叩《たた》き合う。切り落とされた生首からは一滴の血も流れていない。

「ふざけるのは存在だけにしろクソガキ。セロトはともかく俺の目を誤魔化《ごまか》せると思うな。お前、セルエナのまわりをうろちょろしてた弟子気取りのガキだろう。転生どころか屍操《しそう》術で延命するアホとは思っていなかったぞ」

生首の周囲の大気が振動する。声帯からではなく何らかの神秘的な力で発声しているらしい。事態についていけないまま、ミードはその場にへたり込んだ。

「こんな再会ってある？　もっとこう、なんかその」

「恩人に駄目出しとは要求の多いお姫様だ。さぞ甘やかされてきたんだろうな」

先ほど聞かされた過去を意図的に無視しながら攻撃的な言葉をぶつけていくアド。いくらミードが善良でも、これではとても祖父を救った恩人に感謝する余裕を持てない。行き場のない恨みを中途半端に燻《くすぶ》らせ、なんとも言えない表情で押し黙ってしまう。

「こらこら、孫にもっと優しくしてくれないかね。今日はまた随分と荒っぽいな」

「千年もののリッチに孫がいるものか」

「確かにとうとう家族は持てなかったが。そのかわり養子や教え子は持てる。ミードも大切な私の子供だ」

姿形は変わっても祖父は祖父だと安心した表情で生首を抱きしめるミード。祖父と孫娘の感動の再会を白けた視線で見下ろして、アドは強引に空気をぶち壊した。

「茶番は後にしろ。それよりジジイ、力を貸せ。学院に戻って『教団』に通じている者を教えろ。セルエナから主導権を奪い返す」

「この状態ではろくに戦えないが、知恵と口先ならいくらでも貸すと約束しよう。ただ残念ながら、敵の正体は今のところ不明だ。用心深いことで有名な教団の幹部でな、本人は姿を隠して部下や使い魔だけをけしかけてきた」

「知り合いか」

「レイヴンと呼ばれている教団の幹部だ。教主以外には顔を見せたことがないという秘密主義者で、教団内では諜報《ちょうほう》や暗殺といった汚れ仕事を担当する人物らしい」

少年と老人は互いにだけわかる前提を踏まえ、素早く意思をひとつに纏《まと》めた。

そうしなければならない。その必要がある。それ以外の道はない。

教団の指導者であるセルエナという人物に対しての認識が二人に手を結ばせた。

「しかし少年、さては記憶がほぼ戻っているな？」

「ああ。よって俺が『本物』だ」

「確信に満ちた主張だ。信じたくなる。教団や六大国との歴史戦に勝てればの話だが」

「確定させるさ。だがそれより先にするべきことが多すぎる」

アドは憤りに満ちた感情を視線と舌に乗せて吐き捨てた。

黒々とした憎悪を抱えながら、それでも彼はどこまでも勇者だった。

アドが敵と見なすのはいつだって悪と呼ばれる不正だったから。

「『誰が本物か』などという勝負に勝手に乗せるなよ。俺は唯一絶対の個我として既にここにある。頂点であることにゆらぎはない。だが、他の誰かが仮にも俺の中に生まれた性質をどうこうしようというのが気に喰《く》わん」

ミードは息を呑《の》んだ。理解不能の超越者と思えた少年が、急に身近に思えたからだ。

似たような憤りを、優しく善良な少女も抱いていた。

誰かが蔑《ないがし》ろにされることを、二人は望まない。

「有象無象の俺たちがあと二人いるから何だ。二十だ二百だと増えてもその最上位に君臨するのは変わらず俺だ。可能性を勝手に狭めるな。解釈で貶《おとし》めるな。矮小化《わいしょうか》をやめろ」

アンゼリカは少年の傲慢な在り方をうっとりと見つめ、ミードは少し眩《まぶ》しそうに見守った。悪感情を吐き出すことは、ふつう周囲の不興を買う。

だがその怒りが同調を呼ぶのであれば話は別だ。

周囲が怒りに賛同したとき、その感情は多くのばあい義憤と呼ばれる。

それが正義かどうかにかかわらず、喝采で受け入れられるのだ。

「願いに応えて勝手に出て来るぶんにはいい。意思を持ち、それを貫こうとする強さを俺は好ましく思う。だが俺の中にいるものが俺以外の決定によって勝手に消されるのは不愉快だ。意思の達成と願いの成就。『歓喜』を渇望する心の否定は俺という神への冒涜《ぼうとく》だ。他のあらゆる邪神が許しても俺が許さない」

「きゃー、主様《あるじ》かっこいーー！」

黄色い声援を受けて調子に乗った少年は今までよりも更に肩をそびやかして気分良さそうに続けた。居丈高な態度が更に極まっている。実のところ、根っこがややアホで気分屋でお調子者なのだ。彼に救済を願ったアンゼリカがそうであるように。

この世の全てを見下ろさんばかりに、神が託宣を下す。

「女どもの綱引きや主導権争いなど知るか。セロトを何としても存続させる。あれは不確かで得体が知れないが、興味深い願いを抱いた。俺はその歓喜を祝福しよう」

そうして、アドは自分の中の自分を守ることを決意した。

それは自分を危うくする利敵行動かもしれないが、迷いはない。

アンゼリカはアドの姿に神を見た。少女の揺るぎない信仰がある限り、自分が消えるなどという疑いを持つ必要は絶無である。

そんな絶好調の少年に、生首の老人は冷や水をかけた。

「いいのか？　セルエナはおそらくあの真っ白な少年を利用して何かを企《たくら》んでいるぞ」

「知るか。俺は英雄ではない。神だ。俗世の陰謀は俗人がどうにかしろ。そのために頭だけ切り離したんだ。そこの孫娘と情報を共有して知恵を絞り出し、俺に献策するがいい」

全てを丸投げして知らん顔をするアドに、周囲は思い思いの反応をする。

「アホの主様も好き！」

「今度の少年は勢いで生きてるタイプか」

「え、無策なの？　嘘《うそ》でしょ？」

全て無視してアドはさっさと踵《きびす》を返した。用事が終わったので帰るつもりらしい。慌てて後を追う少女たち。腕にしがみついたアンゼリカの反対側に回ったミードは、両手で生首を抱えながら少年に声をかけた。

「少し見直した。あなた、優しい人ね」

「甘えを押し付けるな。他人を自分にとって都合の良い存在に貶《おとし》める下劣な欲望の発露。その怠惰な卑しさが相手に『優しい』と告げる連中の本質だ。他人を従わせたいなら力を示せ。言葉で訴えろ。相手の内発性に期待するだらしのない雌豚が」

「優しいって褒めてこんなにボロクソに言われることってある？」

釈然としない様子のミードを生首が優しく慰め、アンゼリカがそんな主も好きとはしゃいで大騒ぎ。危険に満ちた遺跡の深層だというのに、緊張感がないにも程がある。

きっとこの感じにも慣れていくのだろう。ミードにはその予感があった。表情を次々と変えていく不思議な少年と騒がしい天使の少女、そして喋《しゃべ》る生首を抱えた自分。奇妙な取り合わせだが、意外と悪くないチームになる気がする。

願わくは、この中に真面目そうな竜人の少女が戻ってくれますように。ミードが考えに浸っていると、足を止めた連れを律儀に待っていたアドから声がかかった。

「行くぞ雌豚」

「雌豚じゃないわ。ミード先輩って言いなさい一年」

「反論するな。つべこべ言わずについてこい、しもべ三号」

「おやおや、二人は随分と相性が良さそうだ。安心半分、不安半分」

和やかな空気に包まれた三人と一頭（？）の耳に、突如として絹を引き裂くような悲鳴が聞こえてきた。黒翼で飛翔《ひしょう》する少年の高速移動によって既に地下三層に到達している。このくらいの階層であれば一般学生なども実習で訪れることも多い。

「助けにいきましょう！」

「もう向かっている」

ミードが言うまでもなくアドの行き先は決まっていた。

一陣の風となって迷路を飛んでいく少年は、瞬く間に目的地に到達した。開けた空間に出る。アンゼリカが小さく呻《うめ》き、両手で口もとを押さえた。

酸鼻を極める光景だった。

松明《たいまつ》と立ちこめる妖《あや》しげな香が悪臭を隠し、色の付いた煙が視界を靄《もや》で包む。それでも目を逸《そ》らしたくなるほどのむごたらしさ。

処刑場でもここまでひどくはないだろう。山羊《やぎ》と鶏、牛と豚。家畜の腹を開いて臓物を取り出し、ねじり結んでアーチを築く。それが動物だけに留《とど》まっていればまだ古びた農村の奇祭で通せそうな風情があったが、そこに人間が混ざっているとなれば話は別だ。

亜人たちが、生きたまま腹を開かれている。どのような手段によってかは知らないが、血と命を零《こぼ》さないように中身だけを取り出されて動物たちと同じように結びつけられているのだ。それも、人同士ではなく動物たちと。

儀式を取り仕切っているのは覆面を被《かぶ》ったローブの集団だった。

ローブの人物たちは動物の中身を亜人たちに、亜人たちの中身を動物たちに詰め替え、まるで二つを一緒くたにするように混ぜていた。

吐き気を堪《こら》えていたアンゼリカが不意に表情を欠落させた。

静かに煮えたぎる感情を瞳に見え隠れさせながら、重く息を吐く。

憎悪が膨れあがる。人類の敵が、学院に根を張っていた。

「主様《あるじさま》。アド様。殺そう。殺して。私がやるから手伝って」

「言われるまでもない。構えろ、突入する」

アドが闇を纏《まと》ってローブの集団を蹴散らし、ミードが矢を射かけて武器を正確に弾《はじ》いていく。野獣さながらに雄叫《おたけ》びを上げて追撃するアンゼリカがローブを掴《つか》んで引き倒し、馬乗りになって滅多刺しにしていく。

奇襲の成功で総崩れになる邪教徒たち。

その中のひとりが、妖しげな呪文を唱えながら自分の手首を切り裂き、溢《あふ》れ出る血を蠢《うごめ》く肉塊に落とした。中身を交換されひと繋《つな》ぎにされた犠牲者たちが苦痛の合唱を始める。

途端、全ての哀れな肉塊が蠢動《しゅんどう》していく。

螺旋《らせん》を描くように天に昇り、一点に凝縮されていく血肉の群れ。

それらはまとまってひとつになり、苦痛を極限まで純化させた末にある形をとった。

臓物でできた巨大な竜だった。それも十数個の首を持つ多頭竜である。

アドが闇を掌《てのひら》に集め、穢《けが》れた害虫と汚液を凝縮した球体を投げ放った。首の一つが弾《はじ》け飛ぶが、即座に胴体から迫《せ》り上がった肉塊が新たな首を構築する。

「痛みを無視する再生能力、典型的な『惰性』型か。面倒だな」

舌打ちするアド。のたうつ首が次々と襲いかかってくるのを両手で操る闇の群れで迎撃する。しかし彼が操っているのは実際のところ羽虫や蠕虫《ワーム》、汚液や黒ずんだ大気などによる物理的な数の暴力だ。破壊力は凄《すさ》まじいが、機敏さには欠けるところがあった。

攻撃よりも素早く回復されてしまうと止《とど》めが刺せない。かといってあまり大きな力を使うと地下が崩落する。アドはともかく他の仲間が生き埋めになってしまいかねない。

「分散した核が相互に再生を行っているようだ。同時に核を潰す必要があるな。どうする、今の私にはなんの術も使えんが」

何かを逡巡《しゅんじゅん》するようにミードが視線をさまよわせていたが、ある光景を目の当たりにして決意を固めた。アンゼリカが今にも無謀な突撃をしようとしていたのだ。

後輩を死なせるわけにはいかない。ミードはそのために戦うと決めている。

「手ならあるじゃない。数と速度と正確さ。核を全て同時に撃ち抜けばいいんでしょ」

ミードは老人の首をアンゼリカに託した。そうすることで安全圏に下がらせて、自分はアドと共に前に出ていく。

「理性を捨てるつもりか、女」

「おかしくなるのは恐ろしいけど、誰かを守れないのはもっと嫌だから」

両手で少年の頭を包み込み、少女は願った。どうしようもない現実を変える力を。

彼女だけの勇者、その名を高らかに宣言する。

「お願い、私の弟。あいつらをやっつけて、ドっくん！」

少年が光に包まれ、瞬《まばた》きの間にその姿を変える。

長身の半妖精はスマートに眼鏡のブリッジを押し上げて、愛《いと》しい姉に微笑《ほほえ》みかけた。

「ようやく呼んでくれましたね。私の姉さん」

ざわり、とミードは脳の内側を撫《な》でられる感触に震え上がった。

それはおぞましさ以上に快感に近い心地良さを与えてくる。

抗《あらが》いがたい誘惑に自分が屈伏し、強く保っていたはずの意識が甘く溶かされていく。

かくありたいと願っていた個我。それが飴《あめ》細工だったと知った時、ミードの大人びた仮面は一瞬にして砕け散り、あとには泣き叫ぶ赤子が剥《む》き出《だ》しのまま残される。

「やだやだ姉堕《お》ちしたくない、私は偽物の姉なんかじゃないのにっ」

「悲しいことを言わないで、姉さん。私たちはたった二人きりのきょうだいでしょう？」

抱きしめられるとそれだけで相手を愛おしい弟だと信じたくなる。

抵抗は無駄だ。彼女はじきにおかしくなってしまう。そしてまた、あの異様な醜態を晒《さら》すのだろう。恥ずべき言動。布団の中で喚《わめ》きながら転がる未来の確定。

死にたい。やっぱりやるんじゃなかった。

「ああ、説得されたがってる自分がいる。うえーん、お姉ちゃんにされちゃうー！」

泣き叫びながらも、弟に頬《ほお》を寄せて表情を蕩《とろ》けさせているその様子は既に重度のブラコンのそれだった。ミードに救いはない。これより丸一日、彼女には弟ではない相手を弟として溺愛する変人として学院内で指差される苛酷な時間が待ち受けている。

そしてそれは、彼女にとってこの上なく幸せな一日なのだ。

「これからずっと一緒なんだからね。おはようからおやすみまでお姉ちゃんが甘やかして幸せにしてあげるよ～」

「やれやれ、困った姉さんだ。というわけでそこのあなた方。私にはこれから予定がありますので、そこをどいていただきます」

ドーパの眼鏡が光を反射してその眼光を覆い隠した。

直後、少年が腕を一振りすると虚空から出現した光の鏃《やじり》が次々に飛翔《ひしょう》し、全く同時に多頭竜の頭部を貫いてその動きを完全に沈黙させた。

老人の首が救えなかった犠牲者たちを思って静かに黙祷《もくとう》する一方で、アンゼリカが白けた視線でいちゃいちゃし続ける姉弟にコメントする。

「ミード先輩、ちょろすぎ。ちょろ姉だちょろ姉。誰にでも姉の顔してんじゃないの？」

「そんなんじゃないもーん！　ドーパ君の前だけだもーん！」

「おお、なんということだ。孫娘が誰かを救うためとはいえこのようなアホに」

老人の生首は悲しそうに言って、その馬鹿騒ぎをどこか眩《まぶ》しそうに眺めた。

首だけになった彼を束縛するものは何もない。

何もできなくなったかわりに、彼は孫たちの歩みを見届ける未来を手に入れた。

悪くない、と表情を緩めたセイロワーズは、まだ見ぬ若者たちの前途に想《おも》いを馳《は》せる。

「えへへ、ドっくんしゅきしゅき〜。大丈夫、疲れてない？　お姉ちゃんが膝枕してあげよっか？　してあげるね、もうムリヤリにでもするからね！」

本当に大丈夫だろうか。老人は不安に表情を翳《かげ》らせ、重々しく息を吐くのだった。

10　遺物と悪夢

学校の教室とはたいていの生徒たちにとって退屈な空間だ。毎日通い詰め、机に座って交代で訪れる教師たちの講義をノートに取り、試験結果に一喜一憂する。

決まりきったルーチンをなぞるうち、活力に溢《あふ》れた時期の少年少女は次第に飽き飽きしてくる。うつらうつらと船をこぐ生徒がいるのも無理はない。

考えてもみればおかしな話だ。未知に直面し続けることの繰り返しが、気付けば退屈な日常になってしまっている。人の認知は時に足かせとなって知的な営みを阻害する。

入学当初は新参者として浮き足立っていた新入生たちにとってもそれは同じである。そこが歓迎されざる異邦の地であろうとも、故郷を失ったという非業の過去があろうとも、例外なく睡魔は襲い来る。大きな欠伸《あくび》をしたアンゼリカは机に立てた教科書の陰に隠れてすやすやと寝息を立て始めた。教師が注意することはない。将来を心配する価値があるのは貴族たちだけ、というわけだ。

「神秘遺物学を語る上で外すことができないのが『遺物の父』ドーパ・ハウレンだ。言うまでもなく、現在の遺物文明を成立させた立役者、『六偉人』のひとりだ」

ドーパ、という名前にアドはわずかな反応を示した。無意味な符号とは思えなかったからだ。教師は滑らかな語り口で続けていく。

「千年前、我らが父祖『六偉人』は邪神に立ち向かうために邪神の広汎にして莫大《ばくだい》な権能に名前を付け、分類し、体系立て、形を与えた。叡智《えいち》と言葉による切り分けこそが神秘の要諦であることは君たちも既に承知の通りだ」

アドは教科書をめくりながら六偉人についての解説を流し見ていく。曰《いわ》く、現代の人類文明を築いた貴族たちの祖先。曰く、六大国を築いた建国の父。邪神討伐の英雄。

少なくとも、そういうことになっている。

「六偉人たちは邪神討伐の過程で獲得した神秘封印の技術を更に発展させた。邪神に唆され、我らに牙を剥《む》いた愚かな亜人どもに対抗するための手段としてな」

教室の半分を占める亜人の従者たちは『過去の罪』を突きつけられて肩身が狭そうだった。貴族たちの視線は『当然の報い』というもの。

正義は貴族たちの占有物だ。現状に不満を持っているのはごく少数だろう。

「ドーパは妖精の国出身だったが、我ら貴族の血を半分だけ引いていたため妖精たちから迫害されていた。彼は国を出奔し、そこで他の五人と出会い『人』として生きることを決意したという。大戦が終結した後に彼が完成させたのが『遺物化』の技術だ」

教師は熱弁を振るいながら黒板に文字を書き連ねていく。

「六偉人は亜人どもの神を遺物という形に結晶化させ、邪神の眷属たちを封じることに成功した。これが遺物の起源とされている」

亜人平定に加わった人物の名がドーパ。やはり偶然の一致とは考えづらい。遺物の性質についての予習済みの授業内容を聞き流しつつ、アドは思索に耽《ふけ》る。

放課後になるとアドはすぐさま立ち上がり、眠そうに目を擦《こす》っているアンゼリカの頬《ほお》をつまんで引っ張った。

「来い。ミードと合流するぞ」

「ふにゃ？　えー、もうちょっとベッドに～」

「ここにベッドはない。寝ぼけすぎだ、ちゃんと寝ているのか」

「え？　えーとそれは、ほら、予習復習で忙しくて」

「それで授業中寝ていたら本末転倒だな」

呆《あき》れながら言って、まだふらつき気味の従者の手を引くアド。いつもより歩調はゆっくりで、アンゼリカの歩幅に合わせた進み方だ。行き先も告げない傍若無人さはいつも通り。

アンゼリカは満面の笑みを浮かべてアドの腕にしがみついた。

「歩きづらい。離れろ」

「アド様のいじわる～」

邪険にしつつも無理に引き剥がしたりはしない。傍目《はため》からはべたべたといちゃついているようにしか見えない二人が廊下を歩いていると、ふとアドの視界に特徴的な角を有したシルエットが映り込んだ。

「アンゼリカ。あれはレイミアか？」

「え？　あ、ほんとだ。隣にいるのって、確か前に生徒会室にいた、えっと」

建前上、体調不良による休みということになっている彼女がどうしてこんなところにいるのか。階段の踊り場付近で背の高い上級生となにやら話し込んでいるようだ。

「生徒会長の従者。確かカームとか呼ばれていたな」

黒い巨躯《きょく》の少年は、質実剛健を地で行く生徒会長メシスの専属護衛だ。その頭部には湾曲した雄々しい双角が生えており、レイミアと同じ竜人であることを主張していた。

アドたちとほぼ同時に、レイミアもこちらに気付いた。驚いた様子で目を見開く少女はあからさまに狼狽《うろた》えている。それを見たアドは口の端を吊《つ》り上げて言った。

「よし。アンゼリカ、今からひとつだけ俺にあらゆる欲望をぶつけることを許す」

「えっほんとっ！　えとえと、何にしようかな。あれかなこれかな、どれがいいかな」

「五秒以内に決めろ」

「お姫様抱っこ！」

「いいだろう。せっかくだから全力で抱きついてこい」

「わーい！　太っ腹な主様《あるじ》だいすきー！」

言うが早いかアドに飛びつくアンゼリカ。少年は少女の全体重を受け止めるとその要望を完璧に実現した。両腕で天使の少女を抱き上げ、顔を寄せる。

両腕を回して密着するアンゼリカの耳元で小さく何かを囁《ささや》くと、くすぐったそうに少女が身動《みじろ》ぎする。周囲の全ての生徒たちが『何だこいつら』という視線を送るのにも構わずに白昼堂々と恋人同士のように振る舞う二人。

アドが挑発的な視線を送ると、レイミアはわなわなと全身を震わせて顔を真っ赤に染めた。憤慨した様子でその場を離れていく。

カームは小さく溜息《ためいき》を吐《つ》いてその後を追った。ちらりとアドに視線を送るが、観察というほどの関心はない。メシスという生徒会長とはそこが違った。

やることは済んだとばかりにアンゼリカを床に降ろしたアドは、その時になってようやく自分の従者が頬《ほお》を膨らませて睨《にら》んでいることに気付いた。

「むー！　アド様きらい！」

アンゼリカはそっぽを向いて足早に先を進んでいく。

少女を憤慨させて満足そうに笑っていた少年は、少女に憤慨されたことで困惑に首を傾《かし》げることになった。自分のことがわからない少年は、少なくともその程度には他人のこともわかっていないのだ。

†

しばらくして、アドとアンゼリカは校舎の隅に位置する空き教室に辿《たど》り着いた。

アドが眉根を寄せ、空中を手で払う。

「念入りな仕掛けだ。学生のものじゃない。あのジジイか」

不思議そうに首を傾げるアンゼリカには構わず、アドは勢い良く戸を開く。

戸を横に開くと、蜂蜜色の髪をした半妖精が満面の笑みで二人を迎えた。

「ようこそ、神秘研究部へ！」

ミードの後ろには複数人の上級生がおり、卓上に置かれた『ある球体』を中心に賑《にぎ》やかに話し合いをしていた。

「来てやったぞ、ジジイ」

「迷わずに真《ま》っ直《す》ぐ到着したか。さすがだ、少年」

老人の顔が賞賛する。首から下はなく、教卓に直接載せてあった。

「ま、拠点の防衛策としては悪くない。半端な術者なら散々迷った挙げ句、元来た場所に逆戻りだろうからな」

軽口を叩《たた》きつつ、教室の中心へと歩み寄っていく。

アドは学長の生首に指を突きつけ、鋭く言い放った。

「『学長派』とか言ったか。他人の勢力に取り込まれるのは好きじゃない。俺が従うことはないが、利用してやってもいい。せいぜい後ろからついてこい」

「ようこそ。入部希望者は歓迎だ。ミード、入部届を渡してあげなさい」

威圧的な口調に眉をひそめる上級生もいたが、ここにいるのは数日前に地下遺跡で死にかけていたところを救われた者ばかりだ。更には尊敬すべき学長を救出したとなれば、アドやアンゼリカに対する視線は自然と好意的なものとなる。

「はい、これに名前書いてね」

「ミード、形式的に所属はするが、命令は受け付けない。リーダーは誰だ」

「私。生徒会副会長もやりつつ部長も兼任してるの。顧問の先生は研修とかでしばらく来られないんだけど」

「では今日からお前は副部長だ。俺が部長をやる」

「うん。多分そういうこと言うと思った。いいよ、そういう子だよね、アド君は」

肩をそびやかし、漆黒の翼を広げ、アドは室内の上級生たちを見渡してから宣言した。

「今日からお前たちを率いる偉大なる神、アドとは俺のことだ。お前たちにはこれより俺のしもべとして働いてもらう。目的はひとつ！　我ら学長派あらため『絶対神派』の上でふんぞり返っている『星幽教団《せいゆう》』を乗っ取り、勢いのままに世界を征服する！」

「せんせー、このひとアホなんです？」

「『学長派《ハト》』と『教主派《タカ》』で通じてるのに余計な呼称増やすのか？」

「すまないな。とりあえず話を聞いてやってくれないか」

上級生たちと学長のやりとりを意図的に無視してアドの長広舌は続く。

「ジジイ、説明は済んでいるな？　教主セルエナは亜人解放と貴族の奴隷化または絶滅を目論《もくろ》んでいる。千年前から性根の変わらないアホには言って聞かせるより実力行使だ」

拳を掌《てのひら》に打ち付ける。その戦意だけはこの場にいる全員が共有するものだった。

『互いを知らない者同士』が関係性を深めるには、共通の敵がいればいい。

「お前たちにはセルエナの愚挙に抵抗するだけの理性が残っている。闘争の繰り返しではなくまだ存在しない明日を選んだ。誇るがいい、それは俺という神に祝福された道だ」

子供のわがままは幼稚さを内包したまま演説へと変わりつつあった。

荒っぽい衝動を呼び起こすアドの言葉は、拙くとも生徒たちの心に響いた。

「亜人や貴族といった下らん尺度は捨てさせる。全ての生物は俺という神の下に置かれたしもべに過ぎない。同じ豆粒なのだから多少の人種や種族の違いなど誤差だ誤差。それより俺の所有物が俺の所有物を傷つけるなど許されん」

傲慢さで偽装した綺麗事《きれいごと》は子供の照れ隠しじみていたが、その実ただの自己認識の説明でしかなかった。彼は本当にこのような視野で世界を捉えているのだ。

「邪魔する者はねじ伏せる。貴族も教団も魔人族も、遺物も社会制度も千年の歴史も、俺のためにある踏み台に過ぎないと知れ。これより俺の覇道を共に歩むことを許す。その意思があるならばついてくるがいい」

うおおおお、とノリのいい男子生徒が叫んだ。ひとつきりの歓声が虚《むな》しく響く。アドに合わせようとしたのが彼だけだったゆえの悲劇だが、当の本人は気分良さそうにしていた。

もとより、信徒がアンゼリカのみでもアドは神を自称できるのだ。

「さしあたって、次の生徒会長選挙に立候補するぞ。副会長は引き続きお前がやれミード。学院内での地盤を固めるために、あのメシスとかいう奴《やつ》を倒す」

「会長選挙、だいぶ後だけど。ていうか、会長は大学の内部受験に集中したいから今期で終わりにするって言ってたよ。戦いにはならないんじゃ」

「逃げたか臆病者め。いずれにせよ学院内での権力を握って校則を変える必要はある」

老人の首を持ち上げ、指先で器用に頸椎《けいつい》あたりを支える。指の上でふらつく学長が慌てふためく様を周囲に見せてからこう続けた。

「今の首だけジジイでは学長への復帰は難しい。そこで学院内に入り込んだセルエナ派の刺客を排除した上で学院を制度改革し、独自カリキュラムで洗脳した貴族どもを水晶王国の中枢に送りこむ。俺という神への絶対的信仰心、そして神の下の平等という理念でな」

「たいがい危険思想よねそれ。ていうか、宗教の形をとるなら聖教国が黙ってないわよ。六大国の貴族はみんなユネクト聖教を信じてるんだから」

ミードの指摘にもアドは動じなかった。は、と短く笑い飛ばす。

「それも潰す。世界を変えるんだ。世界宗教くらい更新するのは当然だ」

アドの大言壮語を全て真に受けた生徒はひとりもいなかった。

しかし彼らはそれぞれ世界の在り方に疑問を持ち、社会を変えようと立ち上がった志の持ち主である。少年の真《ま》っ直《す》ぐな（上からの）言葉に何も感じないわけはなかった。亜人や混血といった出自を持つ上級生たちが新入部員を取り囲み、口々に歓迎する。

「アド様いいね。やっぱり野望はでっかく！　だよね」

「ていうか、ミーちゃんの弟ってどういうことなん？　私も学長の直弟子になったらミーちゃんの妹になれるかな？」

「アド一年、お菓子をやろう。そこの天使の女子も。アンゼリカだっけ？　よろしくな」

「よしよし、いい食べっぷりだ。一年はそうじゃないと」

　がやがやと騒がしい生徒たちに最初は面倒くさそうな表情で受け答えしていたアドだったが、焼き菓子や良い香りの茶を振る舞われると途端にご満悦の表情になりアンゼリカを侍《はべ》らせてひたすら歓待を楽しむ態勢を整えた。

「おいセイロワーズ。お前の教え子は優秀だぞ」

「幼年クラスにも顔を出していたのが奏効したようだ。全く頼もしい限りだよ」

　賑《にぎ》やかな歓迎会が終わると、ミードはその場にいた全員に次の集合時間を伝える。

　それは本日の深夜、そして明日の始まりである真夜中ちょうどであった。

「うちの研究室、そしてその下部組織である『神研』は深夜にメインの活動をするの」

　神研とは神秘研究部の略称だろう。それにしても、真夜中ちょうどというのは少し寝不足になりそうな時間帯である。アンゼリカが欠伸《あくび》を堪《こら》えるように手で口もとを押さえた。

「世界征服するなら、手始めに必要なことがあるわ。二人とも、自分の遺物を手に入れるの。まずそこから始めないと、貴族たちは話に耳を傾けようともしないから。対話可能な部類の貴族たちとの交渉の取っ掛かりはあったほうがいい。特に、あなたがメシス会長に勝つつもりならね」

　ミードの言葉にアドは神妙に頷《うなず》いた。

「奴《やつ》に勝つのはセロトだがな。敗北の傷を癒《いや》すのは勝利だけだ。どうにかして、損なわれた個我を戦える状態に持っていきたい」

「やっぱり優しぃよね」

「嫌いな評価だ」

不機嫌そうにふて腐れるアドに苦笑しつつ、ミードは念押しした。

「夜中になったら地下図書館の入り口前に集合ね。絶対に遅れないこと。変なとこに迷い込んだら助けてあげられるかわからないから」

「了解だ。アンゼリカ、寝坊はするなよ」

「ふぁーい」

眠そうな返答。不安になったミードが女子寮の部屋に迎えにいくと約束して、その場は解散となった。生徒たちが去り、学長の首を鞄《かばん》に詰め込んだミードが教室の鍵を締めようとしたその時だった。

「楽しいな。お爺《じい》さまが戻ってきて、弟くんとも一緒に過ごせて」

無意識の独り言。思わず口から溢《あふ》れたその言葉には実感が伴わず、どこか知らない誰かの声を聞いているようでもあった。思わず身を固くする。孫娘の表情を見ることができない老人は笑いながら答えた。

「問題は多いが、不思議と彼がいると事態が好転していくのではないかと思わされる」

「うん、そうだね」

しみじみと言う祖父の言葉にぼんやりとした表情で相槌《あいづち》を打つミードだったが、彼女の心は今しがた自分が口にした迂闊《うかつ》な発言内容に囚《とら》われたままだった。

先ほどの自分は当たり前のようにあの少年を『弟』と認識していた。

あからさまな異常であるのに、そうなることが自然であるかのようにその感覚はしっくりと馴染《なじ》む。まるで最初からそう定められていたかのように。

「まさか、ね」

ドーパ。その名で彼を呼んでしまったのは、きっと無意識のいたずらだったのだろう。深い意味はない。そのはずだ。そうに決まってる。そうでなければならない。

ミードにとってその名前が特別であったとしても、それは遠い過去のもの。

ここにいる一人の少年とは関係がないし、千年前の勇者だって活躍時期が違うはずだ。

それでも、幾つかの符号がミードの心をざわつかせていた。

『遺物の父』。あるいは、『混血の王子』ドーパ・ハウレン・リーヴァリオン。

妖精郷の裏切り者。自らの姉と許されない過ちを犯した罪人。

遠いミードの祖先は腹違いの弟ドーパを愛してしまったために王に咎《とが》められ、最愛の赤子を産まれる前に堕胎させられたという。

ミードの祖先は純血の妖精と結婚させられ、ドーパは深い絶望の果てに妖精郷の敵となり、亜人全ての敵となった。それ以来、妖精たちにとって混血は禁忌とされた。

ミードという少女の存在はどうあってもドーパを思い出させる。国を出されたのは両親なりの親心だったのかもしれない。

「赤ちゃんの、声」

どこか遠くから、泣き声が聞こえるような気がした。

鈍い頭痛に額を押さえる。ここ最近、繰り返し疼痛《とうつう》の波に悩まされていた。

「私たちの、可愛《かわい》い」

自分は、何を言おうとしているのか。

理解できないまま、ミードは頭を振って気を取り直した。

きっと疲れているのだろう。こんなことではいけない。後輩たちにとって頼れる先輩として振る舞えなければ、胸を張って生きることができない。

混血は罪で、恥で、全ての災いの元凶だ。

ドーパさえいなければ。憎しみはよく似た存在であるミードにも向けられた。

何度も逃げたいと思った。ドーパを憎みさえした。

けれど、それでは意味がない。

自分によく似た人物が亜人を苦しめている元凶なら、自分は亜人を救う存在になろう。

そうすればきっと、誰もが自分を認めてくれる。混血だから悪い、なんて言われなくなる。

どうしようもない生まれでも足掻《あが》くことはできるのだ。

だってそうやって生きなければ、もう耐えられない。

「大丈夫。私は、お姉ちゃんは、大丈夫だから」

誰にも聞こえないほど小さな声は、口の中で響いて掻《か》き消えた。

†

虫が鳴き、空気が冷え、窓から月光が降り注ぐ。

太陽は闇に隠された。人々が眠りにつき、世界を夢が覆い尽くす。

夜の校舎や研究棟は立ち入り禁止だ。学生は原則として寮から出てはならない。

理由は単純。危険だからだ。夜はこの世ならぬものが現世に這《は》い出す時間である。

「本来は高等部で実習を受けてからだけど、神秘研究部は地下図書館への立ち入りを許されているの。設立当初にお爺《じい》さまが学長権限で特例を設けてくださったのよ」

ミードが祖父の首を抱えながらアドとアンゼリカを先導する。老人の首は神秘の光に包まれていた。月光が及ばぬ暗がりもセイロワーズがいれば安全というわけだ。

「で、今から俺たちの遺物を探しに行くのか？」

「そうね。もう少し待って、じきに真夜中が来る」

地下一層をしばらく歩き、辿《たど》り着いたのは水晶に包まれた小さな広間だった。

遠くから赤子の泣き声が響く。周囲を不安そうに見回すアンゼリカを落ち着かせるようにアドが頭に手を置き、わしゃわしゃと髪を乱す。ミードはそれを見て思わず苦笑した。

「来るわ。『向こう側』との境界が希薄化する」

それはまさしく到来だった。感覚のみに訴えかける風が魂に吹き付け、肉体から精神が吹き飛ばされてしまいそうな衝撃が走る。壁一面の水晶に見知らぬ景色が浮かび上がったかと思うと、地下図書館は別世界に変わり果てていた。

「今までいた水晶回廊を『表の開架書庫』とするなら、ここは『裏の閉架書庫』」

ミードが両手を広げ、その背後で神秘研究部の部員たちがそれぞれに歓迎の言葉を口にする。いつの間にか水晶だらけの壁や天井が消え失《う》せ、広大な空間が出現していた。

「アド様！　なにあれ、なにあれー！」

アンゼリカが興奮した様子で叫ぶ。無理もない。なにせアドですら見たことのない未知の世界がそこには広がっていたのだ。

東には灼熱《しゃくねつ》の海を鋼鉄の蠕虫《ワーム》が泳ぐ死の世界があった。

西には砂漠を飛ぶ翼の生えた猿と、地中から飛び出してそれを呑《の》み込む巨大蛇がいた。

振り向けばそこは鏡でできた不思議な城。

前に進もうとすれば泡を積み上げた橋を巨大なアヒルの群れに横切られる。

「落ち着けアンゼリカ。天使の国や列車の時を思い出せ。ループする閉じた異界。神の力によって具現化した悪夢の世界。これは同じ現象だ」

アンゼリカの表情が敵意に染まるが、すぐに首を傾《かし》げる。故郷を滅ぼした悪意の気配が、ここでは感じられなかったからだ。アドは考えこむように言った。

「だが、ここは邪神の夢ではないようだな。少なくとも今はまだ」

支離滅裂な風景を前にして、ミードはまじめくさった顔で講釈を垂れる。

「神は邪神以外にもいるのよ。地下図書館はありとあらゆる知識、すなわち隠された神秘を封じている。ここは亜人たちの神、失われた神話の数々が眠る封印の地」

支配構造を維持するために秘匿された真実。千年の間に失われた神秘とは、つまり亜人たちの反抗を防ぐために貴族たちが奪い、封印した『神秘に満ちた世界』のことだ。

「眠れる神々は大半の力を失ったけど、封印者ドーパ・ハウレンの憎しみに苛《さいな》まれてずっと悪夢を見続けている。ドーパが神の力を物質化したのと同じように、邪神とその眷属はこの世界で生まれた悪夢を物質化させて現世への侵攻を繰り返してるの」

貴族は神の力から作り出された遺物を用いて邪神の眷属に立ち向かう。

同じように、邪神の眷属もまた神の悪夢から作り出された異界によって現世を脅かしている。アンゼリカの国を襲った悪夢の正体は、物質化した『邪神側の遺物』なのだ。

アドは皮肉を込めて笑った。

「千年前、悪夢といえば邪神が作り出すものだった。現代でも見飽きたアレが世界を侵食しているから何事かと思えば、残党に新しい武器が大量供給されているとはな。大した偉人じゃないか、『遺物の父』とやらは。『悪夢の父』という異称が必要じゃないか？」

神々の封印は亜人たちから神秘を取り上げたが、生き残った邪神の眷属たちはこの隠された世界から悪夢を物質化させる手段を有していた。

そうして力を得た邪神の眷属は世界を脅かし、アンゼリカから全てを奪い去った。

「『混血の妖精』が招いた不始末よ。だから、これは私の問題なの」

決意に満ちた言葉。ミードの視線の先で、風景がまたも変遷する。

アンゼリカは複雑な表情でアドとミードを見比べ、きゅっと唇を引き結んだ。

「尻拭いを遠い末裔《まつえい》にさせるわけか。現代の介護問題は深刻だな」

アドの言葉に老人の首が厳かに答える。

「本来、『星幽《せいゆう》教団』はそのための組織だ。ミードだけに押し付けるつもりはない」

「セルエナが本義を忘れ、お前が使命を引き継いでいるわけか」

「肥大化した組織が世俗との繋《つな》がりを深め、現実社会への関心を示すのは必然であった。『世界』の均衡を保つ使命を我らは忘れかけている」

深い溜息《ためいき》を吐《つ》いたアドは、不確かな空間に一歩を踏み出した。

現在立っている場所すら確かに定まらない。複数の神々が一箇所に押し込められ、その力を制限されているのだ。少年は遥《はる》か彼方《かなた》に巨大な影を見た。天を突く長い首を。山のような頭部を。水平線に見え隠れする触手を。蜃気楼《しんきろう》に霞《かす》む不定形の巨躯《きょく》を。

そして、頭上に浮かぶ泡とそれに覆《おお》い被《かぶ》さる巨大な赤子の姿を。

「なんかあの泡の中、お祭りやってない？　ていうか前に見たような」

アンゼリカが不思議そうに眉根を寄せる。現世では地上一階に相当する高度だろうか？　ふわふわと漂う夢からは楽しげな気配が漏れ出しており、その上で巨大な赤子が幸せそうに眠っている。アドは横目でミードを見て、それから小さく笑った。

「お花畑め」

大きな背嚢《はいのう》に登山用具と戦闘用の刀剣や槍《やり》、斧《おの》や弓などを装備した上級生たちが集まって、遥か向こう側に見えている巨大な影を指差していく。

「育ちきった悪夢はときおり赤子の姿をとるの。神々の深層意識が生み出した『本当の願い』は、現世を破壊して新世界を作ること。この『裏側』に広がるデタラメな光景は彼らが夢見る世界の設計図みたいなもの」

ミードの解説にアンゼリカが小首を傾《かし》げたのを見て、先輩たちが補足説明する。

「つまり第二の邪神候補。ヤバイ赤ちゃん神ってわけ。この子たちは定期的に『むずかる』から、私たちは時々あやしたり強引に寝かしつけたりしてる。今は少し落ち着いてるけど、月光祭の時期になると地獄だから覚悟しとけよ一年」

「ま、期待の一年だしすぐ慣れるだろ。既にアド様はうちらのエースだしな」

神秘研究部の部員たちの口調は軽いが、彼らの表情と目は全く笑っていない。

ここは表より更に危険な死地であり、一瞬たりとも気が抜けない異界なのだ。

「他の学院が担当してる封印とも繋がっているから、できれば『回廊』を繋げて他校の神研と連携とりたいんだよな」

「校舎上のでかい赤子が邪魔してるけどね。妖精神系統の悪夢だと思うんだけど、ミードでもよくわかんないって話だし、存在が謎。アドくんならどかせない？」

「それよか最初に適合遺物探そう。封印やばそうなのは遠征中の先輩たちがなんとかしてるだろうし、優先順位は新入生の教育でしょ」

わいわいがやがやと話し合う上級生。アンゼリカを気に入ったらしいミードの友人が色々と世話を焼く傍《かたわ》らで、生首を抱えたミードがアドに言った。

「私たちは現世を脅かす悪夢を潰していかなければならない。どう、いけそう？」

「誰に向かって言っている。既に二つ潰した。同じようにやるだけだ」

「頼もしいね。けど、あなたの時代の直後に生まれて数百年の時を重ねて来た邪神候補もいるのよ。特にこの『水晶回廊』の閉架書庫にはあれがいる」

ミードは静かに神々の名を口にしていった。その呼び声に呼応するかのように、遥《はる》か彼方《かなた》に見える風景を巨大な影が通り過ぎていく。

剣洗いの精、アストが輝く刃《やいば》の翼で天空を舞う。

鳥の王、ウクレトルが嘴《くちばし》に太陽をくわえている。

形無き蜘蛛《くも》、フィシ・リ・フィシが深い湿地帯に霧の巣を広げていく。

墓掘りの痩せ犬、バドバラムが人骨を組み上げて塔を築く。

忌まわしき蠕虫《ワーム》、ング＝メドが蝋燭《ろうそく》の民が築いた溶けた鉄の城でのたうつ。

そして聖域の白竜、ヒムセプトが霊峰の頂で咆哮《ほうこう》する。

「古き竜ヒムセプト。始まりの九柱、竜人種族の神か」

問いに、老人の首が重々しく答えた。

「じきにこの学院を覆っている巨大な悪夢、どこかの神が産み落とした神の幼体も覚醒の時を迎える。そうなる前にこの悪夢を封印、あるいは破壊しなくてはならない」

セイロワーズの言葉に、アドはなるほどと頷《うなず》く。ちらりとアンゼリカに視線をやる。

「手をこまねいていれば邪神崇拝者どもに利用される、か」

ぼんやりとアドたちのやりとりを聞いていた天使の少女が瞳に殺意を宿らせた。

戦意が燃え上がり、主《あるじ》に熱の籠《こ》もった視線を向ける。

崩れた世界の均衡、産声を上げる悪夢の化身、暗躍する魔人族、使命を忘れ暴走する教団、危機を知らずに栄華を貪る貴族。

ありとあらゆる問題は、つまるところひとつに帰結する。

「現実を侵す悪夢は、偉大なる俺がねじ伏せる」

少年には、それができるという確信があった。

アンゼリカが期待の視線を向ける。ミードたちが柔らかい視線で彼を見守る。

「俺に続け、お前たち。新体制の神秘研究部、最初の活動を勝利で飾ってやる！」

高く突き上げた拳に応じて、部員たちが一斉に腕を振り上げた。

今度こそ、アドの勢いまかせの言葉に乗ってこない者はひとりもいなかった。

11　真実の剣と虚構の剣

饐《す》えた臭いが立ちこめている。

澱《よど》んだ空気だけではない。そこに住む人々の呼吸そのものに絶望が染み込んでいた。

上層都市の活気が薄れ、沈んでいった底に広がるのがこの区画だ。

どのような都市にも階層があり、格差があり、分断がある。

スラムは必然的に都市の周辺に構築されていく。

「みんな、おにーさんが来てくれたよ！」

そんな場所でも新しい命は生まれ、そして放棄されていく。

「みんな、良い子にしていたか」

竜人の少年が大柄な身体《からだ》を屈《かが》めて小さな子供たちの顔を覗《のぞ》き込んでいく。

その手に抱えていたのはパンや芋、根菜などの食材だった。

カームと呼ばれていた生徒会長の従者は、このようにして定期的にスラムの孤児院を訪れているらしい。一度は自分を打ちのめした相手のそうした姿を眺めながら、レイミアはかたく唇を引き結んだ。浮かび上がってきた感情の正体を明らかにはしない。それが醜い感情であったなら、彼女には逃げ場がなくなってしまう。

「おねーさんも学生さんですか？」

「ええ。私たちの活動で皆さんが少しでも笑顔になってくれたら嬉《うれ》しいです」

レイミアは優しげな笑みを作りながら嘘《うそ》をついた。もちろん、カームに対しての敵意や隔意などおくびにも出さない。

なにより、この場所にいるのは竜人の子供たちだ。同族として、境遇への同情心はある。貴族に付き従うカームとて、それは同じはずであった。

笑顔で接することで優しい年長者として子供たちに安心感を与える。親に捨てられた子供たちに、世界の全てから見捨てられたわけではないと手を差し伸べる。

教団の聖女にとってそれは慣れた作業だった。

そもそもレイミアはそのようにして教団に拾い上げられた大勢の『聖女候補』のひとりであった。彼女も、彼女の仲間たちも、誰もが優しさに搦《から》め捕《つか》られて戦うべき敵を定められる。戦わなければ差し伸べられた手を掴んだ意味が失われてしまう。

「いつもこんなことを？」

「ああ。メシス様はああした子供ほど熱心に手を差し伸べてくださるからな」

「子供には可能性がありますからね。貴族の役に立つかもしれない可能性が」

「その通りだ。俺がそうだった」

孤児院からの帰路、ぽつりぽつりと言葉を交わす。

「何故《なぜ》、私を誘ったのですか」

「お前と俺は同じだ」

聡明《そうめい》で美しい少年に仕える竜人の従者。それだけを抜き出せば確かに重なる点はある。だがカームが言っているのはもっと根本的な部分での共通点であるように思われた。

「どの可能性が残るにせよ、俺たちはいずれ同じ道を歩むことになる同志だ。先達として、後輩にしてやれることはあるはずだ」

「それは、同じ学院の生徒だからとか、そういう？」

「気付いていないのか？」

「何にですか？」

「ならいい、気にするな。直観的には受け入れ難いだろうが、じきに理解できる」

寡黙な男子生徒は外見のイメージ通りに説明を面倒がり、勝手に納得して押し黙った。

不信感を露《あら》わにするレイミアにも構わず、カームはマイペースにこう続けた。

「メシス様はあの『プロタゴニスト』と名付けられた可能性に強い関心を示されている。だが俺から言わせれば不完全だ。従者であるお前も含めて」

レイミアが不完全ゆえにセロトは弱く、儚《はかな》く消えていこうとしている。

それでも、彼女にはどうすることもできない。八つ当たりのようにアドに感情をぶつけ、どう接すればいいのかわからずに逃げ回っている始末だ。カームの誘いに乗ったのも、向き合うべき現実を回避したいがためでしかない。

「お前が望むのであれば、強くなる方法を教えてやる。完全な主従が出来上がるのであればそれはメシス様の望みに叶《かな》う」

「素晴らしい忠誠心ですね」

それはむしろ自分への皮肉。忠誠心を持てない不実な従者がレイミアだ。

答える言葉を持たずに沈黙を保っていると、不意にどこからか飛んできた小石がカームの肩にぶつかる。それはひとつ、ふたつでは収まらず、幾つもの礫《つぶて》となって彼の頭部を襲っていた。投げているのは建物の壁面に寄りかかってこちらを見ているスラムの住民たちだ。先ほどの子供たちとは打って変わって、向けられている視線は悪意に満ちている。

「貴族に忠誠を誓った結果がこれというわけですか」

「そうだ。だが、後悔はない。俺はメシス様が良き主《あるじ》だと信じている。あの子供たちに可能性があるのなら、その未来を開いてくれる人物なのだと」

では、可能性がなかったら？

問いを発することはできなかった。その答えが石を投げてくる同族たちなのだ。

全ての竜人が辛酸を舐《な》めているわけではない。その分断こそが憎悪の根源だった。

カームは救われている。恵まれている。与えられた慈悲を子供たちに分け与えようとしている。しかし全ての同族を救えるわけではない。

戦場で武勲を立て、名誉市民となれば使い捨ての雑兵ではなく従卒として貴族たちに侍《はべ》る機会が与えられる。そうして勝ち取った地位も『成り上がり』として見下され、同族たちからは『へつらい屋の裏切り者』と軽蔑される。

「自分に石を投げてくるような者たちには救われる価値がないと？」

「意地の悪い質問だ。お前はこう言いたいのか。俺は分断統治の道具にされていると」

「いえ、何もそこまでは」

「その通りだ。俺はその現状を肯定する。誰も救われないよりはマシだからな」

カームの瞳にはある種の諦観がある。レイミアにも降りかかる小石を手で防ぎながらスラムの出口まで導くと、用事があると言ってその場を去っていく。

「こちら側に来るつもりがあるのならいつでも言うがいい。何かを捨て、何かを選ぶ。それが邪悪な決断であったとしても、何も選ばないよりはマシだと俺は信じている」

寡黙だが、必要十分な多弁さを持つ男だった。

将を落とすために馬を狙ったのだろう。確かにレイミアがそう望めばセロトはそれを受け入れるかもしれない。完璧な主従として関係性を結び直せば、メシスとカームのように強く信頼し合うことができるのかもしれない。

レイミアは生徒会に入る自分たちを想像した。

規範となる関係性がそこにはあり、落とし所としては穏便な『より良い竜人の未来』が広がっている。教団の使命を忘れ、ただの竜人の少女としてセロトと共に生徒会長の、そして未来の王族の下で膝をつく未来。

「馬鹿みたい」

想像するだけで失笑が漏れる。できるわけがない。レイミアはもう、あの少年の顔を直視することさえ嫌だというのに。

「よう、もう用事は終わったのか」

本当に嫌で嫌で仕方がなかった。セロトとの向き合い方がわからない。だからといって、もうひとりの方がいいというわけじゃない。むしろアドの顔など見たくもないのだ。

「何か御用ですか。私が誰かと会っていたら何か問題でも？」

「後ろめたいのか？」

黒い翼に暗色の髪、粗野でいながらどこか高貴な王者を思わせる風格。

どういう風の吹き回しか、使い魔らしき小鳥を肩に乗せながら現れたアドは挑発するような視線でレイミアを見下ろしていた。

「たとえそうだとしても、後ろめたいのはあなたに対してじゃありません」

「だろうな。で？　愛《いと》しのセロト様への言い訳は考えてきたのか」

「嫌な人。私、やっぱりあなたが嫌いです」

「『あなたが嫌い』か。俺個人への嫌悪ならば健全だが、お前のそれは貴族への憎悪が混じっている。自称聖女のやることじゃないな」

レイミアは不快感を露《あら》わにしてアドを睨《にら》んだ。

「貴族が憎い。教団に育てられた竜人がそう思うのは当たり前のことです」

「だが、お前がセロトを厭《いと》わしく思うのはそれだけが理由じゃないだろう」

鋭い指摘はレイミア自身が目を背けていた真実を正しく突いていた。

表情を作ろうとして、レイミアは急に全てがばかばかしくなった。今更この相手に取り繕った表情を見せる必要がどこにある？　何もかも下らない。どうせなら思い切り吐き出してしまえば少しはすっきりするだろう。

「『器』は本当の願いを反映する。私にとってセロト様は愛すべきお方です。それだけは間違いのない事実。だって、そうでなければ彼が現れるはずがない」

それが前提条件だ。勇者は望まれた姿をとる。

魂が不安定だという説明は完全に間違っているわけではないが、正しくもない。教団は意図的に情報を歪《ゆが》めて伝えていた。

「だから、根本的に間違っているのは私の心。本当の願いそのものがおかしいんです」

セロトがアドに比べて弱く、その存在が風前の灯火《ともしび》であること。

レイミアがセロトに対して心からの忠誠を捧《ささ》げられないこと。

その全ては突き詰めればひとつの原因に収束する。

「セロト様は私の最も罪深い願望の姿。心からの望みが自分にとって常に喜ばしいものだとは限らない。だって私は自分も、自分の願いも嫌いだから」

憎しみを込めて睨《にら》む。目の前の相手を。あるいは、自分が視《み》ている世界の全てを。

それとも、それら全てを捉えている自分そのものを？

「私は、本当の願いなんて直視させられたくなかった。忌避すべき自分自身の心なんていらない。『セロト』なんて勇者、できることなら消えてほしい。だってあれは、私自身の醜さそのものだから」

教団に拾われた子供たちは優しい笑顔に頑《かたく》なだった心を解きほぐされ、大人たちを信じてこの世界の真実を胸の中に刻み込む。

貴族への憎悪。亜人の真実。世界のあるべき形。

そして、それを実践するための儀礼を経て子供たちは正しい大人に生まれ変わる。

「聖人セロトは竜の贄《にえ》。私たち竜人に仕える奴隷たちの象徴。私はそれを知っている。その真実が、身体《からだ》に染みついて離れないんです」

自分を抱きしめるように両手で肩を掴《つか》む。

子供たちの笑顔を思い出す。何も知らない無邪気な頃の自分を重ね、もう戻れない今に打ちのめされる。レイミアにとってあの光景は絶望そのものだった。

愚かなカーム。あんなものが説得材料になると思っているだなんて。

愚かなレイミア。こんな自分をどうすればいいのか、それすら何もわからない。

アドはしばらく弱り切ったレイミアを眺めていたが、やがて肩から掌《てのひら》の上に飛び移った小鳥をつつきながら静かに呟《つぶや》いた。

「だとさ」

怪訝《けげん》に思ったレイミアが顔を上げたとき、アドは既に彼女への関心を失っていた。

「ならばもういい、問答は終わりだ。ここからは俺とアンゼリカとミードその他大勢が送る痛快な冒険活劇が始まるからな。辛気くさいお前の出番はない。入ってくるなよ」

荒々しく吐き捨てて、その場を去って行くアド。何故《なぜ》だか小さな鳥はしばらくレイミアの近くを飛び回ったあと、アドの後を追って飛んでいった。

レイミアはしばらく放心していた。

自分は何をしているのだろう。何をすべきだったのだろう。

『教団の聖女』なんて空虚な肩書き、いっそ投げ出して逃げてしまいたい。

そんな考えを見透かしたように、その影はゆらりとその場に現れた。

「レ、イ、ミ、ア、ちゃ〜ん。何してんのかな〜?」

「あらあらまあ、優等生のあなたがいったいどうしたのかしらね。定時連絡もいい加減だし、プロタゴニストの制御も上手《うま》く行ってないように見えたけど?」

ぞくりと背筋が総毛立つ。

恐怖と共に振り返ると、想像したとおりの顔が並んでいた。

「レイヴン様、フィトピリス様! どうしてお二人が」

異常に長い手足のにやついた男と、肉付きの良い柔和な笑みを浮かべた女。

共に『星幽《せいゆう》教団』の幹部であり、レイミアにとっては畏怖の対象でもあった。

「セルエナ様の指令だよ。教主様、ずいぶん心配してたんだぞ?」

「そうね。セイロワーズの始末に失敗した誰かさんの後始末っていうのもあるけど、一番はやっぱりレイミアちゃんが心配だったからよ」

フィトピリスと呼ばれた女性がレイミアの頬《ほお》をそっと撫《な》でさすりながら案ずるような視線を向ける。レイミアの表情には恐怖が浮かんでいた。教団の大人たちから向けられる優しさ。彼女にとってそれは安らぎを与えるものではなくなっていた。

「ちが、違うんです。あの、お願いですから。私、ちゃんとやりますから」

「いいのよ、泣かなくて。あなたは頑張ったのよね。頑張って頑張って、その上で結果が出せなかった。そういうことってあるわよねえ。とってもよくわかる」

共感を示すように頷《うなず》き、掌《てのひら》が優しく頭を撫でる。厳密には、頭部の少し上で手が蠢《うごめ》いている。まるでそこにある何かを確かめるように。

「待って下さい！　私ちゃんとできます、できますから、どうか少しだけ時間をっ」

「落ち着いて。はい深呼吸」

レイヴンと呼ばれた男が背中に手を当てる。それだけでレイミアは言葉を失った。見えない何かに音が遮断されていた。優しげな笑みを浮かべた女は冷徹な瞳で口をぱくぱくと開閉させるレイミアを観察する。

「幼い表層意識が邪魔をしているのねえ。調整はもっと念入りにしておくべきだったかしら。そうすればこんな面倒なことにはならなかったのに」

「早期に人格が崩壊する危険性もあっただろう。とはいえこの際だ、完全に起こしてしまおうか。余計なおまけも増えてきたらしい。掃除させるべきだ」

「あなたってばいつも乱暴ね。この件に関しては私も賛成だけど」

レイミアはもう一歩も動けない。撫でられ、優しくされるがまま。

大人たちの言葉をわけもわからずに聞いていた子供時代となにも変わらず。

「あとは『お姫様』に任せて寝ていなさい、レイミアちゃん」

フィトピリスの指先が少女の角に触れ、レイヴンの眼光が少女の五感を閉ざす。

傍目《はため》には何の変化も起きていない。少女の全身が弛緩《しかん》し、その目が閉ざされただけだ。

しばらくして、その両目が開かれる。

虚《うつ》ろな目には次第に光が宿り始めた。鮮烈な輝きだ。雪のようでありながら熱さや冷たさからはほど遠い、穢《けが》れを寄せ付けない清浄な純白。

「私、行かなくては」

呟《つぶや》いて、薄暗いスラムに背を向けた。

少女は真《ま》っ直《す》ぐに歩き出す。迷いなく、光に向かって。

†

神話によれば。世界のはじまり、大地には刃《やいば》があった。

天地を貫く鋭き神秘は、それぞれが理を切り分ける『言葉』である。

引き裂かれた世界には『根源的な差異』、すなわち九柱の神々が生まれた。

「神々の刃を巡る争いはあらゆる分断を生み出した。言語、民族、階級、敵と味方。この大陸が西と東で分かたれているのだって、巨神ディスケイムと竜神ヒムセプトが激突した余波で大地が割れたからだと言い伝えられているほどさ」

現実離れした極彩色の植物と、異様に細長いフォルムをした動物ばかりがのたうつ奇怪な森を歩きながら、神秘研究部一行は雑談に興じていた。

こうして放課後に異界を冒険するのも既に数度目だ。上級生たちによる神秘の解説は異界を生き抜くために必要なものばかりだったが、時には熱が入るあまり脇道に逸《そ》れていくこともある。アンゼリカはうんざりしたように零《こぼ》した。

「先輩の話、ながーい」

「言っておくが、天使の国も遡れば始まりの九柱に行き着くからな。ゼールアデスってお前の家名も九柱神に由来している」

「知ってるけど。私の神様はアド様だけだもん」

退屈そうに話を聞いていたアンゼリカは頬《ほお》を膨らませてそっぽを向く。それからふと思い出したようにこう言った。

「レイミアのヒムセプトもそうだよね。おかしくない？　王権神授の証明として王家は神名を名乗るけど、竜人の王家なんてとっくに途絶えてるでしょ？」

「さてな。本物の生き残りか、それともそういうことにしているのか」

アドは目を瞑《つぶ》って肩を竦《すく》めた。アンゼリカは歴史の授業で習ったばかりの知識を思い出す。九百年前、占術王ヴァレト一世はヒムセプトが邪神の眷属に堕《お》ちたと主張して竜人の国を攻め滅ぼした。貴族たちが支配するこの地は、かつて竜人たちの王国だったのだ。

「『六偉人』のひとり、ヴァレト・イオ・シプトツェルム。あの生徒会長のご先祖様か」

アドの低い呟《つぶや》きに、アンゼリカは唇を突き出すようにしてむくれた。

「あいつきらい。なんかレイミアが、じゃなくて竜人がかわいそうじゃん」

「何だかんだいって心配してるのね。アンゼリカちゃんってばいい子！」

ミードがその腕を優しく掴《つか》んで抱き寄せた。アンゼリカの振る舞いはどこかミードの庇《ひ》護《ご》欲を刺激するらしく、このように構いたがる傾向があった。

「むー、近いー！　アド様たすけてー！」

「よしよし、心配しないでね。きっと私がみんな幸せになれる世界を創ってみせるから」

などと騒ぎながら進んでいた一行は、ついにその場所に足を踏み入れた。

白い靄《もや》が視界を覆い、潜《くぐ》り抜けた先で世界が一変する。

「わあ、きれー」

いつの間にか、うっすらと白い化粧を纏《まと》った山道に出ていた。動植物の姿はなく、剥《む》き出《だ》しの岩山はひどく荒涼としている。まだ誰の足跡もついていない無垢《むく》な道に一歩を踏み出そうとしたアンゼリカは、ふと地面を覆うものが雪ではないことに気付く。

「なにこれ。白いけど雪じゃないし、寒くも冷たくもないね。灰とか？」

「『刃《やいば》』で切り分けられた『差異』の片側だ。あまり触るなよ、アンゼリカ。翼がお綺麗《きれい》な純白に戻るぞ」

アドの言葉に、少女は慌てて白いもので覆われた道から飛び退《の》く。少年は縋《すが》り付いて怯《おび》える従者を面倒くさそうに引き剥がし、ミードに押し付けた。

老人の生首が厳かに語り始める。

「聖域の白竜ヒムセプトはその名の通りに聖域を統べる神。この竜が守護する領域の内側では全てが浄《きよ》められ、逆にその外側こそが穢《けが》れであると定義される。聖と俗、貴と賤《せん》、善と悪、正と邪。心せよ、ここから先は神の浄界。悪《あ》しきものは存在を許されぬ」

「ち、気に入らん。戦闘になったら片っ端から穢してやる」

「あはは。正面切って戦うわけじゃないから大丈夫。あくまでも既にある封印の点検と修繕だからね。気を抜けるわけじゃないけど」

ミードが下級生たちを安心させるように言う。一行が歩く道は狭い。隊列を率いるアドの傍《そば》にアンゼリカが侍《はべ》り、その後ろに上級生たちが続いている。

「弱ってるとはいえ白竜の相手は少々面倒だ。いよいよとなったら聖者セロトのように頭下げて赦《ゆる》しを乞うって手段もあるぞ。俺以外が」

「なんでそこであっちの主様《あるじ》が出て来るの？」

「寝ぼすけじゃなくて参照元の方だよ。そうか、現代には伝わってないのか」

「私も知らないわ。どんなお話なの？」

ミードたちも興味津々といった様子でアドに訊《たず》ねる。少年は億劫《おっくう》そうにちらりと生首に視線を向けたが、老人は沈黙したままだ。仕方ないと溜息《ためいき》を吐《つ》いて語り始める。

「大昔、神々の戦いで自民族の神を失った『貴族』たちは離散し、苦難の歴史を歩むことになった。たとえば他の九柱神の眷属、つまり亜人たちの奴隷に身を落としたりな」

それは現在の社会が成立する以前、貴族が貴族としての地位を確立する前の常識だった。

貴族たちは千年前の屈辱を消し去るべく伝承という伝承を隠蔽したのだろう。

「邪神の悪夢が侵食を繰り返す世界は危険に満ちている。そこでシプトツェルムという血族からセロトという名の若者が行動を起こした。セロトは白竜ヒムセプトに血族の庇護《ひご》を願うべく、食われることを覚悟で聖域を目指した。途中、竜人たちにとっ捕まったり大トカゲに食われそうになったり白竜の剣を洗ってた精霊に見つかって尋問されたりと、様々な苦難を乗り越えてセロトはついに白竜のもとに辿《たど》り着いた」

「セロト、頑張ったんだねえ」

しみじみと言うアンゼリカ。

同一人物ではないとしても、名付けの参照元ということはあるかもしれない。

だとすれば、レイミアや教団は何を思ってそのような名前をつけたのか。

ここで考えても答えは出ない。

「ところが白竜は虫の居所が悪かった。戦いで負った傷が痛くて人間の言葉なんてとてもじゃないが聞ける気分にならない。いつもだったら自慢の玩具《おもちゃ》、『真実の剣』で審判するんだが、折悪《おりあ》しく自慢の剣は整備中。それもセロトが剣洗いの精霊の尋問を逃れるために汚れを指摘しまくったもんだから、当分は戻ってこないときた」

『真実の剣』、それは九柱の神々が奪い合った刃《やいば》。その強大な力を巡って争いが起こり、それは現在でも続いている。

「セロトは竜の怒りを鎮めるべくあの手この手で竜をなだめすかし、頭を下げて赦《ゆる》しを乞うた。しかし竜は荒ぶるばかり。セロトが最後に選んだのは究極の献身だった」

「献身！　私が主様《あるじ》にしてることかな？」

「自分を生贄《いけにえ》として捧《ささ》げたんだ。セロトは白竜に食い殺され、その自己犠牲を認めた聖なる竜神様はセロトの血族を庇護下に置くと約束した。セロトの魂は精霊として昇華され、剣洗いの精と一緒に白竜の至宝を交代で整備しているって話だ」

　しゅんと萎《しお》れたアンゼリカの額を指で弾《はじ》き、更に頬《ほお》を引っ張る。

「俺に言わせれば下らない献身だ。死んでる暇があったらキリキリ働け下僕」

「ふぁい」

　二人のやりとりに小さく笑いつつ、ミードが口を挟む。

「『真実の剣』の言い伝えは私も知っているわ。ヴァレト一世はそれを求めて竜人の国に戦争を仕掛けたという説もあるけど、今の話が本当なら」

「反乱軍を率いる奴隷たちの英雄ヴァレト一世は圧制者を打ち倒して貴族の国を作った。そして『新しい奴隷たち』を屈伏させるために神の力を求めた。それが真実だ」

　アドはひどく退屈そうに吐き捨てた。

　あらゆる存在の真実の姿を白日の下に晒《さら》すという神秘を宿した白竜ヒムセプトの剣。

　罪人を裁くために使われたとされるその剣は神話の時代を経て王に下賜された。

「貴族たちは不都合な過去が明るみに出ないように真実を独占したい。『教団』は竜人たちの手に王権の証《あかし》を取り戻し、国内外に散らばった亜人たちに決起を促したい。どいつもこいつも喉から手が出るほど欲しいわけだ」

アドがまとめると、ミードが楽しげに付け加えた。

「もちろん、私たちにとっても欲しい宝物よね。記憶を取り戻すというのとは少し違うけれど、『千年前の勇者がどんな人物だったのか』という事実なら確実に判明するはずよ」

「竜人どもが失った宝剣がここにあると？」

「遺物というのは神々の形のない力を私たちでも認識できるように『名付けた』もの。もう一度『封印』を行えば力を削《そ》ぎ落とすついでに遺物も物質化できるかも」

考えこんだアドは険しい山道をじっと睨《にら》み付けた。

峻厳《しゅんげん》に聳《そび》え立つ白い岩山は挑む者を試すようにこちらを見下ろしてくる。視線が跳ね返されるような揺るがぬ在り方に、アドは疲れたように目を閉じて目蓋を揉《も》んだ。

「白竜の再封印、か。レイミアがここにいたら、何と言うだろうな」

小さく笑い、目を開いて一歩を踏み出す。方針は定まった。

竜の根城に忍び込み、財宝を盗み出すのだ。

†

狭い道を踏み荒らしながら咆哮《ほうこう》する巨大なトカゲの噛《か》み付きを、前に出た丸い上級生が巨大な盾で防ぐ。ミードの矢が正確に怪物の眼球を貫き、悲鳴を上げたところにアドの解き放った穢《けが》れの奔流が襲いかかる。

轟音《ごうおん》と絶叫。苦痛の悲鳴を上げながら巨大トカゲはのたうち回り、道から転げ落ちていく。取っ掛かりのない山道から滑落していく巨体はやがて見えなくなった。

「さっすが主様《あるじ》！　楽勝だったね！」

「はい、油断しないの。伏兵が潜んでないかきちんと索敵して、隊列の組み直し急いで。足場が崩れないうちに早めに動くよ」

軽く叱責しながら指示を出していくミードは堂に入ったリーダー性を発揮している。アドは感心しながら羽虫たちを飛ばして進行方向の様子を探らせた。

「少し先に竜人もどきが三体。高台に射手が一人。ミード、先に狙撃で射手を落とせ」

「了解。私が撃ったら突撃ね」

ここには顔を曖昧な靄《もや》で塗りつぶされたような竜人が数多く徘徊《はいかい》しており、侵入者に襲いかかってくるのだ。竜人もどきは強い衝撃を与えられると幻のように霞《かす》んで消え去ってしまう。大トカゲの怪物とあわせて、神の山を守護する存在なのだろう。

とはいえアドたちの敵ではない。快進撃を続ける彼らは順調に山頂に近付いていた。

「待て。脇道がある」

無数の小さな虫を操るアドはそれらと視界を共有することで先の様子を探ることができた。これにより探索は大いに効率化されていたが、その分かれ道に差し掛かると彼は初めて迷いのようなものを見せた。

「どうしたの？」

「ああ。行き止まりなんだが、どうも気になってな。時間の無駄になるかもしれないが、何かが引っかかる。意味のある小部屋に思えてならない」

これまで最短ルートで山頂を目指していたアドにしては珍しい。ミードは背後の仲間たちと顔を見合わせて、迷わずに頷《うなず》き合った。

「直感に従うのもいいんじゃない。もし何もなかったとしたら戻ればいいだけよ」

「ん、悪いな。寄り道かもしれないが、時間をもらうぞ」

自分でも自分の行動に確信が持てていないのか、珍しく語調に気迫が足りていない。

アドはそのまま山の中にぽっかりと開いた洞窟の中へと進んでいく。すると薄暗い道を照らすように光輝く水晶があたりに見え始めた。

「なんかこれって、水晶回廊みたいだね」

アンゼリカが素朴な感想を述べる。『みたい』というより、そのものだった。

幻惑的な照明に包まれた道の先、辿《たど》り着いたのは広々とした部屋。

壁には幾つもの古びた剣が立てかけられている。奥《おく》の方に見えるのは壁に囲まれた炉や風を送るための鞴《ふいご》、床に投げ出された鎚《つち》や火鉢、割れた金床や水槽の残骸といった鍛冶道具と思《おぼ》しき数々だ。

「うーん、どの剣も折れてたり錆《さ》びてたり、使い物にはならないなあ」

上級生たちが室内を調べながら残念そうに呟《つぶや》く。放棄された施設なのだろう、あらゆるものが朽ちていくばかりだった。

アドはあてが外れたとばかりに首を振り、そこで気付く。何かが迫ってきている。

「全員、入り口から距離を置けっ」

叫びとほぼ同時にそれは現れた。

巨大なヒト型、そう思えたのは一瞬だけ。

光輝く裸身は女性的ではあったが性の区別は存在せず、凹凸のない粘土細工のような裸身を七つの腕が左右から抱きしめる。足はなく、鱗《うろこ》に覆われた長い尾の先は鋭い刃《やいば》となって振り下ろされ、床面に深い断裂を作り出した。

そして最大の特徴は肉体とは切り離された部分にあった。

背中からわずかに離れた空間から伸びていく光の翼。

刃のようにも見える輝く板が、幾本も放射状に展開されているのだ。

光の刃は浮遊する異形の周囲を巡り、こちらを威嚇するように切っ先を向けている。

「剣洗いの精アスト！　『刃』を守護するために他の神々に従属する精霊神だ」

老人が敵の正体を明かす。アストは威嚇するように翼を振るわせて猛《たけ》る。

「『刃』に手出ししなければ大人しいはずだが、部屋に入ったことが逆鱗《げきりん》に触れたか」

「いや、それにしては妙だ。こいつ、弱ってないか？」

アドが指摘したことで周囲も気付く。

精霊の身体《からだ》のあちこちに小さな切り傷がある。自慢の美しい刃《やいば》にも幾つか刃毀《はこぼ》れが見られた。既に誰かと戦った後だとでもいうのだろうか。

「細かいことは後だ。来るぞ！」

荒ぶる精霊神が一鳴きすると、背中の翼が次々に射出されて襲いかかってくる。

鋭い斬撃を上級生たちは盾で受け止めるが、凄《すさ》まじい衝撃にある者は打ち倒されある者は盾をはね飛ばされてしまう。致命的な隙をカバーするべくアドが穢《けが》れの奔流を放って刃と激突させるが、今度は無防備になったアドを尻尾による鋭い一撃が襲った。

刃の先端が腕を裂き、激しい衝撃でよろめく。

ミードの矢は敵の胴体に命中しているものの、決定打にはなっていない。

縦横無尽に空間を引き裂く光の刃が敵を引き裂くために迫る。

「アド様、逃げて！」

無数の斬撃が少年を襲うのと同時にアンゼリカの悲鳴が響く。

絶体絶命の窮地に置かれたアドは不敵に笑った。

「逃げる？　苦境こそ歓喜の源泉だろうが」

死と苦痛と絶望を目の前にして、アドの瞳は曇ることを知らないままだ。

そこにあるのは『前に進む』という強い意志ただひとつ。

「俺を守れ」

漆黒の双翼が硬質化し、瞬時に少年の前方で守りを固める。

猛攻を防ぎきった翼は一瞬にしてその確たる形を失い、曖昧な靄《もや》となって背中から切り離されていく。『闇の刃』となった翼は解き放たれるや否や、猛烈な速度で飛翔《ひしょう》して輝く翼を次々に撃ち落としていった。

「分断しろ」

遠くへ弾《はじ》かれた光の刃が次々に壁に突き刺さり、無防備になった精霊の本体が慌てふためく。肉薄していたアドの拳が穢れの奔流を収束させて纏《まと》っていた。

打撃。夥《おびただ》しい数の虫が、汚水が、猛毒が濃縮されて美しい精霊の体内で炸裂《さくれつ》。哄笑《こうしょう》するアドの更なる追撃を受け、とうとう精霊神は断末魔の叫びを上げて動かなくなり、やがて霞《かすみ》となって消失した。

「死んだ、の？」

「少なくとも、ヒムセプトに仕えていたこの個体は殺した」

淡々と呟《つぶや》くアドにアンゼリカが勢い良く抱きつく。手も足も出なかった上級生たちはあらためて畏怖の目で少年を見た。ミードの腕の中で、老人がしみじみと呟く。

「さすがだ少年。古典的な『歓喜』型は追い詰められるほど神秘の純度が上がるというが、君はその見本のような戦い方をする」

「死にかけの雑魚に勝っただけだ。全盛期ほどの力はまだ取り戻せてない。それより、これを見ろ。あの個体、体内に溜《た》め込んでやがった」

精霊神は消え失《う》せたが、その胴体があった場所に積み上がっていたのは大小さまざまな刀剣だった。その全てから神秘的な力が漏れ出していた。

「すごい、これ全部遺物じゃない？」

「売ったらそこそこしそう」

「馬鹿、一年の装備にするに決まってるだろ。二人とも、使えるのはあるか？」

上級生たちが丁寧に並べた刀剣を一振りずつ矯《た》めつ眇《すが》めつしていくアドとアンゼリカ。しばらく色々試したが、実用に足る品はほとんどないに等しかった。

「やっぱり遺物適性がなあ」

「でもミーちゃんは亜人の血を引いてても遺物使えてるじゃない？　個別の親和性の方が大事だと思うけど」

「二人は『歓喜』型だろ？　ヒムセプトやアストの遺物は『忌避』型が多いから噛《か》み合わないって最初に言ったじゃないか」

騒がしく議論する上級生たちには目もくれず、アンゼリカは魅入られたように一振りの刃《やいば》を手に取って観察していた。ミードが近付いて問いかける。

「それ、気になるの？」

「うん。これ、どんな遺物？」

真紅の刃をもった刃渡りの短い剣だった。

女性の細腕でも片手で振ることができそうなサイズもさることながら、その色彩が強くアンゼリカを惹《ひ》き付《つ》けていた。老人が微笑《ほほえ》ましそうに笑いながら答えた。

「それは『虚構の剣』と呼ばれる第十等級の遺物だ。先ほどの精霊が持つ光を操る力を反映したもので、幻を作り出す能力を持っている。竜晶戦争の時代には精霊たちの手によって量産され、竜人の兵士たちによって振るわれたという」

「量産品かあ。あんまり強い遺物じゃないの？」

「かつては兵力で劣ることを隠すために寡兵を大軍に見せかけたり、伏兵を風景に溶け込ませるために使われていた。現実を変化させる力が弱いため等級は低いが、使い方次第では役に立つ遺物だよ」

　ふうん、と不満そうな表情をするアンゼリカ。

　デザインはともかく、性能はお気に召さなかったらしい。たしかに幻を作るという迂遠《うえん》な手段よりは直接的な破壊の力のほうがアンゼリカには扱いやすそうではあった。

　だが、アドのほうは別だった。

「見え方の操作か、悪くないな。同類の遺物ならあいつの手にも馴染《なじ》むだろう」

　アンゼリカが持っていたのとは別の、少しだけ刃渡りが長い『虚構の剣』を手に取る。

　量産された遺物ゆえに適性が低くても使えるというのが良かった。アドが刃を振るうと目の前にはもうひとりのアドが出現し、もう一振りすると更にアドが増える。

「わ、凄《すご》い！　この遺物とってもいい！　私これにするー！」

　一瞬にして表情が華やぎ、短剣を振り回して次々にアドの幻を出現させていくアンゼリカ。室内がアドの幻で一杯になっていくのを上級生たちが苦笑いしながら見守る。

本物の少年は剣を鞘に収め、腰に剣帯を取り付けていく。

自分ではない自分に取り囲まれながら、少年はぽつりと呟《つぶや》いた。

「真実を求めた結果、手に入ったのが虚構とはな」

そして、それがその日の成果の全てだった。

しばらくして山頂に辿《たど》り着いたアドたちを待っていたのは何もない空間と、見晴らしのいい景色だけ。岩山で作られた神の玉座は空だったのだ。

山に挑む前、白竜の咆哮《ほうこう》は確かに聞こえていた。

しかしその姿はなく、しもべである精霊も何者かに傷つけられた形跡がある。

不可解な感触を残し、真実は見つからないままその日の探索は終わった。

12　鮮血と天使

「ねえねえ、聞いた？　また犠牲者が出たって」

多感で繊細、それでいて刺激に飢えた子供たちの集団には噂《うわさ》がつきものだ。

それは大げさであればあるほどいいし、派手であればあるほど過激に誇張される。物語は次第に語り手たちの制御を受け付けなくなっていき、最終的に真実を知る者などいなくなる。あらゆる現実がそうであるように。

「邪神の眷属でしょ？　怖いよね、生徒会が二回も摘発したのにまだ潜んでるのかな」

「わたしは教師連中に実験台にされたって聞いたよ。殺されてるの亜人ばっかじゃん」

「本当は貴族の仕業だけど、責任を被《かぶ》せるために邪教徒の存在をでっち上げてる？」

「もしくは、貴族が裏で邪教徒と繋《つな》がってるとか」

ここ最近、生徒たちを怯《おび》えさせている噂がある。邪教集団が夜な夜な血なまぐさい儀式を行い、生徒たちを生贄《いけにえ》に捧《ささ》げているというものだ。

魔人族と戦うべく育成されているとはいえ、多くの生徒は本物の戦場を知らない。生命の危機があるかもしれないと知れば不安に駆られる者も出てくるのは必然だった。

「でもさ、こういう話も聞いたよ。亜人を救ってくれる救世主がいるって」

そして、その不安から逃れたいという願いが生まれるのもまた必然である。

「あー、あるある。助からない系の怪談にムリヤリ救済措置くっつけるやつ」

「いやそれが本当に友達が助けてもらったんだって！　放課後にひとりで掃除押し付けられてるところを襲われたんだけど、仮面つけた黒い翼の男子が駆けつけてバッサバッサと怪物を切り刻んで邪教徒を血の海に沈めてくれたって」

「それできるのアド様以外にいないでしょ。仮面の意味ある？」

「実際にプロタゴニスト君、邪教徒を討伐したらしいよ。副会長と一緒に」

「マジで？　本当だったら凄《すご》くない？」

「遺物ぜんぜん使えないのにめっちゃ強いんでしょ？　それであの謎の貫禄《かんろく》でしょ？　なんか本当にありそうに思えてきた」

噂《うわさ》される対象といえば、魔人や邪教以上に目立つ存在がいる。それが学院きっての遺物不適合者にして天才的な実技の成績を誇る異端児、アド・プロタゴニストだ。

貴族でありながら天使族との混血を意味する黒翼を持ち、同じく亜人との混血である生徒会副会長ミードと親しいという目立つ外見的特異性。

学院きっての美女であるミードを巡って生徒会長メシスと決闘したという浮いた噂、愛人を二人も侍《はべ》らせているという噂、同じクラスの亜人生徒たちを鍛え上げて全員の成績を凄《すさ》まじい勢いで向上させている鬼教官であるという噂、その他さまざまな臆測、正体の予想、隠された出自の妄想。少年はとにかく噂に事欠かない人物だった。

名前や渾名《あだな》すら時と場合でころころ変わる。プロタゴニストと呼ばれる少年は、存在しているだけで生徒たちの想像力を刺激する不思議な才能があった。

入学から一月が経過してもなお、彼の正確な実像を掴《つか》んでいる者はいないままだ。

それは彼の身近な者たちにとっても同じ。

未知の人物を知るにはまだまだ時間が足りない。

逆もまた同じだ。少年は、彼を取りまく周囲のことを何も知らないままだ。

それは最初から彼に寄り添っていた少女についても同じこと。

「死ね、死ね、死んじゃえ」

血塗られた刃《やいば》の鋭さよりも、少女の鬼気迫る表情の方がよほど凶器じみていた。

アンゼリカの血に染まった翼が広がる。荒ぶる羽ばたきが赤い羽根を撒《ま》き散《ち》らし、それらは少女の殺意に従って標的に降り注ぐ血の雨と化した。

凝固した血で固められた羽根は硬質な刃に等しい。

雨となってローブ姿の邪教信者たちを貫く血翼の礫《つぶて》。

敵を駆逐できるという歓喜に身を震わせて、死の天使は殺意を叫び続けた。

放課後の学舎だった。夕陽《ゆうひ》が隠れた空き教室、噂通りの忌まわしい儀式を執り行う黒ローブの集団の前に彼女は姿を現した。

その姿がずっと天使の少女だったかと言えばそうではない。その姿は明滅している。殺意と興奮で感情が昂《たか》ぶった時にだけ、その獰猛《どうもう》な美貌が露《あら》わになるのだった。

アンゼリカは剣を手にしていた。刃渡りの短い低級の遺物である。

剣が閃《ひらめ》くとそこに宿る神秘の力が発動し、黒い幻影がアンゼリカに重なる。仮面をつけて正体を隠した噂話《うわさばなし》の救世主。悪を討ち滅ぼす英雄の虚像。

その正体こそがこれだった。噂は少女の手が作り出したものだ。

「これは正しい怒り。これは正しい憎しみ。神様は私を赦《ゆる》してくれている！」

憎悪と義憤、それを肯定する依存と信仰。

少女が見せる二つの表情は同じものに根ざしている。

「神様は亜人の未来とか難しいことをいっぱい考えてる。他の自分なんて邪魔な存在まで救おうとしている。完璧すぎるから、なんでもかんでも背負っちゃうんだ」

遺物使いの邪教徒を作業的に解体しながら、人を殺すことに適合しきっている少女は淡々と呟《つぶや》いた。独白というよりは言い訳。自分を冷静に保つ努力をしながら、彼女は自分すら焼き焦がすほどの激情を殺意に換えている。

「せめて少しでもお役に立って、神様のお手を煩わせないようにしてさしあげたい。わたしにできそうなのは邪神の眷属たちを殺すことくらいだから」

斬る。刺す。抉《えぐ》る。踏み砕く。翼で叩《たた》き潰す。礫《つぶて》で撃ち抜く。あらゆる殺害に習熟していく。習い覚えた技術ではない。経験が彼女を一人前の殺人者に育て上げていた。

「悪者だからやっつけてもいいよね」

不気味に輝く赤眼の禍々《まがまが》しさに、邪教徒たちが恐れおののいて逃げ出そうとする。

もちろん、彼女は標的を逃がさない。彼女は常に敵を皆殺しにする。

「喜んでいいんだよ？　これはすべて神様のためにしてることだから」

血塗《ちまみ》れの翼が広がり、死の礫を投げ放つ。普通の天使にこんなことはできない。少女が持つ幻影の遺物とは全く別の神秘。アンゼリカ個人の能力である。

「あ、ありえない。こんな、こんなガキが」

黒ローブの男が腰を抜かして呟いた。まだ年若い少年の声だ。

世界から神秘は失われた。かわって台頭したのが超自然の力を宿した遺物だ。

しかし物事には常に例外がある。聖教国の『奇跡』や黎明《れいめい》帝国の『錬金術』はその代表的なものだ。六大国はそれぞれ固有の神秘を保持し、研究を進めている。邪神の眷属に対抗するための手段という名目ではあるが、その内実が他国に明かされることはない。

神秘は隠匿されるべきもの。よってそれは選ばれた一部の王侯貴族にのみ許された力であり、それ以外が行使することは許されない。

よって亜人が神秘に触れるなど言語道断。せいぜいが小間使いが使う程度の低級遺物を与えて雑事をさせておけばよい。それが世界の共通認識だ。

全くのゼロから神秘の扱いに目覚めてしまう突然変異。その上で並の神秘では及びもつかないほどの力を得て成長を続ける独学の天才など、誰が存在を予想できただろう。

「う、動くな！　こいつらがどうなってもいいのか!?」

追い詰められた邪教徒たちは自らが生贄《いけにえ》にしようとしていた亜人生徒の背後に回り、首筋に短剣を突きつけた。卑劣な行動にアンゼリカは一瞬たりとも迷わなかった。自分の主《あるじ》であればこうするだろう、という確信があった。

「おいやめろ、本当に刺すぞ、脅しじゃなっ、ぐぇっ」

言葉通り刃《やいば》が人質の首筋に刺さり血の雫《しずく》を垂らす。だが悪意が致命傷を生むよりも、アンゼリカの剣が標的の眼球から頭蓋の奥までを貫く方が早かった。

「仮に死んだとしても、悪を滅ぼすための犠牲になれるなら本望でしょ？」

アンゼリカは敵を殺せるならそれでいい。その過程で誰が死ぬかなど関知しない。あの日、神と邂逅《かいこう》したことでアンゼリカは復讐者《ふくしゅうしゃ》として生まれ変わったのだ。

「ダメだよ。犠牲になるなら、私の神様じゃないとね」

世界を悪意に包まんとする邪教徒たちは心底から恐怖した。

目の前の天使を突き動かす燃えるような信仰心が、自分たち邪教徒のそれを遥《はる》かに凌駕《りょうが》するほどにおぞましく血塗られたものであると理解してしまったからだ。

命乞い、断末魔、正気を失った絶叫、様々な悲鳴の合唱が次第に弱々しくなり、遂《つい》には独唱になる。失禁しながら両手で顔を覆う邪教徒が戯言《たわごと》を口にしている。アンゼリカは小首を傾《かし》げた。声に聞き覚えがあるような気がしたのだ。

剣の切っ先で目深に被《かぶ》ったフードを引き上げる。露《あら》わになった顔を見て納得した。

「あれ？　でも名前なんだっけ。なんか凄《すご》くどうでもいい感じだった気がする」

「な、なんだその言い草は！　大貴族であるこのボルクス・デラス・バルオンに向かって亜人ごときが無礼だぞ！」

邪教徒の一人であった少年はかつてセロトとささやかな揉《も》め事を起こしてミードに仲裁されたことがあった。アンゼリカはどうでもいい一幕として忘れていたが、相手の方はそうではなかったようだ。屈辱に顔を歪《ゆが》めながら憎悪をぶつけてくる。

「くそっ、くそっ、下等な種族が、僕に恥をかかせたなっ！　あの混ざりものも、あのふざけた女も！　なんで思い通りにならないんだっ」

アンゼリカは学生であるこの少年がどうして邪教徒として放課後の校舎で生贄《いけにえ》の儀式に参加しているのかについて知るつもりがなかった。敵は殺す。それ以外の選択は不要。

事実や真実など彼女にとっては不純物でしかない。

あらかじめ決まっている決断こそがアンゼリカを前に進ませる原動力だった。

「なんかうるさいし、さっさと殺そう。えい」

「やめろやめろっ、僕は悪くないっ、命令されただけなんだ！　むしろ被害者だ、犠牲者なんだ！　かわいそうだとは思わないのか！　僕を殺したらお前の方が悪者なんだぞ！　そうだ、ほら殺すべき相手はこっちにいるぞ！　それを見ろ！」

突き出された切っ先を必死で転がって躱《かわ》しながら恥も外聞もなく泣きわめく少年が、ある方向を指差した。教室の中心、机と椅子を組み合わせて作られた即席の祭壇に括《くく》り付けられた亜人の生徒たち。生贄になる寸前でアンゼリカに救われ、怯《おび》えて縮こまっている哀れな生徒たちである。

アンゼリカは冷静になってアドの幻影を纏《まと》い直した。

彼女は敵を皆殺しにしたあと、こうして救い出した生徒たちに『噂《うわさ》』を広めるように命令する。アドという救世主の噂はやがて神の実在を証明する。アンゼリカは忠実な神のしもべとして、布教活動を行っているのだった。

彼らは偉大なる神の存在を広めるために必要。そのはずだった。

「そいつらをよく見ろ！　亜人なんていくら生贄《いけにえ》にしたって問題ないゴミばかりだがな！　その中でも飛び抜けて殺すべきカスがいるだろうが！」

喚《わめ》き散らす少年の指先が示すものの正体に、アンゼリカはようやく気付いた。

否、存在自体には入学当初から気付いていた。

だが気付かないことにしていた。事前にレイミアやセロトから手を出さないようにと念押しされていたからだ。駄目押しにアドからの命令まであった。

「敵は殺せ。だが降伏し戦う意思を失った者は敵ではない。わかったな」

だから偉そうにふんぞり返る貴族たちがある種の奴隷を連れているのを見ても、必死に見ないようにして自制していた。

そういった貴族は例外なく『戦地帰り』であり、ちやほやされながらの『安全な初陣』を経験した大貴族の子供だった。主《あるじ》の許可なく勝手に敵意を向けて揉《も》め事を起こせばきっと迷惑をかけてしまう。アンゼリカの理性は少なくとも主の傍《そば》では働いていた。

だが、今ここに主はいない。

手には剣。瞳には殺意。そして、視線の先には仇《かたき》がいた。

憎むべき魔人族。捕らえられ、奴隷に落とされた敗残者たちが。

「やるなら魔人族の奴隷を先に殺せ！　僕は死ぬべき奴《やつ》らの命を有効活用してやろうとしただけだ！　どう考えても優れた僕よりもそのゴミどもが先に死ぬべきだろう！」

長い前髪で顔が隠れた陰気そうな女子生徒には見覚えがあった。ボルクス少年が奴隷として見せびらかしていた哀れな少女。セロトと揉めた際にその場に居合わせた魔人族。

アンゼリカは剣の柄《つか》を強く握りしめた。

父と母の仇。祖国の大敵。憎むべき魔人族。

殺さなくてはならない。切り刻まなくてはならない。だが、長い前髪で隠れた少女のぼんやりとした視線を向けられて、アンゼリカは身動きが取れなくなった。

殺戮《さつりく》と流血に世界を染め上げられ、絶望に打ちひしがれた少女の顔。

その姿が、かつての自分と重なる。

「どうした？　魔人族ひとり殺せないのかよ役立たず！　ご立派なのは口先だけか？」

ボルクス少年は挑発しながら魔人族に注意を惹《ひ》き付《つ》け、後ろ手に遺物を握りしめる。

アンゼリカが魔人族奴隷に襲いかかるのと同時にその背中に遺物で攻撃を仕掛けるつもりなのだ。しかし、その思惑はあっけなく外れる。

天使の翼が広がり、無数の礫《つぶて》が人質の方に射出されていく。

しかし同時に、アンゼリカは剣をボルクスに突き刺していた。

「うるさい」

「あがっ、そん、な」

ボルクスは期待はずれの展開に落胆する間もなく血の海に沈んでいく。投げ放たれた礫《つぶて》は人体には命中せず、虜囚たちの鎖を粉砕していた。その中に含まれていた魔人族奴隷の少女は床に落ちた首輪と目の前の天使を見比べるようにしてしばらく呆《ほう》けていたが、やがてその瞳に輝きを取り戻していく。

少女が向ける視線は、アンゼリカが演じているアドの幻影に向けられている。

それは神の忠実なるしもべにとって望むべき結末だった。

けれど、自分のやったことが正しいことなのかどうかが確信できず、アンゼリカは何度も剣の柄《つか》を握り直した。確かだったはずの戦意が今はもうどこにあるのかもわからない。

正しさの確信。自らを奮い立たせていたはずのものが、失われていた。

「だめですよ、それでは」

唐突な声に振り向く。新たに現れた人物の意外な姿にアンゼリカは目を見開いた。

このような場面を見られてしまったという後悔。どうしてここに彼女がいるのかという困惑。なにより、今までにないような強烈な違和感が思考を混乱させている。

レイミアはこんなにも不気味な笑い方をする少女だっただろうか？

「敵は殺さないと。魔人族を憎むと決めたのでしょう？　なら決意を曲げてはいけません。そんなの勇者様の従者にあるまじき迷いです」

「でも、だって」

子供のように首を振るアンゼリカに、レイミアは諭すように言葉を重ねる。

いつもの子供を叱るような叱責とはまるで温度が違った。

「できないというのなら、あなたは従者失格です」

冷え冷えとした断言。

実際のところアンゼリカは、この馬の合わない相手を心から嫌悪したことは一度もなかった。レイミアと教団は主《あるじ》を目覚めさせてアンゼリカの命を救ってくれた。その後も彼女の意思を尊重して主の傍《そば》にいさせてくれている。

いつも口うるさく小言を言ってくる面倒な相手だけれど、『叱る』ということは自分が見放されていないということなのだとアンゼリカは知っていた。彼女は親に愛されていた。同じように口うるさかった家庭教師にも愛されていた。だから自分を気にかけてくれる身近な人を心から嫌うなんてことはできなかった。喧嘩《けんか》はするけれど、自分にとって数少ない繋《つな》がりなのだと理解していたからだ。

けれど、今のレイミアは何かが嫌だった。

ここから逃げ出したい。けれど、恐ろしくてそれができない。

いつの間にか頼もしい幻影は消えていた。虚飾のない姿で向き合う二人。

レイミアが一歩を踏み出し、アンゼリカがじりじりと後退する。

「逃げてはいけません。あなたは結局、どうしたいの？」

「私は悪者を許さない。だから、私自身が悪者になったらダメなんだ」

「既に血塗られた身で言いますか？　そんな綺麗事《きれいごと》が許されるとでも？」

レイミアがアンゼリカを叱責する時、そこに心からの悪意はなかったはずだ。

だからアンゼリカはレイミアの秘められた気持ちを知らなかった。

煮えたぎるような激しい感情をぶつけられたことなど一度もなかった。

それがこんなにも痛くて恐ろしいなんて、知りたくなかったのに。

「ふざけないで」

窓際に追い詰められたアンゼリカの逃げ場が失われ、レイミアの無造作な一歩が二人の距離を詰めていく。竜人の少女の細い指先が角をなぞる。二つの角の中間点に置かれた手が何かを引き抜くような動きで真下に引かれた。

その手には刃《やいば》が握られている。

直前までは存在しなかったそれは、虚空から引き抜かれた神秘の産物だ。

虚を突くような一刺し。アンゼリカは呆然《ぼうぜん》と自分の胸を見下ろした。

「死んで下さい。不出来な願いは消えるべきなんでしょう？　ならあなたたちが消えて」

レイミアが向けてきた殺意はアンゼリカに対してだけのものではない。『あなたたち』というのがアンゼリカだけではなくアドも含んだ呼称であることは明白だ。

願いに呼応して形をなす『勇者』という存在は、願った本人が死んだ場合にはどうなるのだろうか。少女たちが生きている限りそれはわからない。

だから、仮に勇者の主導権を巡る争いが発生したならこうなる可能性は常にあった。

アンゼリカの胸から血が流れ落ちていく。命が零《こぼ》れ落《お》ち、熱が失われていく。

直前まで彼女が振りまいていたのと同じ。容赦のない死がその運命を閉ざしていく。

「さようなら。後からミード先輩も送ってあげますから、安心して待ってて下さいね」

それは必然と言えば必然だった。

けれど、アンゼリカは一度だってそんな結末を想像したことはなかった。

天使の少女は、根っこのところで人を信じていた。

人の優しさ、暖かさ、美しい善性を当たり前のものだと思っていた。

だからこそ『敵は人ではない』と信じることでどこまでも容赦なく戦えたし、憎むべき魔人族が哀れな犠牲者になり得るという当たり前の事実を突きつけられて動けなくなる。

血塗《ちまみ》れの天使。神のために戦う聖なる戦士。アンゼリカが自分に当て嵌《は》めたその役割は、実のところ全く不似合いなものでしかなかったのだ。

自分への失望と共に、アンゼリカはずるずると崩れ落ちた。

13　邪神と堕天使

「さて」

剣を引き抜いたレイミアは落ち着き払ってもう一刺し。

確実に心臓を貫き、その息の根が止まったことを確認してから視線を巡らせた。生き残った亜人たちに向かってにこりと微笑《ほほえ》む。無力な者たちが怯《おび》え竦《すく》むのを確認してからやおら芝居がかった調子で語り出した。

「なんということでしょう。由緒あるバルオン家の嫡子がまさか邪教徒と繋《つな》がり、密《ひそ》かに亜人たちを生贄《いけにえ》に捧《ささ》げていたなんて！」

ゆっくりと血塗れの床を踏み、落ち着き払った様子で屈《かが》み込む。

レイミアは倒れているボルクス少年の胸に刃《やいば》を押し当てた。

「王室との姻戚関係によってバルオン公爵は王国内で不動の地位を約束されております。その息子の不祥事が公然と裁かれるものでしょうか。いえ、それどころか公爵家そのものが邪神と繋がっているのでは？」

少女の顔は笑ったまま動かない。

貼りついた作り笑顔は仮面のようで、淡々と発せられる言葉の滑らかさも相まってひどく不気味だった。その優しそうな声が一瞬だけ低く沈む。

頭部の双角が白く輝き、レイミアの仮面に別人のような表情が浮かんだ。

「罪を濯《すす》げ、『始祖頌歌《ヒムセプト》』」

少女の視線の先にあるのは手にした剣。口にしたのは遺物の固有名である。

瞬間、呼応するかのように刃《やいば》が輝き始めた。神秘的な力の発露。遺物が発する清浄な光によって傷ついた肉体が包まれていく。すると虫の息だった少年の致命傷が見る見るうちに塞がっていった。

「な、え、あれ？　なんで僕は、生きて」

胸を押さえて困惑するボルクスを見下ろしながら、レイミアは微笑《ほほえ》む。

「あなたたちにも与えた『生贄《いけにえ》の刃』は第十等級遺物に過ぎません。その名の通り生贄の命を神秘の力に変換して保持するだけのものですが、私が定義した『このコ』は『犠牲にした罪人が犯した業』を帳消しにできる」

小動物を愛《め》でるかのような手つきで白銀の刃を撫《な》でるレイミア。その刀身は不自然な程に美しく、血の汚れひとつ付着していない。

「なっ、なんなんだよこれ！　僕らは言われた通りにしただけだ！　邪教徒のふりをして生命力を集めればもっと強くなれるんだろ？　あいつなんかよりずっと！」

大声で騒ぎ立てるボルクスに身を寄せたレイミアは囁《ささや》くように応じた。

「そうですね。セロト様はこっそり生贄の血を吸い上げて力を蓄えていました。だからこそ偉大な貴族であるあなたに恥をかかせることができた。遺物適性が低いのにまわりからちやほやされているのも『ずる』をしていたからこそ」

「そ、そうだろ!?　あいつだけ卑怯《ひきょう》なんだ！　僕らだけ責めるなんて」

「というのは嘘《うそ》です。愚かな人は便利ですね。動かしやすくて」

レイミアは小さな声でそう言うと、指先を唇の前にあてて「しい」と吐息を漏らす。

細い指が宙を横に滑ると、ボルクスの口が閉ざされて動かなくなった。

少女の放つ雰囲気、妖《あや》しく光る角、超常の力を宿す刃。

常と変わらない微笑みだけがかろうじて人物の同一性を担保していたが、それ以外の全てが明らかに異質だった。恐怖に震える少年に向かって語る言葉も大仰で感情が込められているようではあるが、どこかそら言のように寒々しい。

「権力者たちの暴虐、そのなんて醜悪なことでしょう。非道な行いは黙殺され、この大罪人はまた亜人たちを蹂躙《じゅうりん》するに違いありません」

「むーっ、むー！」

不可視の力で押さえ付けられた口をもごもごと動かして何かを言いつのるボルクスだったが、もはや彼の言葉は必要とされていなかった。

「ならば我ら聖域の民が為《な》すべきことはひとつ！　正義と真実の刃で罪を白日の下に晒《さら》し、全ての穢《けが》れを浄化するのです！」

芝居を演じるレイミアが見ているのは舞台上の機能。『貴族』という役割のみだ。

「あなたには憎悪の矛先となっていただきますね。煮えたぎる屈辱を押し殺してきた我々の義憤。正義という名の灯火《ともしび》を掲げるための薪《まき》となって下さいな。愚かで邪悪な貴族様」

囁《ささや》くようにレイミアは嘲《あざわら》った。その直後、教室に新たな人影が入ってくる。

続々と登場した学生たちはそれぞれ角や翼、魚鱗《ぎょりん》やヒレといった亜人に特有の身体的特徴を有していた。

彼らは貴族たちに殺される寸前だった生贄《いけにえ》たちを救い出し、傷の手当てをし、ショックを受けた心を優しく慰める。そうして本当の意味で亜人たちを救ってやれるのは『教団』だけであることを強く印象付けていった。

学院内に潜伏している『教団』の信徒は当然ながらレイミアたちだけではない。

密《ひそ》かに、そして着実にその勢力を広げていた彼らは方針を変えつつあった。

存在が露見することを恐れぬ自作自演の茶番劇。

貴族を邪教徒という絶対悪と重ね合わせる工作によって『大義』を作り出す。

共通の敵。これは貴族と亜人たちを辛うじて同じ側の勢力に立たせている大義名分だ。

世界を滅ぼそうとする邪神の眷属を打倒することは全てに優先される。

「今ので君たちもわかっただろう？　こいつら貴族は邪教徒と繋《つな》がっていたんだ！　俺たちが隷従したまま何もしなければ、世界は滅ぼされてしまう！」

亜人として学院で研鑽《けんさん》を重ね、厳しい実戦演習を潜《くぐ》り抜けてきた信頼できる先輩たち。

年長者が熱く語る姿に感化され、貴族に囚《とら》われていた後輩たちがはっと目を覚ます。

「私たち、ずっとこれが当たり前だと思ってました。けどそれは間違っていたんですね」

「何もしないでいたら、あんな人を人とも思わない奴《やつ》らに食い物にされて、世界を滅ぼすための生贄にされちゃうんだ」

亜人の命を弄ぶ残虐な貴族。その代表格であるボルクスに憎しみと敵意が集中する。

その身に刻み込まれた奴隷としての意識は、同じように心の奥深くに根付いている『邪神への敵意』によって薄れつつある。あとは腕利きの『矯正係』たちが彼らを革命の同志に生まれ変わらせる手筈《てはず》だ。

「さて。前途有望な神の兵士たちが生まれたのは喜ばしいことですが、その中に不純物が混じっていますね」

レイミアはボルクスを捕縛して配下の教団員に連行させたあと、一人の少女に向き直った。整った容貌が嫌悪に歪《ゆが》む。アンゼリカの遺体に縋《すが》り付いて泣き続けているのは忌まわしい魔人族の少女だ。それも貴族の奴隷として飼われていた『戦利品』。紛《まが》う事なき人類社会の敵そのものである。

「通過儀礼にちょうどいい。血祭りに上げ、結束を深めるとしましょうか」

命を消費し、使い捨てる。その行いは先ほどのボルクスとなんら変わらない。違っているのは、目の前の生贄が亜人ではなく、魔人であるということだけ。

そしてその差異こそが最も重要な事実である。

レイミアは無造作に次の作業を実行しようと一歩を踏み出す。

直後、猛烈な吐き気と嫌悪感にレイミアは思わず口もとを押さえて後退《あとずさ》った。

眼前で血塗《ちまみ》れの天使に縋《すが》り付くみすぼらしい少女。

泣き続け、もう動かなくなった死者に呼びかけを続けるその身体《からだ》から凄《すさ》まじい威圧感が放射されていた。邪気とでも呼ぶべき忌まわしい感覚に、レイミアの身体が総毛立つ。

前に踏みだし、一刻も早くあの穢《けが》らわしい魔人を殺さなければならない。

本能に刻まれた敵意が気を逸《そ》らせるが、もどかしいことに足が前に進んでくれなかった。

進めば死ぬ。直感的にそれが理解できた。

あの娘は何かがおかしい。異常な事態が進行している。

遂《つい》には荒れ狂う風が魔人の少女を中心に巻き起こり、教団員たちが悲鳴を上げて教室から遠ざかる始末。危機感に比例するようにあの少女を守ろうとする不思議な力が働いているかのようだった。

レイミアたちが画策した『でっち上げの邪教徒』などではない。

本物の『邪神の眷属《けんぞく》』がこの場に新生しようとしているのだ。

†

夢を見ているようだった。

小さな頃、まだ愛すべき王国で幸福を享受していた時代。

天使の王女アンゼリカはどんなに突飛な夢を見ていても、『おや、どうやらここはふかふかのベッドの上だぞ』と自覚できてしまう瞬間があった。

そうなったアンゼリカにはなんだってできた。

普段は少ししか飛べない翼に息を吹き込んで膨らませ、大好きな両親と手を繋《つな》いで大空を飛ぶことも。厳しい家庭教師の目を盗んで城下町に抜けだし、馴染《なじ》みの子供たちと夕暮れまで遊ぶことも。偉そうにふんぞり返る貴族の『総督閣下』が独り占めにしているおいしそうな焼き菓子を全部横取りすることも。

夢の世界で恐《こわ》いものはなにもない。

だってここはアンゼリカの世界。

少女は神様と同じように振る舞っても構わないのだ。

だから不思議だった。

これは夢だ。そう理解できるのに、アンゼリカは何もできずにいる。

身体からは力が抜けていく。心は冷たくなっていく。

世界は暗くて、どこまでも深く沈んでいくよう。

幼い自分は神様だった。そう思えた全能感はもうどこにも見当たらない。

寒い。寂しさに身を震わせる。

身体の感覚すら曖昧だ。自分はこのまま消えてしまうのだろうか。

そう思うとたまらなく恐い。

家族の顔、家臣たちの顔、友人たちの顔。死者の顔ばかりが思い出されて、アンゼリカは自分の目から涙が溢《あふ》れていることに気付いた。

「そっか。今までのが夢だったんだ」

本当は、アンゼリカの人生はあの悪夢の日に全て終わっていた。

誰も彼もが血の海に沈んだ。だからその後に生き残ってしまったアンゼリカはもうかつての無垢《むく》な王女ではいられない。彼女はあの日に死んでしまったから。

ここにいるのは、悪夢の続きで微睡《まどろ》んでいた復讐者《ふくしゅうしゃ》。

夢が醒《さ》めれば再び血の海に沈んでいくだけ。

当然の末路だ。素敵な救世主と一緒の楽しい学園生活なんて虚構、アンゼリカひとりだけに許されていいはずもない。彼女はひとりで生き残ってしまった。他の誰も彼もが嘆きの中で死んでいったのに、どうして自分だけがのうのうと生きていられるのだろう。仇《かたき》を殺し、復讐を完遂し、祖国への弔いとしなければ申し訳が立たない。

「私、いっぱい殺したよ。すごく沢山、敵をやっつけたの。みんな、許してくれるかな。このくらいで終わりにしても、いいかな」

よく頑張ったね、と誰かに褒めてほしかった。

父と母が頭を撫《な》でてくれたなら、疲れ果てた身体《からだ》も少しは休まる気がする。

アンゼリカは血を吸って重くなった翼をわずかに動かそうとして、それが叶《かな》わないことに安堵《あんど》した。もう夢の中でも軽やかに飛ぶことが想像できない。どこにも行けないのであれば、もう戦えないのと同じだ。彼女はもう、復讐者をやめてもいいのだ。

少女が身体から力を抜いてまどろみに身を委ねようとした時、遠くからかすかに響いてくる声に気付いた。身が竦《すく》む。その声は、彼女を引き上げようとしていた。

「天使様、目を開けて！　どうか、どうかお願いだから」

嫌だ、と反射的に思った。

自分を助けようとする声。自分を救おうとする声。アンゼリカを想《おも》うその純粋な祈りは、彼女を再び戦いに駆り立てようとする非情の鞭《むち》であることは明らかだった。

もう眠りたいのに。これ以上血塗《ちまみ》れになって生き足掻《あが》くなんてもう嫌なのに。

大好きだった人たちがひとりも生きていない、あの恐ろしい現実に自分を投げだそうだなんて、そんなのは残酷すぎる。

「死なないで、お願い、私がどうなってもいいから」

けれどアンゼリカの意思などお構いなしに切実な祈りは奇跡を起こした。

「この命くらいだったら幾らでも捧《ささ》げます。だからどうか、私の天使様を助けて」

絶望の淵《ふち》に突き落とされていた少女の祈りは神にすら届く。

心からの叫び。本当の願い。

魔人の少女が抱いた真《ま》っ直《す》ぐな想いは遂《つい》に邪神に届いた。

ボルクスらによって強制されたものではない。

真なる神への祈り、純粋な信仰心による生贄《いけにえ》の儀式がその命を対価に神秘を実現する。

夢の上層から深層へ。

アンゼリカの意識に飛び込んできた魔人の少女がその心臓を抉《えぐ》り出し、真っ直《まっす》ぐに突きだしてきた。迷いのない献身が消えようとしていた魂に新たな鼓動を呼び起こす。

死者の蘇生《そせい》。だがそれは、本人が望まない邪悪な奇跡によるものだ。

「違う、違う、違う！　私はあなたの天使なんかじゃない。あなたのために存在する都合のいい救世主なんかじゃない。身勝手な理想を押し付けないで！」

満足そうな微笑《ほほえ》みを浮かべながら眠るように息を引き取る少女。救いたいと願った恩人が蘇生する瞬間を見届けて、少女はその魂を丸ごと託して死んだ。

冥府の底から響くような暗い鼓動が響く。

それが自分の魂が奏でる音だと受け入れられぬまま、アンゼリカの意識は浮上していった。目を見開き、致命傷が癒えていることを認識する。

周囲を見渡す。取り囲む視線は驚愕《きょうがく》と当惑。

それから、本能的に呼び覚まされた敵意。

人類の敵を打倒しなければならない、世界を守らねばならないという戦意だ。

アンゼリカは現実を受け入れざるを得なかった。正義の炎に燃える視線。邪悪な敵に向けられるべきその視線は、いま自分に集中している。

血塗《ちまみ》れの胸に手を当てる。奈落から響くかのような鼓動はかつてないほどに力強い。

忌むべき仇《かたき》。魔人族の心臓。

アンゼリカは今、憎しみを向けなければならない怨敵の命によって生かされている。

どこかから流れ込んでくる未知の知識が教えてくれる。出所はおそらく足下で永遠の眠りについている少女だ。魂を邪神に捧《ささ》げる儀式によって、アンゼリカの魂は魔人の少女と共に邪神と深い部分で繋《つな》がってしまっているのだ。

アンゼリカはもはや純粋な天使ではありえない。

一度死に、邪神の加護を受けた魔人族として生まれ変わったのだ。

意識に埋め込まれた異物感と知らないはずの知識が頭の中で叫んでいる。

「うるさい、黙って」

自分ではない衝動。自分ではない祈り。自分ではない神への願い。

知らないはずで、嫌いなはずで、皆殺しにしたいはずの敵の心。

理解したくないのに、それがわかってしまう。

どうしようもなく、この少女はアンゼリカと同じだった。

絶望の中で願い、奇跡のように救い手と出会ってしまった。

それが神であるか、天使であるかは重要ではない。

祈りが届いてしまった。それが全ての始まりで、最大の間違いだったのだ。

だからこそ、いまさら気付いた。

「迷惑で、不快で、鬱陶しくて。ならアド様だって、きっと」

今の自分と同じことを思っていたのでは？

一方的な願いを押し付けられることは呪いに似ていた。

祈りの切実さと、託されることの重み。

アンゼリカはその二つをようやく知ることになったのだ。

「嫌だ、嫌。こんなの、こんなのっ」

血塗《ちまみ》れの翼を広げる。

穢《けが》れた心臓が送り出す血液の勢いはかつての比ではない。

滅びたはずの邪神と心臓が繋《つな》がっている。存在しないはずの滅びた魂。どこかから流れ続ける邪神の血。世界を滅ぼすという願いが込められた忌まわしい鮮血がアンゼリカに送りこまれている。翼から染み出す血が禍々《まがまが》しい邪気を発しながら無数の礫《つぶて》となって周囲に射出される。荒ぶる破壊の意思は制御されずに教室を破壊していった。

「総員、対眷属《けんぞく》戦闘の用意を！　相手は使徒級です！　覚醒したての悪魔《サキユバス》とはいえ、暴走状態なら宣名遺物でも破壊されかねません。油断しないで！」

レイミアが教団の信徒たちを指揮しながら輝く刃《やいば》で血の礫を弾《はじ》いていく。

光輝く清浄な光が半透明の障壁を構築し、穢れの侵入を妨げていた。

その瞳に宿るのは冷酷な戦意。邪魔なものを排除するという決意しかない。

「みなさん！　悪《あ》しき貴族ボルクスは魔人族と手を結び、この悲劇を引き起こしました。純粋なアンゼリカさんは邪神に魂を穢され、おぞましい汚染眷属に成り果てたのです！」

不測の事態を利用すべく、冷徹な思考を働かせて弁舌を振るうレイミア。

この学院に通う生徒たちはこの瞬間のために遺物の扱いを教わり、戦いの準備を重ねて

来た。未《いま》だ世界に牙を剥《む》く邪教徒たちに正義の鉄槌《てっつい》を下すその瞬間のために。

若き戦士たちの心がひとつになる。

共通の敵。それこそが人の心を繋《つな》ぐ最も確かな架け橋となるのだ。

「哀れな汚染眷属《けんぞく》に慈悲の刃《やいば》を。敵性夢魔、暫定固有名『堕天使』と交戦を開始します」

敵さえいれば、亜人は貴族たちと同じ『正義』の側に立てる。

レイミアの宣言が行われた瞬間、アンゼリカは世界の敵と定められた。

正義の味方によって倒される、邪悪の化身として。

14　アンゼリカ討伐指令

日はとうに没していた。かわって空を覆うのは今にも闇に落ちそうな淡い薄明。暗い青に染まっていく頭上とは反対に、放課後の学《まな》び舎《や》に満ちていく色彩は赤。流血の色。そして戦場の色だ。

少女の白い柔肌が引き裂かれると同時、鮮血が迸《ほとばし》る。凝固した液体は礫《つぶて》となりガラス窓や壁面を砕いていった。荒れ狂う血の奔流はさながら山から押し寄せる濁流だ。

それが尋常な洪水であれば人は天に祈り荒ぶる神を鎮めようとしたかもしれない。しかしこの天災をもたらしているのは慈悲なき破壊の神、その代行者である。

「あ、あああああっ！」

邪神の御使《みつか》いが悲痛な叫びを上げる。

目から流れ出す血涙が頬《ほお》を流れ落ち、背後に流れて髪と翼を染め上げる。

美貌の天使は小さなその身体《からだ》には到底収まらないほど膨大な血液を翼から垂れ流しながら、苦痛に満ちた表情で飛翔《ひしょう》する。赤い軌跡が空間を埋め尽くし、そこから放たれる血の礫が戦場に降り注ぐ矢の雨さながらの破壊をもたらしていった。

かつて愛すべき天使だった少女。そして今は世界の敵となった魔人は必死に逃亡を続けていた。彼女を追うレイミアから。教団から。運命から。そして世界から。

邪神の忌まわしき加護を授かった汚染眷属《けんぞく》、夢魔アンゼリカ。

識別固有名は『堕天使』。

少女が世界から『人ではない』と認識された証《あかし》である。

「ひひひひ！　ピチピチのサンプルじゃないですか！　ひっさびさに生徒から汚染者が出るなんて、私は運がいい！」

異常を察知して真っ先に駆けつけたのは、学院に君臨する教師たちだった。

神秘の探求者としての顔をさらけ出し、欲望に瞳を濁らせて少女に手を伸ばす。

「開腹しましょう！　頭蓋に穴を空けて！　常人なら一滴で死に至る劇薬がこれだけあるんですが邪神の眷属なら片っ端から試しても構いませんね？」

いかに亜《あ》人の扱いが低いとはいえ公然と非人道的な実験を強要すれば非難は免れない。

しかし悪しき魂によって汚染された邪神の眷属であれば話は別だ。

逃げなければ。意思に呼応するように、アンゼリカの周囲で血が蠢《うごめ》く。

遺物が宿した神秘が校舎のガラス窓を飴《あめ》細工のように融解させる。血の翼を盾にして強引に包囲を突破したアンゼリカの瞳が絶望に染まる。廊下で待ち構えていた教師の顔が歪《ゆが》んだ笑みを形作った。

教師たちの戦いぶりは手慣れたものだった。放たれた血の礫《つぶて》を軽々と防ぎながら反撃もこなす。教師の中には前線帰りの軍人もいる。もちろん邪神の眷属との交戦経験も豊富だった。邪気をものともせずに笑いながら大股で歩み寄ってくる恐ろしい大人たち。アンゼリカは恐怖に駆られて翼を滅茶滅茶《めちゃめちゃ》に振り回し、必死に逃亡を続けた。

「二級生徒が教師に楯突《たてつ》くとは嘆かわしい。分をわきまえなさい。教頭として停学処分を命じる。罰として反省文と奉仕活動、更に防腐処置を施した教材となるように」

常人なら引き裂かれているであろう翼の叩《たた》きつけを平然と受け止めながら、肉の塊が喋《しやべ》っていた。生身に幾つもの宝珠型遺物を埋め込み、蠢く肉体を変異させながら無数のミミズもどきを伸ばす異形。肉の触手の先端には鋭利な牙を有した口吻《こうふん》が涎《よだれ》を垂らし、肉塊の中心には小さな顔が埋まっている。

アンゼリカを追う教師たちの姿はそれぞれ異様の一言に尽きた。

十数本の腕でメスや鉗子《かんし》などを弄ぶ保健医に、巨大な骨の鎚《つち》を担いだ全身甲冑《かっちゅう》の体育教師。穴だらけの上半身から際限なく遺物を取り出す神秘遺物学教師に、肉体の大半が水晶に置き換えられた司書。液体で満たされた大きなガラス瓶に脳や心臓をはじめとした臓器を詰め込み、周囲に無数の刀剣を浮遊させている者までいた。

悪夢のような光景に、アンゼリカは悲鳴を上げた。

「こないで化け物っ」

「化け物は君だよ。先生に向かって暴言はやめたまえ。反省文を百枚追加。君の脳から直接読み取ってもいいかな?」

水晶と同化した異形がアンゼリカを殴りつけながら言った。

「やだやだやだぁっ！　助けてっ」

絶体絶命の窮地に、アンゼリカは救いを求めようと声を張り上げた。

しかしその口が「あ」という音を形作った途端、少女の声はぴたりと止まってしまう。

誰かに縋《すが》ること自体を忌避するように怯《おび》え、俯《うつむ》き、恐怖していた。

心からの願い。真っ先に呼ぼうとした名前。

天使のアンゼリカは迷いなくその名を呼べただろう。

けれど彼女は知ってしまった。

願いは呪いだと。祈りは苦痛の押し付けであると。

魔に染まった堕天使には、もう彼の名前は呼べなかった。

「だって、ぜったい迷惑だもん」

きらわれたくない。

もう手遅れだとしても。今更すぎる後悔だとしても。

気付いてしまったからには身動きなんてとれるわけがない。

少女の瞳が諦めに染まろうとしていたそのとき、新たな教師が到着する。

他の教師同様、新鮮な実験体を前にした男は舌なめずりをしながら瞳を欲望に曇らせ、迷うことなく悪意を剥《む》き出《だ》しにした。

引き連れていた異形の怪物たちが事態の中心に殺到していく。双頭の猛犬や淡く輝く鬼火といった使い魔たちが無防備な姿を晒《さら》していた教師たちの背後に一斉に襲いかかった。

不意を突かれた教師たちが怪物たちによって押し倒され、捕らわれていたアンゼリカの身が自由になる。少女は呆然《ぼうぜん》と救い主の方を見た。

一見すると他の教師たちとの差はない。だが、奇妙な違和感がある。

「ダメじゃないですか先生方。貴重な実験体には傷一つ付けてはいけません。五体満足な状態で捕らえ、安全を確保した上で然《しか》るべき場所で保護しなければ」

指を鳴らす。すると男の背後にずらりと並ぶ異形の獣、獣、獣。

彼が使役する怪物の群れが唸《うな》り声《ごえ》を上げて教師たちを威嚇していた。

「保管していた全ての使い魔を解放しました。あの生徒を傷つけようとするものを襲うように命じてあります。あなた方も例外ではありません」

突然の凶行に、教頭が激昂《げきこう》して叫ぶ。

「血迷ったか！　ただでは済まんぞ、そこまでして実験体を独占しようと、げふぁっ」

獣たちによる攻撃は既に始まっていた。

騒然となった乱闘の場で、不思議とアンゼリカの周囲は安全地帯となっている。

獣たちは明らかに少女を守るべく立ち回っていた。

仲間割れをしている今が好機だ。アンゼリカは翼を広げ、勢い良く窓の外へと飛び出していく。背後で混乱の原因となった男がぶつぶつと呟《つぶや》く声が聞こえた。

「ダメですよ上位者の命令は絶対です彼女に傷をつけてはならない保護しなくてはならない私はこの命令に疑問を持ってはならない怪しまれた場合は証拠を隠滅して自害しなくてはならない死ね死ね死ね死ね死ね死ね」

憎しみと怒りの声、激しい戦いが大気を軋《きし》ませる。

凄《すさ》まじい爆音を背に飛翔《ひしよう》する。校舎が破壊されていくのには目もくれず、アンゼリカは必死になって逃げ場を探した。

頭上には透明なドーム状の天蓋が覆《おお》い被《かぶ》さっている。

空から見下ろせば、校庭には既に報告を受けた上級生たちによる包囲網が構築されていた。敷地を隙間なく埋め尽くす布陣は敵を逃がさないという決意の表明だ。

邪神の眷属を敷地の外側に逃がせば周辺の市街地に被害は拡大する。

それだけは何としても阻止せねばと使命感に燃える彼らは決死の表情で強大な化け物に立ち向かっていくのだった。

かくして空中を無数の神秘が埋め尽くした。

矢、投槍《とうそう》、チャクラム、ブーメラン、杖《つえ》から放たれる火の玉。

実戦演習で戦場を経験している上級生たちが様々な遺物を構えて標的を狙う。追い立てられた少女は全身に矢や投げ槍《やり》が刺さった状態で飛び回り、必死の逃走を続けていた。

止《と》め処《ど》なく流れる血。絶え間ない苦痛。それでも死ねない不滅の肉体。

アンゼリカに訪れた変化は不可逆で、抗《あらが》うことすらできないほどに残酷だ。

「殺せ、邪神の眷属《けんぞく》を殺せ！」

憎悪と憤怒。馴染《なじ》み深い感情が今は自分に向けられている。彼らはただ敵に向けるべき意思を正しく猛《たけ》らせているだけに過ぎない。

だとしても。その光景には胸が掻《か》き毟《むし》られるような思いがした。

かつて笑顔を向けてくれた級友たちが、今は殺意を向けて遺物を構えている。

ある生徒は涙を流し、ある生徒は歯を食いしばり、それぞれに悲劇的な現実に苦しみながらも顔を伏せることだけは絶対にしなかった。

圧倒的な力を持つ主従を見てきた生徒たちは、あのように強く在りたいと憧れた。

日々励んできた成果。それが今ここで発揮されようとしているのだ。

「邪教徒ども、ぜったいに許さない。よくもアンゼリカちゃんを」

「待っててね。いま楽にしてあげるから」

「せめて私たちの手で死なせてあげるんだ。みんな、行くよ！」

敵への憎しみ。邪悪への怒り。そして亡き友への情愛と慈悲。

立場が逆ならアンゼリカだって同じようにしただろう。

それがわかるからこそ、どうしようもなく苦しい。もがくように小さく叫ぶ。

「やだ、こんなのやだようっ」

意思とは関係なく翼からばらまかれる礫《つぶて》の攻撃。外へは絶対に逃がさないという包囲網が逃走経路を狭め、少女を校内に追い込んでいく。窓をぶち破って突入した先には確実に敵が待ち構えているだろう。だが彼女には他に選択肢がなかった。

破壊の力は止まらない。生きようと足掻《あが》く身体《からだ》も止まらない。

際限なく溢《あふ》れ出す血の礫は周囲を無差別に破壊し、穢《けが》れに満ちた邪気で汚染していく。

汚染は悪意を招き、世界の滅びを願う強い衝動を喚起する。

憎き仇《かたき》の所業を行っているのは自分だ。そんな現実が耐え難くてたまらない。

「止まってよ、止まってったら」

「かわいそうに。すぐに救ってあげよう」

涼やかな声は耳元で聞こえた。

振り返る。いつの間にか肉薄していた紫紺の髪を持つ貴公子が水晶の剣を突き込んでくる。アンゼリカは血の軌跡を残しながら飛び退《の》き、同時に血の礫《つぶて》を射出する。

反撃の全てを鮮やかに回避した紫紺の影は、奇妙にタイミングの『早い』剣さばきで鋭い先端をその場所に『置いた』。

アンゼリカが飛び退こうとした空間、まさしくその真ん中に。

少女は自ら水晶の刃《やいば》に飛び込み、飛翔《ひしょう》の勢いによって自ら胴を引き裂いていく。

「なん、で」

煌《きら》めく勲章で飾られた軍装そのものの学生服には返り血ひとつ残さず、紫紺の貴公子は右手で透き通る長剣を払った。反対の手には水晶玉が握られており、歪《ゆが》んだ球体の表面には切り裂かれたアンゼリカの姿が映し出されている。

否、違う。その映像は彼女が切り裂かれるより前に映し出された未来の光景だ。

水晶玉とは未来を占う遺物。貴公子は数秒先を完璧に予測することができた。

アンゼリカの肉体は予知能力者用の対抗策を即座に実行。邪神の眷属《けんぞく》は時間を巻き戻すように致命傷を瞬時に自己修復し、血の礫を横殴りの雨のように射出する。わかっていても回避不能な物量を前に、貴公子は鋭く配下の名を呼んだ。

「カーム！」

「お任せを」

漆黒の巨躯《きょく》が風となって駆ける。右手に長剣、左手には大柄な体躯を丸ごと覆い隠す長方形の塔盾《とうじゅん》。頼もしい重戦士が細身の少年の前に出る。

巨大な盾が遺物としての力を発揮。発生した斥力が血の礫を残らず弾《はじ》き、堅牢《けんろう》な守りで主従に降りかかる災厄の全てを払いのけていった。

攻撃は無駄と悟ったアンゼリカの本能が逃走を優先する。

廊下の奥《おく》へと飛翔していく敵の姿を睨《にら》み付け、美貌の生徒会長は声を張り上げた。

「メシス・アト・シプトツェルムの名において告げる。これより生徒会は全力を以《もっ》て敵性眷属を討伐する。各自、協力して事態の対処に当たってほしい。我々はこのような時のために力を蓄えてきた。今こそ日々の成果を見せるときだ！」

生徒たちを奮い立たせるべく檄《げき》を飛ばし、本人も率先して最前線に踏み込んで事態の解決に当たる生徒会長メシス。悪に敢然と立ち向かうその姿はまさしく英雄そのものだ。

「選定せよ、『千枝鏡廊』」

短く呟《つぶや》くと同時、左手に保持していた水晶玉がひとりでに浮遊し、閃光《せんこう》を放った。

飛びながら振り返ったアンゼリカは愕然《がくぜん》とする。その場には新たな追っ手が現れていた。

それはメシスと寸分違《たが》わぬ姿をした彼の分身。それも一人や二人ではない。

無数。十数から数十にまでその総数が膨れあがっていく。

幻影ではない。それぞれが実体を持ち、明確な意思を持ってアンゼリカを追い詰めようとしてくる本物だった。理解不能な光景に、アンゼリカは恐怖に駆られて叫ぶ。

「何なのこれ？」

通路を埋め尽くす追っ手を血の奔流が引き裂いていくが、一人二人と掻《か》き消えていく分身よりも更に多いペースで新たな追っ手が現れ、追撃と包囲の密度は増していく。

数の暴力で回り込まれ、早いタイミングの斬撃が逃げ場をなくし、高精度の先読みがアンゼリカの選択肢を奪う。致命傷を受けるたびに邪神の寵愛《ちょうあい》によって激痛を伴う蘇生《そせい》を強要される。地獄のような繰り返しは、しかしアンゼリカの本能が願った結果でもある。

死にたい。苦しみから逃れたい。もう終わりにしてほしい。

それは彼女の本心だ。だが同時に『死にたくない』という声は最初から彼女の中に強く刻まれていた。あらゆる命が当然に持っている欲求を、邪神は最大限に呼び起こす。

メシスは容赦のない殺害が十を数えたあたりで距離を置き、息を整えた。

「敗北した現実を否認するタイプの上級夢魔か。悪夢の破壊が先かな」

と、そこで追いついた護衛官のカームが前に出る。

「メシス様。自分が相手を引き付けます」

「本気で圧倒しすぎないように。成り立てだからまだ能動的に夢を再構成できるほどじゃないけど、窮地に陥るほど強くなるのが使徒級だからね。夢から醒《さ》められても面倒だ。やり直しは避けよう」

「御意に」

主従が息を合わせてアンゼリカに向かって行こうとしたその時だった。

ひび割れた窓をすり抜けて実体のない光の矢が屋内に降り注ぐ。

外に布陣している生徒たちからの援護射撃ではない。

それはアンゼリカではなく、メシスに狙いを付けていた。

「メシス様！」

カームの盾が攻撃を阻むが、実体のない矢は防御をすり抜けて巨体に突き刺さる。

肉体的損傷はないものの、カームの表情が激痛に歪《ゆが》んだ。

常人であれば耐え難い苦痛に呻《うめ》き、膝を突きそうになる一歩手前で歯を食いしばって踏み留《とど》まる。驚異的な精神力を見せたカームだったが、直後に窓を割って飛び込んできた女子生徒の攻撃には対処が間に合わなかった。

蜂蜜色の髪が幻惑的な軌跡を描く。細長い妖精の耳と煌《きら》めくような美貌。

可憐《かれん》な少女の瞳からは飛ぶ鳥すら撃ち落とせそうなほど鋭い眼光が放たれていた。

強い眼光は実体を持つ。目から無数の糸が伸びて手にした弓の弦と結びつき、器となった遺物が夥《おびただ》しい量の視線でなみなみと満たされていく。

瞳に神秘の光を灯《とも》しながら、ミードは手にした弓型の器を掲げて高らかに叫んだ。

「満ち狂え、『眩月《げんげつ》』！」

掲げた弓、その半月のシルエットが揺らぎ、蜂蜜色の輝きを纏《まと》い出す。

淡い金色に揺らめく幻の像。それは窓の外に見える夜景と重なり合っていた。

いつの間にか青い時間は終わりを迎え、闇の帳《とばり》が落ちている。

その暗い空を照らしているのは下弦の月。

ミードが手にしているのは夜空から地上を照らす月光そのものである。

溢《あふ》れ出した眼光が四方八方へと飛散し、眩《まばゆ》い光を降り注がせていった。

「ぐ、幻術とは卑劣な！」

空間の上下が反転し、前後左右が裏返る。

校舎はたわみ、酩酊《めいてい》者が見る危うい景色が世界を埋め尽くす。

見当識を失って立ち眩《くら》むカームとその陰に隠れて後退するメシス。

ミードの発動させた神秘の力は二人のみならず、荒れ狂う邪神の眷属《けんぞく》をも惑わしていた。

破壊の矛先を見失い、血の勢いがわずかに緩む。

その隙に現れたミードの仲間たち、神秘研究部の面々が縄や鎖といった拘束用の遺物を用いてアンゼリカの翼の動きを止めた。

一瞬にして状況が変化していた。ミードは幻惑の光を収め、メシスたちと向かい合う。

生徒会長は奇襲を許しながらも慌てていない。この未来は既に水晶玉に映し出されていた。彼は知っていてミードの乱入を許したのである。

「君の遺物、痛みを与える不殺の弓矢だっけ？　宣名状態は初めて見たけど、五感に干渉する幻惑系の効果だったんだね。忌避型の僕とは相性がいい、上手《うま》く行けば予見占術そのものを失敗させられる」

「余裕ね。私の抵抗くらいならいくらでもひねり潰せるつもり？」

二人は同じ生徒会に所属する仲間である。

しかし同時に、方針の違いを巡って激しく対立する関係でもあった。

「ミード。今の君は神秘研究部の部長としてここにいるのかな？　だとしても、生徒会副会長である君が汚染眷属の討伐を邪魔するのは問題だよ」

淡々と指摘するメシスに対して、ミードは真っ向から反論した。

「神研の部長としても生徒会副会長としても言うことは同じ。汚染タイプなら捕縛と浄化を試みるべきよ。謎の多い汚染体を研究することで元に戻す方法が見つかるかもしれない。周囲に被害を及ぼさないように厳重に管理下に置けば危険は少ないはず」

「方法が見つかるかもしれない。危険は少ないはず。仮定に仮定を重ねた危うい理想論だね。その未来は不確定に過ぎる。僕の水晶には映らない妄想の類だ」

「そうやって遺物が占う現実しか見ないのは怠惰だって何度も言っているでしょう。現状追認ばかりでより良い社会を作り出す気概もないのね、それでも改革派の急先鋒《きゅうせんぽう》？」

「現実を見ない改革は無意味だよ。僕はこの国の次世代を背負う王子として、生徒たちの安全を優先する。君が背負っている亜人生徒たちも含めてね。切り捨てなければならないものを選ぶのは僕の役目だ。君は下がれ、ミード」

「お断りよ」

対話は決裂し、一触即発の空気が今にも破られようとしている。どちらかが踏み出した瞬間に戦端が開かれる、その緊張がじわじわと高まり、最高潮に達したその瞬間。

メシスとカームは目を丸くした。

下弦の月を掲げるミードが、とつぜん「べ」と舌を出したのだ。

子供じみた表情を見せた少女は、そのまま姿を霞《かす》ませてその場から掻《か》き消えた。

背後に庇《かば》っていたアンゼリカたち諸共《もろとも》、どこにも姿が見えない。確かだと思っていた光景も気配も音声も、今となっては不確かな夢の出来事のように感じられる。

「会話は時間稼ぎ。さっきのはまるごと幻覚。占術でも追跡できないってことは、地下遺跡経由で裏側に逃げたか。ま、妥当な判断だね」

まんまと逃げられたメシスは慌てず騒がず、生徒会執行部の人員を集めて捜索を命じた。

もちろん、自分もカームと共に足早にその場から離れていく。

「さて。この状況でも姿を見せないということは、彼はもう限界なのかな」

小さく呟《つぶや》くメシスの表情から内心は計り知れない。

だが、未《いま》だ現れぬ人物の存在を意識して思案する貴公子はどこか楽しそうだった。

「君はしもべの窮地にどう出る？　現実を受け入れて最善の道を選ぶのか、それとも」

水晶玉に直近の未来を占わせつつ、メシスは何かを期待するように目の前ではない遠い可能性に思いを巡らせている。

カームはそんな主《あるじ》をどこか不安げに見つめていた。

†

アンゼリカはミードたちに導かれて地下図書館の『裏側』に匿《かくま》われた。

本来、一年生を慣れさせるためのキャンプやレクリエーションが計画されていたのだが、それらの予定は全て変更となった。荒い息を吐いて倒れ込んだ天使の少女を上級生たちが担架で天幕まで運び込む。

遠くに見えるのは白い霊峰だ。山脈に連なる川の支流のひとつ、穏やかな流れの近く。

水遊びでもできそうな景観だが、腰を落ち着けた神秘研究部の一行は誰ひとりそんなことを忘れて血塗《ちまみ》れの後輩を痛ましそうに見つめていた。

アンゼリカは、猛《たけ》る自分の魂がひんやりとした空気に包まれて穏やかになっていく感覚に戸惑いを覚えた。この場所は現世より居心地がいい。

自然体で振る舞える。肩の力を抜いても楽になれる感じがした。

「どうかな、アンゼリカちゃん。落ち着いた？」

優しい声に視線を上げると、そこには思ったとおりの姿があった。

ミード先輩。彼女はこの状況でも変わらずにアンゼリカの味方をしてくれている。

彼女だけではない。入部したばかりの後輩のことを、上級生の誰もが案じているのだ。

「私の『下弦の月』が攻撃衝動を抑制しているから、力が暴走する心配はしなくても大丈夫よ。安心して、ここにはアンゼリカちゃんを傷つける人はいない。ゆっくりでいいから、何があったのかお話ししてくれる？」

アンゼリカの目から涙が零《こぼ》れた。血が混じった赤い涙ではなく、透明な雫《しずく》。

翼からの流血も止まっている。アンゼリカはようやく悪夢から目覚めることができたのだと感じて、嗚咽《おえつ》を漏らし始めた。

ミードはそんな後輩を抱き寄せ、血で汚れた頭を胸にかき抱いた。赤子をあやすように頭を撫《な》でるその姿は慈母のようだった。

「よしよし」

しばし、あたたかな空気がその場を包み込んだ。

それからしばらくして。アンゼリカはぽつりぽつりとこれまでの出来事を説明していった。彼女自身、起きたことの全てが理解できているわけではない。それでも強烈に記憶と魂に焼き付いた痛みは未《いま》だ胸に残っている。

魔人の少女の死。邪神と繋《つな》がった魂の継承。そしてレイミアの殺意。

ある程度の覚悟があったとはいえ、上級生たちは少なくない衝撃を受けた。

「『教団』はそこまでの強硬手段に出ようとしているというの？」

ミードとてレイミアのことを深く知っているわけではない。

それでも守るべき後輩だと信じていたのだ。

「ミード先輩も送ってあげますって、そう言ってた。私たちを殺せば、独り占めできるってことなんだと思う」

震える声で自分に殺意が向けられた事実を語るアンゼリカ。彼女にとってそれは未だに拭いがたい恐怖の記憶だ。語ることすらも忌まわしいのだろう。ぎゅっとミードにしがみついて放そうとしない。

「先輩まで殺されたりしないよね？　主様《あるじ》も消えたりしないよね？」

「大丈夫。そんなことにはならないし、させない」

力強く後輩を抱きしめ、決意と共に保証する。

アンゼリカの身に起きた異変、教団の妖《あや》しげな動き、レイミアの殺意。

全てを解決する道筋などまるで見当たらないが、ミードに諦めるという選択肢はない。

それは運命を共にする仲間たちも同じだった。

「元に戻る方法はなんとか我々で探してみよう。なに、地下図書館を隅から隅まで探せば方法はきっと見つかる。それにこっちには学長先生もいるんだ」

「そうそう。未踏異界を探索すれば邪神の汚染をごまかせる忌避型の神も見つかるかもしれないし、こういうときこそ神研の出番だよね」

「もし暴走してもミーちゃんがいればこうやって落ち着かせてあげられるし安心安心。うーん、ミーちゃんてばマジでママ。私もばぶばぶしたい」

冗談を言い合うくらいには空気が緩み、アンゼリカもそれに小さく笑える程度には落ち着いてきた頃。アンゼリカはミードから気恥ずかしそうに身体《からだ》を離し、おずおずと訊《たず》ねられずにいたことを口にした。

「あの、主様《あるじ》は？」

上級生たちの間に緊張が走る。

同時に、アンゼリカはあることに気付いた。

連れてこられた天幕はかなり大きなもので、自分がいる場所の奥に仕切り布を挟んで広いスペースが存在しているのだ。上級生たちが壁を作るようにしていたからわからなかったが、気付いてしまえば明白だ。

「そこ、誰かいるの？」

「あのね、アンゼリカちゃん。落ち着いて聞いて」

強張《こわば》った表情で後輩の肩に両手を置くミード。

ただならぬ様子に、アンゼリカはぐっと息を呑《の》んだ。

「私たちはね、アド君に異変を知らされてあなたを助けに行ったの」

「え」

それはアンゼリカにとって思いもよらぬことだった。

だがそう言われれば疑う余地はない。

彼は最初から彼女の窮地に駆けつけてくれる救世主だった。

だが同時にならばなぜ本人が来てくれなかったのか、という疑問も浮かぶ。

膨れあがる不安。やはり何かがあったのでは。

それとも、疎ましい自分は彼に嫌われてしまったのだろうか。

先を知るのが恐《こわ》い。それでも知らなければならない。

縋《すが》り付くようなアンゼリカの瞳にミードの表情が歪《ゆが》みそうになるが、すぐに毅然《きぜん》とした上級生の顔を取り戻す。ここで最も毅然と立たなければならないのはミードだった。

「あなたを無事に確保できた時点で私たちは最悪の状況だけは回避できた。重圧をかけるようだけど、アド君とお爺《じい》さまの話ではあなたが希望なの」

「どういうこと？　いったい何があったの？」

「おそらくだけど、あなたが魔人族の子に魂を捧《ささ》げられたのがきっかけ。邪神の力はアド君にも影響を与えていたの」

ミードにしっかりと手を握られたアンゼリカは天幕の奥に案内された。

仕切り布をめくると、そこには横たえられた人影と、その傍《そば》で不可思議な呪文を唱える老いた生首の姿があった。セイロワーズ学長はアンゼリカたちの方を見ると、呼吸を整えてからこう言った。

「安心しなさい。アド君は私の術でなんとか安定させている。無論、油断はできないが」

「嘘《うそ》。なんなの、これ」

呆然《ぼうぜん》と呟《つぶや》くアンゼリカを前に、上級生たちは何も言うことができなかった。

横たわる『それ』を、どのように形容したものだろうか。

かろうじて仰向《あおむ》けに寝ているのだとわかるヒト型のシルエット。

おそらくは男子生徒だったのだろうという原形は留《とど》めている。

だが、それ以外はおよそ人とは思えない姿をしていた。

黒々とした闇がわだかまり、波打ちながら体表を這《は》い回《まわ》る。それらが凝縮し、一塊になったかと思えば一気に膨張して肉体を風船のように弾《はじ》けさせる。そこから生まれるのは大量の顔だ。未熟な手足の赤子たちがそれぞれ別々の形に変容し、途中でどろどろに溶けて闇の中に帰っていく。生まれては無意味に消える生命の群れ。空虚な闇の海洋が生み出す波はその身体《からだ》の持ち主に絶え間のない苦痛を与えているらしく、小刻みな痙攣《けいれん》を繰り返しながら荒い息を吐き続けている。

だがアンゼリカにはその苦しみすらはっきりとは理解できない。

その人物の顔が判別できないからだ。

より厳密には、虚空にぽっかりと口を開けた巨大な暗黒によって眼窩《がんか》を侵食されてしまっている。巨大すぎる闇が顔全体に溶け込み、どのような面相をしていたのかという想像すら不可能な状態だった。

だがアンゼリカは気付いてしまう。彼の背中に潰されている奇妙な影。形を失った闇として融《と》け続けている一対の翼のようなシルエットに見覚えがあることに。

「え、待って。だってそんな、でも黒い翼なんて他に」

「アンゼリカちゃん。これはあくまでも推測なんだけどね。あなたの胸の中に宿った魂は、まだ邪神の復活を願っているんじゃないかと思うの」

ミードの言葉を聞いて思わず胸に手を当てるアンゼリカ。

聞こえる鼓動が少しずつ速くなっていく。

一度は失われた命を繋《つな》ぎ止めている別人の魂がそこにある。

勇者の形を定めるのが少女たちの祈りであるというのなら、アドに祈りを捧《ささ》げたアンゼリカの魂が別のものに置き換わった時、何が起きるだろうか？

「私の、せい？」

変わり果てたアドの姿はアンゼリカにとっての絶望そのものだ。

神のしもべを気取っていた過去の自分を殺したくなる。

今のアンゼリカは、そのちっぽけな命を繋ぐために邪神の眷属としての本能で主《あるじ》をむりやり別の何かに作り替えようとしているのだ。

邪神のしもべ、アンゼリカ。その響きのなんと滑稽なことだろう。

邪神を憎む復讐者《ふくしゅうしゃ》が邪神を復活させるなど、これほどの喜劇もそうそうない。

「私が、私なんかが生きてるから」

「違うわ！　アンゼリカちゃんは何一つ悪いことなんてしてないでしょう？」

「でもっ、私が願ったから」

「だからこそ私たちはアド君と出会えたの。そして、あなたがいる限り希望はあるわ」

最悪の状況だけは回避できた。ミードは確かにそう言った。

セイロワーズがそれに続くように口を開いた。

「亡き魔人族の祈りが少年の魂を汚染しているのであれば、より強い生者の祈りが少年の魂を浄化するはずだ。アンゼリカ君、アド君を強く想《おも》いなさい。その祈りは決して否定されるべきものではないはずだ」

理屈はアンゼリカにもわかる。

するべきことは明白で、アドを救いたいという気持ちに嘘《うそ》はなかった。

だが横たわる少年の前に跪《ひざまず》き、偉大な救い手に神々しい崇拝の念を抱いたあの決定的な瞬間を思い出そうとした時、アンゼリカの胸に恐怖が到来する。

祈ること、願うことの身勝手さ。

重圧を押し付けることの迷惑さ。

それは呪い同然の鎖であり、嫌悪すら抱かせる思い上がりなのだと今のアンゼリカは理解してしまっている。だからこそ、祈ろうとする心に急制動がかかった。

「こわい」

助けを求めるのがこんなに難しいなんて思わなかった。

ただ無邪気に主《あるじ》だ神だと慕っていられればよかった。

今はもう、本当は彼にどう思われていたのかが恐ろしくてしょうがない。

少女の心は挫《くじ》けていた。

これ以上の無理強いはできないと判断したミードはアンゼリカをなだめるようにして天幕の外に連れ出した。少女には落ち着く時間が必要だ。

「ふむ。この手段が無理ならやむを得ん。別の人格で蓋をするしかあるまい」

少年には三つの顔がある。そのうち一つが邪神になりかけているというのなら、他の人格を表に出すことでひとまず邪神の復活を先送りにできないかという策である。

だが老人にはひとつの懸念があった。

「ドーパ君か。ミードの豹変《ひょうへん》もだが、あの人格はどうにも気に掛かる。果たして軽々に呼び出していいものか」

彼はあの眼鏡の半妖精にどこか危険なものを感じていた。

それはその名と姿が想起させるとある歴史上の人物に対して抱いている印象なのだが、一度生まれた不安はそうそう消せるものではない。選択肢が少ないからと言って妥協できることとできないことがあるのだ。

「となればセロト君か。彼は信頼できるが、今の彼は無事なのだろうか？　いや、そもそもレイミア君が教団側で動いている以上、彼を呼び出すのは容易では」

思い悩む老人の言葉がふと途切れた。

黒々とした邪気に蝕《むしば》まれるアドの姿がぼやけ、その全体像が別の何かに移り変わろうとしていることに気付いたのだ。

光に包まれ、一瞬にしてその存在が変質する。

何の前触れもなく、そこにはセロトの姿が現れていた。

違う、と老人は直感した。前触れがなかったのではない。ここからは感知できないだけだ。この異界ではなく、現世のどこかでレイミアに何かが起きているはずだ。

それを裏付けるようにセロトはすぐに起き上がり、老人に語りかけた。

「レイミアが強い不安に苛《さいな》まれています。存在が薄れかけている僕を必要とするほどの何かがあったはずです。あるいは、これから始まるのかもしれない」

立ち上がって天幕の外に出たセロトは、そこでぐらりとふらついて倒れ込んだ。

異変に気付いたアンゼリカとミードはセロトの姿に驚き戸惑っている。

「おそらく邪神の影響が存在の不安定な君にも及んでいるのだ。このままではアド君だけではなく君も、そして連鎖的に勇者という総体が邪神に汚染される可能性すらある」

上級生のひとりに抱えられたセイロワーズは少年の状態を分析してそう結論付けた。

他の人格を表に出すことで汚染の進行を一時的に遅らせることはできているが、その力が減衰することは避けられない。その上、最終的には全ての人格が邪神に呑《の》み込まれてしまうというのである。

「お爺《じい》さま、本当にどうしようもないの？　どうにかして邪神を封印できないの？」

生まれ変わった勇者が邪神になってしまえば、今度こそ世界は終わりだ。

衰退した神秘、一枚岩にはほど遠い人類の現状、そして邪神に対抗できる勇者という希望まで失われてしまっている。

長い時を生きてきた老人にとってもこの苦境は如何《いかん》ともしがたいものだった。

低く唸《うな》りながら思案を重ね、ようやく可能性らしきものを捻《ひね》り出す。

「根本的な問題として、転生した勇者の魂が不安定なことがある。安定さえすれば、あとは勇者という強靱《きょうじん》な魂が邪神の魂に打ち勝つ、はずだ」

「安定って」

アンゼリカは祈ることに怯《おび》えたままだ。かといって彼女を亡き者にするなどというレイミアの蛮行を肯定することはできない。ミードにできることはアンゼリカに寄り添って彼女を励ますことくらいだ。

「安定って言うなら、セロト君もよね。なんとかしてレイミアちゃんを説得できたら」

それは希望とも言えない希望だったが、ミードは一つの決意を固めた。

「なら、悪いんだけど僕を連れて行ってくれないかな」

ふらつきながらもどうにか立ち上がったセロトが血の気の失《う》せた顔で言った。

少年の心は決まっている。彼はレイミアのもとに駆けつけるつもりなのだ。

「どうして、そんなになってまで行こうとするの？」

不安と疑問がない交ぜになったアンゼリカの視線を受けて、少年は柔らかく微笑《ほほえ》む。

何でもないことのように、軽やかに答えを返す。

「レイミアが僕にそう望んでくれたから。期待に応えたいって気持ちは、そんなにおかしなものじゃないはずだよ」

その言葉があまりにも爽やかで純粋に響いたものだから、アンゼリカは思わず照れくさくなって少し笑ってしまった。

「なにそれ、かっこつけ」

思わぬ評価だったのだろう。きょとんとした表情でその言葉を噛《か》みしめ、セロトは意外なほど無邪気な顔で笑った。

「あはは。そうだね。うん、それはいい。僕はかっこつけなんだ」

先行きは暗い。それでも少年少女の笑い声はどこまでも軽やかで、たとえ形だけでもかすかな希望を感じさせるように響いた。

15　選択と裏切り

　異界から元の世界に戻ったセロトたちは目を疑うような光景に息を呑《の》んだ。

　ごく普通の校舎内であったはずの場所が、赤黒い肉のひだに覆われた異様な空間に変質していたからである。それだけではない。校内のあちらこちらから恐ろしげな獣の咆哮《ほうこう》や悲鳴が響いてくる。

　ミードに抱きかかえられた生首がおののくように言った。

「星幽《せいゆう》教団の幹部、フィトピリスの仕業だろう。廃嫡された貴族である奴《やつ》は第一級遺物を扱える。異界と現世を繋《つな》げることが可能な『召喚士』なのだ」

　セイロワーズの言葉を証明するように、廊下の向こう側から異形の怪物がのそりと姿を現す。あまりに歪《いびつ》で不自然な、条理に反したフォルムの生物もどきたち。

　上級生たちが一斉にそれぞれの遺物を構えた。セロトとアンゼリカも続こうとするが、ミードはそれを手で制した。

「無理しないで。大丈夫、レイミアちゃんのところまで私たちがちゃんと連れて行くから、先輩を信じて守られてなさい」

　頼もしく胸を張る上級生たちが道を切り開いていく。アンゼリカに預けられた老人の首はなおも深刻な面持ちで言葉を続けた。

「封印の中心である学院が陥落すれば雪崩を打つように異界の神々が現世に移動する。そうなれば少なくともこの王国は壊滅するだろう」

「それって、王国に暮らしている亜人たちも巻き込まれるってこと？　教団は亜人を助けてくれるんじゃなかったの？」

アンゼリカがショックを受けたように問いかけた。

レイミアに切り捨てられてもなおわずかに望みを残していたらしい。少なくとも教団が勇者を復活させ、天使の国を襲った災厄を退けたことは事実である。

だが現実にはアンゼリカはレイミアに殺意を向けられ、罪もない市民たちは教団の目的のために踏みにじられようとしていた。

「正直、私にも今の教団の動きは理解できない。不可解なのはセロト君だ。この時期に行動を起こすなら、どうして彼を入学させた？　この状況で放置している理由は何だ？　まさかこれだけの手間をかけて本命の計画を隠すための陽動だとでもいうのか？」

状況もわからないまま、一行は怪物を退けながら校舎を進んでいった。

頼りになるのはセロトの直感のみ。

「多分、こっちだ。呼ばれている。なんとなくだけどわかる」

曖昧な根拠だが今は少年の示す指針に従うしかない。

不穏な気配が立ちこめる校舎を行く途中、彼らは奇妙な場面に出くわした。

「何これ、どういうこと？」

生徒同士が正気を失ったように暴力性を剥《む》き出《だ》しにして争っている。

アンゼリカが魔人に堕《お》ちたことで召集された生徒たちなのだろう、それぞれが遺物で武装して校内を捜索していたようだ。しかし一致団結して邪悪に立ち向かおうとしていたはずの彼らが、今はアンゼリカには目もくれず互いに傷つけ合っている。

「やめなさい！　生徒同士で何をしているの！」

ミードたちが間に割って入り、遺物や当て身によって気を失わせることでその場は収まったが、得体の知れない後味の悪さが残る。

異常な同士討ちに遭遇したのは一度や二度ではなかった。

似たような混乱が幾つもの場所で同時に発生しているのだ。

「教団の仕業だろう。これまでの争いはみな貴族と亜人の間で起きていた。両者をいがみ合わせようとする何らかの意思が介在しているのだ」

生首の分析はおそらく正確だった。

セロトの導きに従って先に進むほど同士討ちに遭遇する頻度が増していく。得体の知れない、人を惑わす力。その発生源に徐々に近付いているのが肌で感じられる。

「気持ち悪い」

「アンゼリカちゃん!?」

途中、口もとを押さえてアンゼリカがうずくまる。

目眩《めまい》、正気の喪失、憎しみ、怒り、敵意、暴力、流血。

少女の脳裏をよぎる忌まわしい記憶。

アンゼリカは強い痛みを覚えて胸を掻《か》き毟《むし》った。

覚えている。血塗《ちまみ》れの父と母。異形と化して笑う兵士たち。哄笑《こうしょう》する魔人。

村を襲った銀色の甲冑《かっちゅう》。宙を駆ける遺物で狩りを楽しむ貴族。積み上げられた老人たちの死体が燃えさかり、旧時代を破壊する偉大な神の像が砕かれる。

六大国の暴虐。国境近くに存在した共同体を襲った悲劇。

奴隷として攫《さら》われた子供たちに焼き印が押され、引っ立てられた先で高慢な貴族がにやにやと意地の悪い表情でこちらを見る。首輪を付けられた自分にはもう逃げ場がない。

背後に転がるのは両親の首。

それは戦禍の中で燃えさかる村での記憶だっただろうか。

あるいは滅び行く城での記憶だったかもしれない。

アンゼリカはふと現実に立ち返り、ミードから預かった老人の首を抱きしめる。

心配そうにこちらを見上げる生首はこちらの身を案じて先ほどからしきりに声をかけてくれていた。その奇妙な光景にふとおかしさを覚えて笑う。

「ごめんなさい。少し、嫌なことを思い出しただけ」

心臓が鼓動を打つ。自分のものではない魂が苦痛を思い出そうとしていた。

自分が何を憎み、何と戦うべきなのか。

貴族と亜人が相争い、邪教に偽装した教団の工作員たちが憎悪を煽《あお》る戦場で、アンゼリカは正しさを見失いつつあった。

唇を噛《か》むアンゼリカを、セロトがじっと見つめていた。

校舎を抜け、別棟へと繋《つな》がる長い渡り廊下にさしかかる。立ち止まったセロトは周囲を見渡しながら言った。

「この先の体育館。多分、あそこにいます」

「セロト君、本当に大丈夫？」

不安そうに問いかけたミードに、少年は柔らかく微笑《ほほえ》みを返した。

「はい。やるべきことはわかっています。眠っている間に色々と思い出せたので。アド君に任せきりだったぶん、少しは頑張らないと」

「もしかして、記憶が戻ったの？」

セロトは小さく頷《うなず》いた。記憶喪失という最大の障害。それがなくなった今、彼は本当の意味で世界を救った勇者としての自分を取り戻した。

そのはずだった。しかしセロトの表情に明るさはない。

力のない微笑み。期待に応えられない自分の現在を詫《わ》びるように彼は続けた。

「ごめんね、アンゼリカ。これが終わったら、この身体《からだ》はアド君に渡すよ。本当に望まれた勇者は彼だから」

「それって、どういう意味？」

問うまでもなく明白だった。セロトは『本当に望まれた勇者』ではない。

消えかけていたことから考えてもそれは明らかだ。

最初からセロトは勇者などではなかったのだ。

「僕は幽霊のようなものだ。この身体は本来そういうものを入れておく器でしかない。教団にとって最大の誤算は、アンゼリカが『本物の勇者』を呼び出してしまったこと」

「『器』だと？　まさか、いやそうか、そういうことなのか？」

セイロワーズが目を見開いてなにかを悟るのと同時、渡り廊下の向こうで異様な気配が膨れあがる。神秘に対する感覚を鍛え続けてきた学生たちははっきりと予感していた。

この先に待っているのは、これまでに見たこともないような危険な何かであると。

「急ごう。あの子が呼んでるんだ。僕が行ってあげないと」

それでも少年はただひとりのために一歩を踏み出す。

アンゼリカはその迷いのなさを羨ましそうに見ながら、少し遅れてその後を追った。

†

水晶王国の王子、メシス・アト・シプトツェルムは決して敗北を知らないわけではない。彼も人の子であり間違うこともあれば失敗もする。暗殺、反乱、恐るべき魔人族の奸計《かんけい》。力及ばず大きな被害がもたらされることすらあった。

それでも彼が英雄と呼ばれている理由はたったひとつ。

「致命的な未来をもたらす選択をなかったことにできる。言い換えれば『最善の未来を選択する』というのが宣名状態にある僕の遺物の力でね」

メシスの敗北はなかったことになる。まさに今、この瞬間がそうであるように。

反乱を扇動した教団は体育館に追い詰められていた。王子の忠実な手足である亜人たちの部隊が剣を突きつけて投降を促す。

体制の中で冷遇されていた者たちを拾い上げ、私兵として鍛え上げてきたメシスの勢力は精強であり固い結束を誇る。彼らは教団の誘いに乗るふりをしながら密《ひそ》かに情報をメシスに送り続け、来たるべき反乱の日に備えていた。

「反乱を実行した生徒たちは既に鎮圧済みだ。僕の亜人部隊は優秀でね。学内に潜んでいる教団の工作員を探り出すのは骨が折れたけど、一度潜り込ませればあとは筒抜け。おかげで被害は最小限で済んだよ」

紫紺の王子は優美に歩を進めながら一人、また一人と増えていく。

掌《てのひら》の上で妖《あや》しく輝く水晶玉の遺物、歪《ゆが》んだ鏡面が映し出す未来が移り変わるたびに新たなメシスが出現し、異なる未来を切り開こうとしているのだ。

彼はただ一人で軍勢に匹敵する。

教団がこの日のために用意していた精鋭たちは残らず打ち倒され、けしかけた使い魔たちはことごとく骸《むくろ》を晒《さら》す。数の暴力による奇襲は、それを上回る可能性の暴力という備えによって完璧に防がれていた。

「汚染眷属《けんぞく》による陽動は見事だった。けど残念。『眷属を追跡中の僕』という分岐はたったいま『選ばなかったことにした』。選択されたのは君たちに対処しているこの僕だ」

「おのれ、忌まわしい水晶の悪魔め！」

教団の幹部、フィトピリスが異界と現世を繋《つな》げて無数の怪物を呼び出し、もう一人の幹部レイヴンが巨大なカラスに変身して飛びかかる。

既に数人の教師たちがこの二人に挑んで敗北している。対抗しようとした亜人部隊ではまるで歯が立たない。メシスは圧倒的な暴力に蹂躙《じゅうりん》され、いとも簡単に息絶えた。

そして、その万分の一の敗北を遥《はる》かに上回る『勝利の可能性』たちが教団幹部を一方的に叩《たた》きのめした。

「万に一つ。億に一つ。どんなに微小でもそこに可能性がある限り、僕は必ずそれを選択して勝利する。これが僕が分節化した神秘事象、『千枝鏡廊』の力だ」

起きている現象を説明する少年の言葉はそのまま呪文となって遺物と聴衆に浸透していく。神秘の詳細を解説することで『命令』を更に精密に補強しているのだ。

無数の刃《やいば》が逃げようとする巨大カラスの進行方向を塞いで切り刻み、怪物が召喚された瞬間に刃が異界の門に突き込まれる。

フィトピリスは絶叫しながら手に持っていた錫杖《しゃくじょう》の遺物を抱きかかえ、周囲の空間を歪《わい》曲《きょく》させながら大扉を出現させる。景色の歪みが収まった時、教団の幹部がいた場所には無数の怪物を融合させた巨大な肉塊が現れていた。

「お前が束になっても防げない圧倒的な暴力！　凌《しの》げるものなら凌いでみせろ！」

「別に凌げなかったら別の分岐を選ぶだけだよ？」

わずかな呆《あき》れを滲《にじ》ませながらメシスは猛然と迫り来るフィトピリスを迎え撃とうとした。叩《たた》き込まれた巨腕の一振りは、しかし彼には届かない。

「貴様ごとき、我が主《あるじ》が出るまでもない」

メシスの腹心、カームが塔盾《とうじゅん》を構えて攻撃を防いでいた。

突き出すように盾で一撃を加え、続けて長剣を一閃《いっせん》。恐るべき筋力と弛《たゆ》まぬ鍛錬が可能とする痛打によって怪物の肉が引き裂かれ、巨体がぐらりと傾《かし》いでいく。

「さすがは僕のカームだ。頼りになるね」

「当然の務めです。我が主よ」

教団の幹部は敗れ去り、残党たちは次々と捕縛されていく。

最後に残ったのは教団の聖女と呼ばれたレイミアのみ。

メシスは水晶の剣を少女に向けて投降を促した。

「見事です。私たちでは逆立ちしても勝てるはずがありませんでしたね。主力を欠いた私たち教団にはもはや世界を変える手段がありません」

「言っておくけれど、切り札のプロタゴニスト君では僕に勝てない。あれは選ばれるべき可能性ではないからね」

「勘違いがあるようですね。あれは器。あなたにぶつけるための遺物ではありません」

「器？　遺物だって？」

この期に及んでもレイミアは不可解な言動と不自然な余裕を見せている。

何かがある。警戒したメシスは部下たちに命じて少女を包囲する。

まさにその瞬間を彼女は待っていた。

「教主様が私に与えてくれたのはささやかな知識。この学院に隠された封印の地に足を踏み入れるための時刻と鍵となる呪文。必要なのはそれだけ」

そう言ってレイミアは頭部の角の間に手を伸ばし、何もない空間に手を沈み込ませた。

そこに水面があるかのように細い指先がするりと入る。引き抜かれたときに握りしめていたのは一振りの長剣だった。

白い鱗《うろこ》と爪の形をした装飾、翼を模した柄《つか》、象嵌《ぞうがん》された瞳の宝玉。

縦に割れた眼球がぎょろりと周囲を睨《ね》め付《つ》け、開閉のたびにわずかに瞬膜が見え隠れする。生きた剣。それも確かな意思を有した遺物だ。

「それは、まさか」

震える声の主はカームだった。主を守るという使命を忘れ、引き寄せられるようにして眼前の剣に近付こうとしている。彼だけではない。メシスの配下である亜人部隊のうち、竜人種族の様子が明らかにおかしい。

「そう。わかりますよね、竜人であるならば。これこそが真実の剣。九柱神ヒムセプトの有する秘宝にして、その権能を具象化した特級遺物」

何故《なぜ》そんなものをレイミアが所持しているのか。

メシスは問おうとして、それより先に周囲で起きている異変に気が付いた。

私兵、生徒会の仲間、近衛騎士団から派遣されている護衛。

敵意の向きがずれている。そう感じた瞬間、凄惨な同士討ちが音もなく始まった。

ただ唐突に、ふと当たり前のことに気が付いたとでもいうように彼らは互いに攻撃し合った。貴族と亜人、その二つの陣営に分かれて。

両者が殺し合うのは当たり前。たったそれだけの事実を確認するように。

メシスは部下たちの攻撃を捌《さば》きながら不気味な笑みを浮かべ続けるレイミアを睨《にら》み付けた。あの奇妙な剣だ。あれがこの異常事態を引き起こしている。

「何をしたっ⁉」

「示しただけですよ。真実を。本当の願い、と言い換えてもいいですが」

信じて重用してきた亜人たち、彼らの本当の願いが自分を殺すことだったと断言され、さしものメシスも動揺を禁じ得なかった。咄嗟《とっさ》に腹心の表情を見てほっと息を吐く。

確かにカームは主《あるじ》に刃《やいば》を向けてはいない。

だが、レイミアが持つ剣から目を離せずにいた。主が部下に造反されて取り囲まれているというのに助けに向かうことすらしていない。

額に脂汗を浮かべて目の前を睨み付けるカーム。強く噛《か》みしめた唇からは血が流れ、剣を握る手は小刻みに震えていた。レイミアはその様子を見て小さく喉を鳴らす。

「いいのですか？　本心ではこの『真実の剣』に全てを委ねたいと思っているのでは？　恥じる必要はありません。これは私たちの祖が望み続けたこの世界の真実なのですから」

「黙れ奸婦《かんぷ》め。そのような妄言で我が忠誠心が揺らぐとでも」

「始祖の声が聞こえているのでしょう？　その忠誠は真実の主に向けられるべきものでは？　果たして石を投げられてまで選ぶような主でしょうか。偉大な存在を感じることもできない劣等種族などが？　本当に？」

蠱惑的《こわくてき》な悪魔のように、教団の聖女が微笑《ほほえ》む。

「カーム。僕は構わないよ。好きに試すといい」

部下たちを殺さぬように細心の注意を払って戦うメシスは毅然《きぜん》とした態度でカームにそう言い放った。信頼していた者たちの大半に裏切られながらも、ただ一人踏み留《とど》まった腹心の部下をメシスは疑おうとしなかった。

「未来を見るまでもない。僕はカームを信じている」

それは果たして自信の発露であったのか、それとも不安の片鱗《へんりん》であったのか。

揺れ続けていたカームは主によって背中を押されてしまう。もはやその行動を抑制するものはなにもない。レイミアは満面の笑みでそれに応える。

「さあ、真実を示すときです！」

レイミアが持つ『真実の剣』が輝きを放ち、世界が白い光に包まれる。

メシスへの恩義と忠節。氏族や祖霊への帰属意識。

どちらがカームの真実であるのかという問いに対して示された答え。

「俺は本当は」

震える声。自分の心がどんな形をしているのか、それを知るものは少ない。

それが目を背けたくなるものであったとき、人はその苦痛に対処するために幾つかの選択をすることになる。忌避。惰性。歓喜。それらはこの世界の人類の根底に刻み込まれた本質的な気性だった。

カームは耐えて踏み留《とど》まる男だ。惰性のまま突き進み、苦しみを厭《いと》わずに苛酷な道を歩む。だから抑圧から解放された瞬間、彼は途方もない恍惚感《こうこつかん》に包まれた。

刃《やいば》が細い身体《からだ》を貫く。

大いなるものと一体化した幸福によって滂沱《ぼうだ》と涙を流すカームは、手にした長剣でかつての主《あるじ》の心臓《こ》を貫いていた。

「俺は貴族に媚びて仲間を踏みつけにする卑劣漢でしかなかった。同胞の苦しみから目を背け、自分だけが甘い汁をすする最悪の裏切り者だった」

「ずっと、そんな風に？」

口から血を吐きながら、メシスは目の前の真実に打ちのめされる。

メシスにとってそれは目を逸《そ》らしたかった未来。最も信頼する従者の心を理解できているという過信。未《いま》だ発展途上の若き英雄が持つ弱さと甘えがその結末を招いた。

貴族や王族であるという生まれは選択できない。

だからこれは選択以前の問題。どうしようもない決定事項。

欺瞞《ぎまん》を取り払い、真実を明らかにしたとき砂上の楼閣は崩れ去る。

メシスとカームというまやかしの主従は互いに殺し合う以外の道がなかったのだ。

貴族と亜人は憎しみ合う敵。切り分けられたふたつは絶対にひとつには成り得ない。

「そうか。ではやはり、こちらを選んだ僕が正解なんだね」

冷淡な声が響く。鮮血が体育館の床に滴り落ちて、透き通った刃が赤く染まる。

カームは愕然《がくぜん》と胸から突き出した水晶の刃を凝視した。

ゆっくりと振り返れば、ありえない存在がそこにいる。

彼の胸を背後から剣で貫いたのは、たったいま殺害したはずのメシスその人だった。

カームが殺したメシスが霞《かすみ》のように揺らいで消える。

選ばれなかった可能性として、カームを信じるメシスという分岐が消えた。

そしてより古い時期の分岐が生み出した極小の可能性、本来なら一顧だにされないはずの愚行としか言えない未来がここに勝者として立っている。

ありえない分岐が更に不可解な分岐を重ねた結果。

分身が分身を生み出し、それは誰も知らぬうちに更なる細い道を歩んだ。

正道を行くメシスたちが知らぬ間に生み出されてしまった奇跡。

それがここにいる彼だ。

そう、紫紺の王子は必ず勝利する。

勝利してしまった未来だけが選ばれてしまう。

たとえ、彼の心がそれを望んでいないとしても。

「夢を見た。救われない世界を少しでもマシにする夢。虐げられている亜人たちに、虐げている側の僕に何ができるだろうと必死で思い悩んだ。いつか僕が玉座を継いだ時、亜人たちの地位が少しでも向上していれば、この世界はちょっとずつでも前進していけるんじゃないか。そんなことを本気で考えたんだ」

腹心の部下から剣を引き抜きながら、彼は静かに息を吐いた。

既に他の造反した部下たちも血の海に沈んでいる。残されているのは貴族だけだ。

凄惨な戦場を虚《うつ》ろな目で眺めて、メシスは淡々と諦めを口にした。

「夢は夢でしかなかったね。僕にも現実を直視する時が来たみたいだ」

「素晴らしいです、メシス様。白竜の討伐から真実の剣の封印と具現。更には反乱分子の粛清まで、まさに英雄の所業としか言いようがありません」

にこやかに勝利者に微笑《ほほえ》みを向けるレイミア。

彼を勝利に導いたのはこの聖女を名乗る教団の幹部に他ならない。

このメシスもまた抗《あらが》うことができなかったのだ。

真実という誘惑に。本当の願いを知りたいという欲求に。

それがどのような結末を招くとしても、年若く潔癖な少年たちは偽りという不快な響きに耐えることができないのだった。

「レイミア、本当にこれでいいのかい」

「ええ。私の望みは聖域の白竜が復活することのみ。大いなるヒムセプトの権能がこの地上で振るわれる。そうすれば私たち竜人の無念は必ず報われるのです」

竜人の聖女は笑顔のまま種族の至宝であるはずの剣をメシスに渡した。

ためらいはなかった。迷いなく手放し、それを正解だと信じ切っている。

目の前で同胞のために貴族に歯向かって倒れたカームがいるというのに、そのことはもう忘れたかのように振る舞っているのだ。酷薄を通り越して異様だった。

「現世の命にどれほどの価値があるでしょう。竜人の命ならばこれまでに幾千幾万と失われてきました。故郷は滅ぼされ、文化は否定され、歴史は葬られた。私たちが欲するのは大いなる存在のみ。神の顕現だけが救いなのです」

そして、その力を与えるという取引によってメシスとレイミアは手を組むことになった。

密《ひそ》かに彼女の中で目を覚ましつつあった意識は、その道を選択した。

「この剣を振るうのが竜人ではない僕でも構わないと？」

「もちろん。だって、その剣の担い手となった時点であなたは聖域の守護者です。重要なのはその役割を担う氏族が存在することであって、どんな種族がそれを担うかはどうでもいい。どうせ私たちはみな、夢の中でたゆたう魂でしかない」

同胞の生き死になどどうでもいい。彼女は偽りのない真実を口にしていた。

真実の剣を手にした者はその影響下に置かれる。だから正気とは思えない言葉でも、それを信じるしかなかった。

「素敵じゃないですか。憎い貴族が貴族によって殺される。私はその未来を作り出す礎になることができたのです。なんて幸福なのでしょうか」

レイミアが勝手な期待をしていることには気付いていた。だがメシスはそれを知った上で彼女を利用する道を選んだ。同時に、容易《たやす》く踊らされないという覚悟も決めている。

竜人の神、ヒムセプト。その権能を形にした遺物を手に入れたメシスには強い自制心が求められる。力に溺れた暴君となれば国は荒れ、多くの貴族たちが災禍に見舞われる。

それはきっと、教団が反乱を煽《あお》るより遥《はる》かに確実な国の壊し方に違いない。

だからこそメシスは誰か他の者に利用される前に自分がこの強大な力を手に入れるべきだと考えた。彼は王都で権力争いを続けている兄たちを知っている。

もしこの恐るべき奸婦《かんぷ》が彼らに接近したらこの国はどうなってしまうのか。

自分がやらねばならない。誰もがメシスを英雄と信じている。

信じられたからには、期待に応えなければならないのだ。

「僕はこれまで通り、正しいと思うことをするだけだ。善なるものと悪《あ》しきものを切り分け、選び、より完璧に近い未来に辿《たど》り着く」

「ええ。どうぞご自由に。ですが予言しましょう。その剣で正しい世界を創り出すと決めた以上、あなたはもう後戻りできません。正しさの化身となったあなたは、歴史上の誰よりも多くの貴族を殺してくれる。ええ、絶対にそうなりますとも」

「僕は人の可能性を信じたい。僕の同胞たちの本質は悪ではない。歴史と制度が積み重ねた歪《ゆが》み、それが世界に悲劇を生んでしまっているだけなんだ」

伝承では、聖域の白竜ヒムセプトは常に正しく穢《けが》れのない存在であったという。

邪心ある者は浄化し、正しき者は善導する。

愚者と賢者にそれぞれ適した役割を割り当て、悪人と善人に公平な裁きを下す。

メシスとレイミアは互いを信じない共犯者としてその場に立っていた。

このどうしようもない世界を変革することを願う純粋な善人として。

「認められるわけないでしょう、そんなもの！」

突如乱入したミードの叫びが体育館を震わせた。到達した神秘の矢がメシスを貫き、切り札である水晶玉と手に入れたばかりの至宝を弾《はじ》き飛ばす。

「もう君たちの出る幕じゃない」

激しい攻撃に晒《さら》されながら、メシスの鋭い眼差《まなざ》しが現れた少年のそれと交錯する。

瓜二《うりふた》つの少年、鏡写しのようなその姿。

儚《はかな》く弱々しいセロトの像が、一瞬ぶれて消えそうになる。

それは複数の顔を持つ勇者の中で弱い魂が強い魂に押し出されていくように。

あるいは、無数の可能性を持つ英雄の中で弱い分岐が淘汰《とうた》されていくように。

「君という可能性を、僕は選ばない。正しい道を往《ゆ》くのはこの僕だ」

敗北した結果を棄却したメシスは奇襲を回避した自分を起点にして次々とミードに反撃

するための自分を生み出した。試行錯誤を繰り返すための無数の分身体を翻弄するように、百にも届こうかという幻影のミードが現れて挑発する。

先陣を切ったミードを中心に、神秘研究部の部員たちがそれぞれ遺物を手にメシスに攻撃を加えた。少し前から館内の様子を窺《うかが》っておおまかな状況は把握済みなのだろう。

レイミアと手を結んだメシスは神の力を手にしている。だとしても、メシスの行動を看過することはできなかった。

「メシス、あなたは遺物がもたらす結果に振り回されてるだけよ！　いいように利用されているだけだって気付きなさい！」

「これが最善の結果だよ。学院で起きている騒動は全て僕が解決する。武器を降ろすんだ。そして汚染眷属《けんぞく》を引き渡してもらうよ」

「お断りよ、全部！」

二人が激突する横で、レイミアの方も因縁深い相手と向かい合っていた。

セロトとアンゼリカ。二人を目の前にしたレイミアは常と変わらぬ笑みを浮かべている。それが内心を覆い隠す仮面だと理解している二人の前でもレイミアの態度は変わらない。彼女が真の意味で二人に心を許したことはなかった。

「何をしに来たのか、なんて問う必要はないですよね。けど残念。ごっこ遊びはもうおしまいです。目障りなアンゼリカは殺して、器には正しい中身を詰め直しましょう」

笑う少女の瞳に宿っているのは燃えるような悪意と嫌悪。

それに怯《ひる》むことなく、セロトは前に踏み出す。

「レイミア。もう終わりにしよう。この道を望むのは間違っている」

「黙って。たかが生贄《いけにえ》の奴隷ごときが何を勘違いしたのやら。勇者様とおだてられてその気になったんですか？　かわいそうに。あなたはもっと惨めでどうでもいい存在です」

「知ってる。思い出したんだ」

透明な声と視線で少年は言った。

仮面の裏側を見透かすようなまなざしに怯んだレイミアが一歩退く。そんな自分に苛立《いらだ》つように拳を握りしめ、角の中間点から引き抜いた剣を突き出す。

「ならさっさと本来の役目を果たして。あなたは私の道具。竜人のしもべとして、そのちっぽけな偽りの命を捧《ささ》げなさい」

「君が本当にそれを望むのであれば、僕はかまわない」

レイミアの握る刃《やいば》が一瞬だけ揺れ動くが、すぐにその先端が輝き出してセロトの胸に光の線が伸びていく。揺らぐ光がセロトの体内から何かを引き摺《ひず》り出そうとしていた。

「え、何!?　どうしたの？」

光の明滅と連動するようにして全身の像が乱れ、希薄化していくセロト。その異常な光景に動揺してアンゼリカが戸惑い、すぐに原因らしきレイミアを睨《にら》み付ける。

「セロトに何をしたの！　すぐにやめて。やめないと」

「やめないと何ですか？　殺すとでも？　ふふ、面白いですね。それはあなたの大切なご

「うるさい、そんなのどうだっていいでしょ！　レイミア、さっきからずっと変だよ！　むかつくし口うるさいけどそんなやつじゃなかったでしょ？　何があったの？　その頭、どうかしたの？　あの時からずっと頭がおかしいよ？」

「相変わらず、口の減らない」

さすがに苛立《いらだ》ちを堪《こら》え切れなかったのか聖女の笑顔が強張《こわば》る。

レイミアは深く息を吐き、余裕を取り戻してからアンゼリカに向かって諭すように説明を始めた。それは悪意を込めた余命宣告でもあった。

「私はその器を本来の用途で使っているだけです。ただ乗りしてわけのわからない不純物を混ぜてくる愚か者もいましたが、それは後で排除すればいいだけ。『真実の剣』を継承する本物が現れた以上、必要なのは神への祈りのみ」

「器？　セロトのことを言ってるの？」

レイミアの言葉に不吉な予感を覚えて、アンゼリカは恐る恐る問いかけた。

相手の内心を見透かすように聖女は笑う。

「セロトという人格は大いなる神の力を地上に顕現させるための生贄《いけにえ》でしかない。中身が不安定なのは当たり前なんですよ。だってそれは悪夢の落とし子。『死せる夢の器』なんですから」

やがて新しき神となり得る存在を、教団は人為的に作り出していたのだ。

「じゃあ、勇者っていうのは嘘《うそ》？」

「いいえ。アンゼリカ、あなたの考えている順番は逆なんです。千年前の英雄が転生して蘇《よみがえ》るんじゃありません。千年前の歴史に刻まれた英雄神話、その神秘を私が切り分け、分節化し、名付けて形にする。授業でやったでしょう？　これはそういう神秘なんです」

命令と命名。遺物に力を与え、更なる特性を引き出すための呪文。

その法則は勇者と呼ばれていた少年にも適用されるとレイミアは言っているのだ。

神の幼体はあらゆるものに成長する可能性を持つ。

それはもちろん、勇者にだってなり得るということだ。

「勇者の偉業はねじ曲げられ、六大国の始祖たちに奪われました。現在はプロタゴニストという記号が痕跡として残るのみ。現実は名前を置き換えただけでかくも簡単に書き換えられてしまいます。なら、逆に六偉人を書き換えて千年前の英雄を作り出すことだってできるはずでしょう」

白竜ヒムセプトを降臨させることで自分たちにとって都合のいい神、都合のいい勇者を作り出す。それこそが教団の目論見《もくろみ》だった。

祈りによって神そのものを形にすることはレイミアにはできなかった。大昔に失われた神への信仰心は薄れ、正しい祈りの作法も失伝している。だから彼女はかろうじて残されていた伝承に縋《すが》り、より形にするのが簡単な生贄の方を生み出した。

「セロトは、大事じゃないの？」

「貴族を憎むと私は決めました。わかるでしょう？」

どんな流血もいとわぬ覚悟がそこにあった。

故国を焼かれたアンゼリカは魔人族への憎しみを知っている。

同時に、魔人族の魂に生かされた彼女は貴族への怒りも知っていた。

胸の痛みと知らないはずの記憶。それが彼女に迷いを生んでいる。

「わかるけど、わかんないよ」

確かに今も憎悪は燻《くすぶ》ったままだ。それでも。

「同じなの。この子は私たちに奪われたんだ。故郷も、家族も、ただ普通に暮らしてただけなのに。毎日お祈りして、勉強して、ご飯を食べて、季節のお祭りを楽しみにして、好きな人に会えたら嬉《うれ》しくて、そんな当たり前を全部壊されて」

いつの間にか周囲の戦いは終わっていた。予定調和のようにミードを床に這《は》わせたメシスは敵であるはずのアンゼリカの姿を食い入るように見つめている。

少女は迷い、それでも答えを出そうとしていた。

それは明らかにレイミアとは異なるもの。真実に近いはずの聖女とは正反対の結論。

だというのにそれはひどく眩《まぶ》しく、尊いものとして響く。

「みんな、私と同じだった。みんなが同じように憎み合ってる。私たちも敵なんだよ。ねえレイミア、私たち、ずっとこれを繰り返すの？」

「なんですか、それ」

震える声だった。アンゼリカが息を呑《の》む。彼女はレイミアが浮かべ続けていた笑顔の仮面が剥がれる瞬間を初めて目撃していた。

「憎しみだけは、同じだって信じてたのに」

傷つき、目尻に涙を浮かべた子供。

友人に裏切られた少女がするような弱々しい反応に、アンゼリカは思わず面食らう。

不気味で得体の知れない雰囲気が剥がれ落ちる。

剣の輝きが弱まり、セロトの身体《からだ》から吸い出されていた何らかの力は全てが失われることなく留《とど》まった。少年の姿が安定し、胸から伸びていた光の線は霧散していく。

それと同時に、メシスに敗北して這い蹲《つくば》っていたミードが動いた。

突きつけられていた刃《やいば》を強引に握りしめて流血もいとわず押《お》し退《の》けると跳ねるように起き上がり、メシスの顎に頭突きを喰《く》らわせる。

「貴族とか亜人とか、もうそういう次元の問題ですらない。あなたは単に信じていた人たちに裏切られて意地になってるの。もう後戻りできないって思いたいだけ。自分が傷ついて錯乱《さくらん》しているんだって、ちゃんと認めるところから始めなさい！」

ミードはよろめいたメシスの胸ぐらを掴《つか》んで捲《まく》し立《た》てた。戦いながらしていた口論の続きなのだろう。レイミアとアンゼリカのやりとりとは関係ないはずの言葉だ。

しかしそれを聞いて大きく表情を歪《ゆが》めたのはメシスだけではなくレイミアもだった。

「黙れ」

二人の感情が共振する。怒り、嘆き、そして混乱。

真実を手にしたメシスとレイミアは、その心が抱く本当の願いを叶《かな》えるために行動しているはずだった。だが今は双方がどうすればいいのかわからずに子供のように戸惑っている。否、実際に二人はまだ子供でしかないのだった。

そのとき、夜の学《まな》び舎《や》に遠い声が響いた。

世界を震わせるような赤子の泣き声だ。

神秘への感度が高いその場の誰もがその存在に気付き、いち早くレイミアが動いた。

剣の切っ先をセロトに合わせようとして、その直前でアンゼリカの視線に気圧《けお》されたように迷い、土壇場で先端を上の方へと向ける。

館内ではない。外の学院本棟、その屋上から響く赤子の泣き声を意識した行動だ。

「生贄《いけにえ》の魂は十分に吸い上げました。神の器に適した肉体は、あそこにもある」

光の線が体育館の窓を突き抜けて学院の真上に向かう。

その光景を見て転がっていた老人の生首が慌てたように言った。

「まずい、『落とし子』の共鳴だ。このままでは暴走する!」

老人の危惧は正しかった。学院の真上で渦巻いた力は巨大な閃光《せんこう》を生み、神々しい光の柱となって天空からそれを招き入れる。

雲が割れ、夜空で星が明滅する。

途方もなく巨大な気配。それが確かな実体を得て顕現しようとしていた。

閃光が強まり、白い柱の中から巨大な存在の一部が勢い良く姿を現す。

それは腕だった。鋭い鉤爪《かぎづめ》を備えた爬虫類《はちゅうるい》のような前腕だ。

巨大な手はメシスが持つ『真実の剣』に反応し、体育館の壁面を粉々に砕きながら戦場に割って入った。発生した衝撃破が敵と見定められたミードだけを吹き飛ばし、己の代行者たるメシスを燐光《りんこう》で包み掌《てのひら》の上に導いていく。

引き止めようとするアンゼリカの手を振り払い、レイミアは光の中へと走り去る。

それが決定的な決別となった。

去り行く二人を守護するように、それは巨大な全身を現した。

天を覆うような翼と長く伸び上がる首。

蛇のようでありながらどの蛇よりも美しく、その姿を見たあらゆる生物は目の前の存在こそがあらゆる命の頂点であるという確信に心を打たれる。

それは神話の世界に生きていた世界の王者。

最も古い神秘を司《つかさど》り、原始の理《ことわり》を紡ぐもの。

生ける摂理。九柱の神、その七番目。

校舎の上にのし掛かる巨大な影。

具現化したその威容を、学院に残っていた生徒たちは目撃した。

聖域の白竜、ヒムセプト。神の咆哮《ほうこう》が夜の学院に響き渡る。

16 聖域の白竜

険しい山奥に隠された廃城には、誰も知らないお姫様が住んでいた。

打ち棄てられた聖域で育てられた小さなお姫様にとって、世界は思うがまま。

大人たちは少女を人里離れたその場所から一歩も外に出さないよう、壊れないようにと大切に可愛いがった。それは紛れもない愛であったはずだと、少女は信じている。

「可愛いレイミア。正統なる人類種の正しき未来の子よ。あなたの望むことは全て叶えられるでしょう。我らが王として君臨していた本当の世界はここにある。与えられるべき栄光を当たり前のものとして享受することで、あなたは私たちの未来として完成する」

優しい『教主様』はとても優しくて賢い、一番偉い大人だった。

どんな疑問にも完璧な答えを返してくれて、いつだって優しい笑顔を浮かべて遊んでくれる、誰より素敵な教主様。聞きたがりの子供にとっての真実とは教主様の言葉であり、それ以外のものは取るに足りない些事でしかなかった。

ある日、教主様に連れられてやってきたのは同い年の男の子だった。

レイミアに与えられた初めての友達で、よく働く召使いで、目新しい玩具。

「彼はセロト。前に教えましたよね。そう、高貴なる竜人に仕える忠実なしもべたちの祖と同じ名前を与えました。あなたのしもべとして相応しいでしょう?」

竜人たちに伝わる古い伝説。教主様から教わったその伝説がレイミアはとても好きだった。聖域で繰り広げられる胸躍る冒険。大勢のための献身をいとわぬ清き心の少年。その善き行いを認め、精霊として仕えることを許した白竜の寛大さと救いのある結末。

目の前の少年は、その伝説から抜け出てきたような愛らしく透明な美しさを持っていた。

一目で気に入ったレイミアは、セロトの前で肩をそびやかして言った。

「今日から私がお前のご主人様よ。いい？　私の言うことは絶対なんだからね。言うことを聞かなかったり、つまらない嘘《うそ》を吐《つ》いたらお前なんかすぐに処刑よ、処刑」

「はい。僕は今日からあなたのしもべです。何なりとお申し付け下さい」

「いい返事ね。気に入ったわ。さあセロト、ついてきなさい！」

少女はどこへ行くにも彼を連れ回した。

勉強の時間には宿題を押し付け、小腹が空《す》けば厨房《ちゅうぼう》に忍び込ませる。

山道の探検も洞窟の冒険も、頼りになるしもべがいなくては始まらない。

セロトはわがままなレイミアの振る舞いにも嫌な顔ひとつ浮かべずに付き合い続けた。にこにこと変わらぬ笑顔を浮かべ、どんな無茶《むちゃ》な注文にも丁寧に応えてみせた。

当時のレイミアが好んでいたのはごっこ遊び。

はじめは幼いおままごと同然だったそれは、教主に与えられた戯曲や絵巻、伝承を描いた叙事詩や英雄譚《たん》を次々に取り入れて本格的な芝居へと変わっていった。

レイミアはある時は女優、またある時は演出家となってその遊びにのめり込んでいった。

とりわけ彼女が執心していたのは勇者の物語だ。

「それって、六偉人よりも凄いのですか？　水晶の王様よりも？」

「ヴァレト一世なんか目じゃないわ。それに六偉人なんて偽物の英雄だって教主様が言っていたもの。勇者様はね、本当に世界を救ったとっても偉い人なんだから。当然、神に背を向けていたお前たちではなく竜人だったに決まってるわ」

竜人は悪い貴族たちのせいで不当な扱いを受けている。

高貴な姫君であるレイミィアがこんな山奥の廃城に隠れ住まなければならないのも、全ては水晶王国の貴族たちが聖域を穢して占拠しているからなのだ。

セロトという召使いは、不遇なレイミィアに与えられた唯一の『正統な財産』だった。

本来与えられていたはずの特権、その代わりとして自由に使える従順なしもべ。

「セロト。お前は勇者様の役をやりなさい。いつの日か復活して、邪悪な略奪者たちを追い出す竜人たちの英雄よ。ちょっと頼りないけど、今はお前で我慢してあげる」

「仰せのままに、姫様」

演じられた空想の中で彼女は何にでもなれたし、少年をどんな姿にでも変えられた。満ち足りないもの。手に入らないもの。欠けたもの。直視しないようにしていた全てがそこにはあった。

「セロト。お前は何を命じても言うことを聞くわね。なにか嫌なことはないの？　本心ではどう考えているの？　望むことはないの？」

少年を理解できないと思ったことはなかった。これはただの確認作業。

レイミアは知っていた。命じられることは彼の喜び。期待に応えることで自分が必要だという実感を得ているのだと。

捨てられないようにと媚《こ》びを売る仔犬《こいぬ》。それがこの少年の真実だ。

レイミアは全ての真実をその目で見ることができた。

この古い城は竜神の加護がわずかに残った最後の土地。

聖域と呼ばれたその場所には白き竜の神秘を宿しており、そこで育てられたレイミアは白竜の聖なる力に対する親和性を有していた。

聖域を支配する聖女レイミアは全ての真実を明らかにすることができた。

この地では真実こそが最上の価値を持つ。

誰もレイミアに隠し事はできないし、事実と異なることを喋《しゃべ》れば黒い煤《すす》が口から溢《あふ》れて大気が穢れる。

だからこそ虚構を作り出す演劇は彼女にとって楽しくてたまらない遊びだった。

綺麗《きれい》な聖域を好きに穢す特権。

自分がこの場所を支配しているという実感。

揺るがぬ忠誠心と無垢《むく》な心のままにわずかな穢れさえも見せないセロトに、似合わない虚構の役を押し付けて穢れまみれにしてやるという愉悦。

どんな大人だって嘘《うそ》を吐《つ》く。

賢い教主様も、優しいフィトピリスも、厳しいレイヴンも、聖域に足を踏み入れれば綺《き》麗《れい》なままの姿ではいられない。

誰もが尊い真実から遠く、不完全な穢《けが》れで聖域を黒く染める。

「僕は、姫様の喜ぶ顔が見られればそれで満足です」

けれど、セロトの答えはいつだって同じだ。

彼は穢れない。純白の清らかさを保ったまま、透明な眼差《まなざ》しでレイミアを見つめる。

「お前、私が好きなの？」

「はい。お慕いしております」

「ふうん。じゃあ、ずっと傍《そば》に置いてやってもいいわよ」

無垢《むく》なセロト。自分だけが好きに穢せるセロト。

「私だけのしもべ。いい響きね」

この従順な召使いは未来永劫《みらいえいごう》レイミアだけのものだ。彼が裏切ることなど天地がひっくり返りでもしない限りありえないと断言できる。

セロトはレイミアの期待に応え、日々『勇者様』として黒く染まり続けた。

それはレイミアにとって最も楽しかった日々の思い出。

そして、消し去りたい記憶。

†

ある日、天地がひっくり返った。

信じられなかった。信じたくなかった。けれどそれは変えようのない現実で、紛《まぎ》れもなく忠実な召使いが自ら選んだ結果だった。

突然の轟音《ごうおん》と共に城砦《じょうさい》の外壁は崩れ落ち、聖域は戦火に包まれる。

折悪《おりあ》しく教団の主立った幹部たちは不在で、城を守るために残っていた精鋭も襲撃者たちの奇襲によって真っ先に命を落としていた。

遺物が呪いを振りまき、炎と矢が飛び交い、剣が振るわれるたびに命が散っていく。

襲撃者たちの正体は今もってわからない。だが目的ははっきりしていた。

「ああ、よくぞご無事で！　殿下、私のことがおわかりですか？」

彼らはたったひとりの少年を救い出すためにこの聖地に乗り込んできたのだ。

悪漢たちに攫《さら》われた悲劇のお姫様、救出に向かったのは勇敢な戦士たち。

芝居のような筋書きは実在した。高貴なる者が不当な扱いを受けたなら当然にされてしかるべき救済措置。こうして悪は懲らしめられ、善と秩序の回復が成し遂げられる。

誰もが肯定するであろう世界のまことがここにある。

けれどそれは少女ではなく、少年に与えられるものだった。

「もう大丈夫ですよ。穢らわしい亜人どもの巣窟に閉じ込められて、さぞ恐ろしかったでしょう。さあ、急いで脱出を」

制止しようと思わず前に踏み出してしまったのは、ほとんど無意識だった。

襲撃者は鋭い視線でレイミアを睨《ね》め付《つ》け、手にしていた抜き身の剣を握りしめる。

殺される。レイミアが恐怖に身を竦《すく》ませたその時、少年が声を張り上げた。

「やめて下さい」

その場にいた誰もが少年の言葉を理解できず、彼に視線を集めた。

幼い少年は緊張によるものか少しだけ表情を強張《こわば》らせていたが、すぐにいつも通りの穏やかさを取り戻してこう言った。

「殺さないで」

「何故《なぜ》です。まさかとは思いますが、この竜人に惚《ほ》れたなどと破廉恥なことを仰《おつしや》られるつもりではありますまいな。なんということだ。殿下がそのような退廃、家畜を愛するが如《ごと》き悪徳に身を染めてしまったとは！　他の殿下に付け入られる隙となりますぞ！」

「いいえ。そのようなふしだらな感情は全くありません。確かに今までに見たことのない種類の性格をしていたから新鮮で楽しくはありました。ただ僕はもっとお淑《しと》やかな子が好きなので、お転婆《てんば》すぎるこの子はちょっと。それに、僕の立場を考えれば亜人である彼女を好きになっていいはずがない。その可能性は棄却されるでしょう」

ふざけるな、とレイミアは叫べるものなら叫びたかった。

実際には刃《やいば》と血の臭いに怯《おび》えて何も言えなかったが、普段の威勢を取り戻せたなら思うさま少年を罵って散々踏みつけにした上で馬扱いして乗り回していたに違いなかった。

とてつもない屈辱と怒り、混乱と悲しみで胸がいっぱいになる。

聖域で彼女に嘘《うそ》を吐《つ》くことはできない。

レイミアの目に映る世界に嘘はなかった。

少年は、セロトという嘘を暴かれた本当の彼は、紛《まぎ》れもない本心を口にしている。

「取るに足りない亜人の娘です。異端者ではありますが、ここにいる間に世話になった恩義があります。見逃してあげて下さい」

「なんとお優しい。そこの召使い、殿下の寛大なお心に感謝するのだぞ」

高圧的な言葉なんてもう耳に入らなかった。

裏切られた。少年はいつだって正直だったから、言葉は刃のように鋭く二人の間にあったものを切り分けて真実を明らかにしてしまう。

聖域のお姫様と正直者のしもべ。

そんな関係は最初から存在しない。空虚な偽り、幼いごっこ遊びに過ぎなかったのだ。

レイミアにとって最も衝撃的だったのは、自分が傷ついているという事実そのものだった。彼女にとって彼はそれくらい価値ある存在だった。失われたその瞬間に訪れたあまりにも遅すぎる理解が耐え難い苦痛を生む。

大きすぎる痛みに直面したとき、レイミアが選んだ行動は逃避だった。

苦しすぎる現実から目を背け、痛みそのものを忌避して縮こまる。

少年が、もうセロトでもなんでもない彼がどんな顔をしているかなんて確認するのも恐ろしかった。自分が今どんな惨めな立場に置かれているのかを自覚するのも嫌で嫌で仕方がない。目と耳を閉じて全ての真実を見なかったことにしたい。

本当のことなんて、知らない方が幸せだったのだ。

聖女という自分の価値も、聖域という居場所の尊さも、全てが裏返って猛毒になる。

遠ざかっていく二人分の足音が聞こえなくなった時、レイミアはようやく止めていた息を吐き出して目を開いた。恐ろしい時間がようやく去ったのだと思ったからだ。

違った。レイミアの魂に焼き付けられた本当に忌まわしい記憶はここから始まる。

「囁《ささや》きなさい、『八極史航路《オクトパス》』」

廃城の本当の主《あるじ》が戻ってきたのだと、その声でわかった。

全てを包み込むような優しさを柔らかく響かせる、慈母の如《ごと》き美声。

波打つ青い髪の背後から漂うのはレイミアが言葉でしか知らない『潮の香り』だ。

虚空から這《は》い出してくる赤い八本の触手がうねるように襲撃者たちを縛り上げていった。

哀れな犠牲者たちは無数の吸盤から逃れられないまま全身の骨を砕かれたり地面に叩《たた》きつけられたりして次々に命を落としていった。

「怯《ひる》むな！　教主セルエナだ、ここで奴《やつ》を討ち取れば我らはついに人類の敵、その双璧を崩せるのだ！　なんとしてでもあの化け物を殺せ！」

襲撃者たちの持った遺物が次々と名を呼ばれ、恐るべき神秘を世に顕《あらわ》していく。

空間を縮め、周囲の時を静止させ、目の前の全てを朽ちさせる脅威の数々。

大地から出現した水晶の巨人が笑顔を浮かべる女に足を振り下ろし、輝く刃《やいば》を手にした戦士が光の速度で側面から突撃する。

襲撃者たちの攻撃は全てが必殺。

女の周囲を守る赤い触手は大きく傷つけられ、その中身を晒《さら》すことになる。

「あら、いけない」

その内側から、どろり、と。

「少し漏れてしまったわ」

果てなき宇宙が溢《あふ》れ出す。

それは異なる世界。もしもの未来。有り得たかも知れない過去。存在しない分岐。空想の中で育てられた架空の文明圏。触手一本に内包される巨大な暗黒の海と星々の広がり、流れ続ける歴史と物語、命と文明、この世ならざる異質な知識。

その欠片《かけら》を直視し、強制的に理解させられた者たちは揃《そろ》って声なき悲鳴を上げた。

彼らは知らぬはずの電気文明の中で生きる自分の過去を回想した。ありえないはずの蒸気機関で動く強化装甲が自分だという今を錯覚した。汚染された地上に適応すべく遺伝子改良を施し人工的突然変異体《ミユータント》として鉄屑《てつくず》を集める未来を垣間見《かいまみ》た。高度に発達した神秘文明を謳歌《おうか》する精神生命体である彼らは生身の動かし方をすっかり忘れてしまった。全人類が意識を共有していた時代の名残で襲撃者たちの個我はすっかり散逸して使い物にならなくなってしまった。

熟練の戦士たちが残らず正気を喪失して昏倒《こんとう》する。

目に見えるものは八個。だが見えぬものも含めればそれでは足りない。

その全てを理解するには、人の心は小さすぎた。

全ての方位を意味する『八』という数字を、海で生きる魚人たちは聖なる数だとしていた。それは海神の御使《みつか》いが持つ足の数でもある。

九柱神が一角、その名は神なき世界においても変わらぬ畏《おそ》れと共に残されていた。

囁《ささや》きの大蛸《おおだこ》、フィーリィ。

星幽《せいゆう》教団の教主セルエナ・マール・フィーリィは神の化身を名乗り、その強大な力をもって亜人たちを束ね、世界への抵抗を千年続けている本物の怪物である。

「教主、様」

「レイミア。私の愛すべきお姫様。これがこの世界の真実なのです」

教主様の柔らかな言葉がひとつずつ染み込んでくる。

この人はどんな時でも、必要な知識を必要なだけ選び取って相手に与えることができた。

それは目に見えないもうひとつの触手の力。姿の見えない蛸はこの世の真理をいくらでも相手の耳元で囁くことができるのだ。

「彼らはあなたから不当に奪い取る。あなただけではありません。世界中で同じようなことが当たり前のように繰り広げられているのです」

「そんな、そんなの」

「でも安心して。あなたが忌避するものを取り除く方法があります」

教主セルエナはそう言って、微笑《ほほえ》みながら続けた。

優しい教師役として、教え子に課題を言いつける時のように。

「あなたが希望を示せばいい。可愛《かわい》い竜人のお姫様。もしも世界が白竜の示す聖なる真実で満たされていたら。その世界を統べるに相応《ふさわ》しい、生まれついての聖域の主《あるじ》はあなたをおいて他にいません」

それはもしもの話でありながら、前提となる現実の話でもあった。

教主セルエナの背後で一つの世界を内包した触手が蠢《うごめ》く。

それはレイミアの頭上に辿《たど》り着き、のし掛かるように渦を巻き、囁《ささや》きかける。

その瞬間。竜人のお姫様は、王国の全ての歴史を思い出した。

記憶が書き換わる。学んだ歴史が置き換わる。ひとりぼっちの廃城は穢《けが》れなき白亜の王城に姿を変え、つまらない家来ばかりの退屈な箱庭は繁栄を極めた賑《にぎ》やかで広大な世界に変化していく。

そう、彼女はそう言い聞かされてきただけの偽りのお姫様などではない。

ひとつの歴史、ひとつの文明、ひとつの世界を背負った希望。

たった一人の王族の生き残り。

全ての竜人に与えられるべきだった真実の輝き、それを取り戻せる最後の可能性。

それまでゆっくりと染み込んでいた教えの数々は、全てこの衝撃を耐えるためにこそあったのだ。レイミアはこの時、世界を丸ごとひとつ背負ってしまった。

「わかりますか。あなたの敗北は、滅びていった全ての竜人たちの記憶を失うことと同義なのです。始祖と氏族と魂の尊厳にかけて、あなたには為《な》すべきことがある」

「教主様、私、頭が重くて。使命、私の。大いなる、始祖様の、うたが、聞こえて」

正気を失いかける一歩手前で踏み留《とど》まっているレイミアは、確かに響く教主様の言葉に縋《すが》るようにして手を伸ばした。その手をとった手の感触に、少女は安堵《あんど》する。

「いい子ですね。ではレイミア。あなたは背負ったもののために戦う覚悟を示さねばなりません。邪悪な神敵を討ち滅ぼし、神を尊ぶ正しい時代を取り戻すという強き意志。その手を血に染め、簒奪《さんだつ》者どもに神への生贄《いけにえ》という本来の役目を思い出させてやるのです」

レイミアの朦朧《もうろう》とした意識は、赤い触手が運んで来た犠牲者の姿をぼんやりと捉えていた。襲撃者たちよりも小柄なその身体《からだ》は触手にすっぽりと覆われており、顔は見えない。

教主様の言うことはいつだって正しくて、彼女に世界の真実を教えてくれる。だから渡された刃《やいば》を触手の隙間から覗《のぞ》く生贄の胸に差し込むことにためらいはなかった。肉を貫く感覚の不快さも、背負ったものを思えば些細《ささい》なことに過ぎない。

神の忠実な信徒として正しく振る舞ったという興奮が少女の心を満たしていく。

朦朧としていた視界が晴れ、清々《すがすが》しい気持ちになった彼女は叫び出したくなっていた。ああ、先ほどまでの怯《おび》えていた自分はなんて愚かだったんだろう。自分はこんなにも誇らしいことをしている。誰かが見てくれていると思うだけ身体から勇気が湧いてくる。

どさりと思い音がして、レイミアは倒れた生贄の方にふと視線をやった。

血の海に沈んでいく繊細な面立ち。血の気のない、息をしていない少年の顔。

レイミアは叫び出したくなった。

だができない。それは矛盾しているからだ。それは真実ではないからだ。

頭上にのし掛かる途方もない重み。

彼女の本当の願いはそこにしか存在しない。それ以外があってはならない。

ああ、けれど。

「セロ、ト」

その呼び名すらこの時のためにあったのだと理解した瞬間、レイミアは耐え難い現実から目を逸《そ》らした。考えてはならない。認めてはならない。恐《こわ》がってはならない。

だって、理解したが最後。

「よく頑張りました、私の可愛《かわい》いレイミア。安心していいですよ。これは可能性の器。私の権能を用いれば、神への捧《ささ》げ物として相応《ふさわ》しい遺物に作り替えることができるでしょう。あなたの宝物は大切に保管すると約束します」

優しい教主様は世界の全てだ。その言葉は常に正しくなければならない。

それ以外の真実なんて、耐えられない。

「しばしのお別れです。大丈夫、来たるべき時に備えて作り替えるだけ。正史を書き換える『死せる夢の器』としてね。彼が再び目覚めた時、あなたは背負ったその宿命を正しく世界に刻みつけるのです」

だから教主様の言うことに黙って頷《うなず》くことだけがレイミアにできる全てだった。

彼女が刃《やいば》を向けるのは邪悪な存在に決まっている。

血を流して倒れていくのは必要な犠牲に決まっている。

そうでなくてはならない。そうではない現実など見たくない。

聖女レイミアには正しさと真実の全てが見えていた。

自分をそうやって守りながら、少女はずっと待ち続けた。

背負った宿命を果たすために歩き出す、その瞬間を。

†

教団幹部フィトピリスが発動させた遺物の特性は『異界との境界を希薄化させる』というものだった。王族級の遺物適合者のみが可能にする強大極まる神秘の行使は、使用者の死後もその影響を残し続けた。

聖域の白竜、ヒムセプトの降臨。

神の顕現は結果として現実世界の変質を引き起こした。

ヒムセプトが背負う穢《けが》れなき世界の夢。

夜空の月と星が消え、かわって昼夜の区別がない白く輝く天が空一面に広がっていく。

あたりには白き灰が舞い始め、校庭の土色を上書きするように白く脆《もろ》い大地が世界を覆っていく。異なる摂理によって成り立つ夢世界が現実への侵食を開始したのだ。

「称《たた》えなさい、我らが神を。屈辱の夜は終わり、永遠の白い空が広がるでしょう。闇と恐怖は消え、月と偽りの希望は失われるでしょう。正しき真実だけがこの聖域に満ち溢《あふ》れる、素晴らしき浄化がこれより始まるのです」

優美な白い巨獣の手に乗った少女が高らかに叫ぶのを、生徒たちは戸惑いながら見上げていた。その傍《かたわ》らに生徒会長にして王国の英雄メシス王子が並んでいるのも彼らの混乱を加速させる。いったい何が起きているのだ？

その時、メシスが剣を高く掲げた。

いつも彼が使っている水晶の剣ではない。不気味な瞳が埋め込まれた奇妙な遺物だ。

「さあ、僕に見せてくれ。この世界の真実を！　人の可能性を！」

命令に従い、剣が眩《まばゆ》い光を放つ。

その輝きは学院の敷地一帯を照らし、全ての人の心を分け隔てなく解き明かした。

現れたのは人々の意識に眠っていた本当の願い。

彼らにとっての、真実の心。

既に混乱のただ中にあった学院は決定的な一歩を踏み出す。

すなわち、憎悪と怒号が支配する戦場へその姿を変えたのだ。

亜人たちが怒りと抵抗を叫び、貴族たちに戦いを挑む。

熱に浮かされたような反乱が拡大していく中、奴隷が主人を殺し、妬みが同族の背を刺し、主人は別の主人から奴隷を横取りしようとする。

「やはりこうなってしまうのか。僕たちはこんな未来しか選べないのかい、カーム?」

絶望に瞳を揺らすメシスの眼下で地獄が繰り広げられる。

大勢の亜人奴隷に追い回され、校庭を必死に逃げていくのは身分の高い貴族たちだ。

そんな彼らを救おうと差し伸べられる手が存在した。

人が人を思いやり、助けようとする善き心。

わずかな希望にメシスの表情が明るくなる。

燃えさかる炎の鞭《むち》を手に猛《たけ》るのはまだ幼さが残る一年生。

ボルクス少年だった。

「臆するな! 奴《やつ》らはしょせん烏合《うごう》の衆、勢いだけの雑兵に過ぎない!! 選ばれた戦闘種族である我らが団結すれば負けることはない!」

灼熱《しゃくねつ》の鞭で亜人たちを打ち据え、激痛にのたうつ相手を見て不敵に笑う。

ボルクスの勢いに勇気付けられた貴族たちがはっとなって自分の遺物を握りしめた。

「亜人たちが牙を剥《む》いた今だからこそ! 貴族はその力を示さねばならない! 亜人の反乱で片腕を失った祖父が教えてくれた。愚かな奴らは我ら貴族の力をすぐに忘れてしまう。だからこそ常に権威を示し、身の程を教えてやる必要があるのだと!」

奮戦する少年はかつてない猛々しさで亜人たちに攻撃を仕掛けていく。

激しい反撃に怯《ひる》み、だが折れずに何度でも立ち上がる。

彼が背負っているのは愛すべき家族であり、公爵家という家門であり、貴族という立場そのものだった。全ては統治者として秩序を守るため。

亜人を弾圧し、迫害し、過剰なまでに痛めつけて絶望させてやらねばならない。

それだけが彼の正義、彼の真実であった。

「戦うんだ！　大切な家族を、同胞たちを守るために！」

正義に燃える心は怯懦《きょうだ》を吹き飛ばした。

あるいは、恐怖に由来する攻撃衝動がその正義と勇気を生んだのかもしれない。

「亜人ごときが生意気なんだよ！」

「家畜の分際で歯向かうな！」

「投降を拒む者は殺せ！　見せしめに死体を晒《さら》してやれ！」

戦いは際限なく過熱していく。

膨れあがる混乱を制御しようとする者もいた。

子供たちとは違い、より深く神秘に通じていたために冷静さを残したままだった教師たちである。

「現在、騒乱行為に参加している全校生徒に告ぐ！　即刻戦いを止《や》めなさい！」

教頭が肥満体を振るわせながら大音声で呼びかけていた。

生徒全てに対しての公平な停戦命令。

教師という存在がまだ理性を残していた。それは事態を見守るメシスにとって希望だった。大人が頼りになる存在であること。彼はまだ子供でしかなく、まだ大人というものに幻想を抱くことのできる余地があった。この瞬間までは。

「これほど寛大に呼びかけたにもかかわらず、未《いま》だ戦いを続けるとは。二級生徒の愚かしさ、ここに極まれり。かくなる上は私自らが罰を下さねばなるまい」

もちろん教師は生徒に対して分け隔てなく接したりしない。

一級と二級で分けられていることからもそれは明らかだ。

メシスは全ての教師が頭を垂れる対象である。誰より恵まれた環境で『公平な扱い』を受け続けてきた王子は、わかったつもりで何もわかっていなかった。

「私の権限において、教師一同の宣名解放を許可する！　武器を捨てぬ愚かな二級生徒は処分して構わん！　一級生徒たちは我が国の未来を担う宝だ、何としても守れ！」

最初に反乱を主導していた教団は主力を欠いている。

他ならぬメシスが幹部を倒したのだ。

よってこの戦いの結果は明白。

凄惨な虐殺。真実を明らかにした結果として、それは必然的に発生する。

「生徒会長！　メシス殿下！　今、私めがお助けします！　亜人どもが作り出したまやかしの神ごとき、我が遺物、『首無し騎士』の敵ではないわ！」

教頭が飛び跳ねながら絶叫した。首が隠れるほどの肥満体が更なる膨張を始め、世界の隙間に隠されていた膨大な質量が形をもって校庭に出現。それは目の前の白竜と互角の巨大さを誇る丸い肉塊。ミミズのような触手を無数に伸ばしながら教頭が絶叫する。

「私の生徒に手を出すな！」

教頭の心は正義を信奉する護国の騎士であった時代に立ち返っていた。

終わらぬ邪神の眷属との戦い。

前線を退いた後、次代を育てることを至上の使命と決めた彼は、最大の窮地を前にして再び戦士として戦うことを決意したのだ。

揺るぎない決意、くもりなき心。

偽りのない真実、穢《けが》れなきまことの願い。

彼が胸に抱くのは、混じりけのない子供たちへの愛である。

真実、真実、忌まわしい真実！

苦痛に対して反射的にメシスが選んだのは忌避であったが、それよりも彼本来のやり方に立ち返るのが正しいと身体《からだ》に覚え込ませた『理性的判断』が反応する。

メシスは握りしめた剣を捨てようとして、それができないことに気付く。

掌《てのひら》は己の意思に反するように真実を強く求めている。

ぎょろり、と象嵌《ぞうがん》された瞳がメシスを見た。

竜の瞳は真実を映し出す。メシスの望む本当の願いすらも。

「僕は、そうだ。正義の執行を望んでいる。悪の浄化を願っている」

全ての悪は正され、全ての罪は罰される。

正しく努力したものは平等に報われ、怠惰を貪ったものは相応に苦しむことになる。

世界は公正でなくてはならない。

そうでないのなら、自分が是正しなくてはならない。

それがメシスの信念であり、幼稚な執着の正体でもあった。

メシスは己の中にあった真実を見つけた。

白竜の地上における代行者として、その正しきありようを自覚したのだ。

神はその意思を示すように天を覆うほど巨大な翼を広げた。

長い首をもたげ、刃《やいば》の如《ごと》き角質の鎧《よろい》に覆われた顎《あぎと》を開いて吼《ほ》える。

白竜は鱗《うろこ》に覆われたトカゲじみた頭部と四肢を備えながら、その巨体の大部分を占める翼と胴体は不安定に揺らぐ光という非実体で構成された存在だ。

見た目上の大きさに応じた威圧感や重厚感はそこにはなく、逆に繊細なフォルムと軽さがもたらす神聖さや優美さが強調されている。よって人々は神の姿に暴力的な恐ろしさよりある種の神秘性と不可侵性を感じていた。

触れがたいもの。近寄りがたいもの。理解しがたいもの。

遠くにあって羨望のまなざしを向ける、崇高な美の化身。

現実世界に顕現してなお人は神を理解できず、神の言葉は人に届かない。

だが、ここから先は違う。

異なる二つの魂が同調し、この世界とは異なるありようの神の心がメシスという人間を通して翻訳されていく。メシスの瞳が白い輝きを宿し、口からは預言の言葉が紡がれる。

「やはり　人間は　愚か」

世界を振動させるような異様な響きの声。

全ての者が悲鳴を上げ、心に突き刺さるような神の言葉に怯《おび》えて錯乱《さくらん》する。

遠い空の彼方《かなた》から降り注ぐような意思の奔流。

それは見えない雨となって人々に天意を伝えていく。

「可能性を　残した　幼子たち　浄化すべし」

白竜の瞳が閃光《せんこう》を放射する。

生徒たちが次々に白い光に包まれ、次々に頭を押さえてのたうち回る。

亜人たちを痛めつけていたボルクス少年は鞭《むち》を取り落として泣《な》き喚《わめ》いた。

「痛い痛い、頭が痛い！　やだ、待って、待ってよおじいちゃん！　行かないで、僕を置いて消えちゃ嫌だよお！」

白い靄《もや》が子供たちの目や口からその内側に入り込み、頭を覆って余計なものを消去していく。不要なもの。悪《あ》しき知識。邪悪な行いに走らせる記憶。

脳を洗って、まっさらで無垢《むく》な可能性を再び生み出すのだ。

聖域が求めるのは正しき者のみである。

「可能性なき　汚物ども　慈悲は不要　滅ぶべし」

教師たちには恐怖を感じる時間すら与えられなかった。

竜の口から放たれた吐息は一条の輝く柱となって巨大な教頭に突き刺さった。

それは純然たる神秘の力が凝縮された咆哮《ほうこう》であり、すなわち呪文の言葉である。

『滅ぶべし』という命令。そのたった一言が消滅をもたらす意思を具現化し、世界の形を切り分けて『かくあるべし』と変貌させた。

膨れあがった光が肉塊を一欠片《かけら》も残さず抹消し、その勢いのまま彼方《かなた》へと突き抜けていった白光が広がる山々を吹き飛ばし、川を蒸発させ、下流へと突き進んで港湾部を壊滅させる。水晶王国の心臓とも血管とも称される華やかな港町を破壊の本流が駆け抜け、苛酷な労働に従事する亜人たちが白い光に包まれ、次の日の市場に出す予定の奴隷の状態を確認していた商人たちが塵《ちり》となって消える。領主をはじめとする貴族たちが残らず蒸発し、船という船が微塵《みじん》に砕けて海の藻屑《もくず》となる。

破壊はそれだけにとどまらない。

国土を縦に引き裂いた光は奈落まで続くような深い亀裂を生み出していた。

神話の時代、白竜はその吐息で大地を引き裂き一つであった大陸を東西に切り分けたとされている。それと同じことが起きていた。

大地が揺れる。尋常ならざる規模の地殻変動、自然秩序を揺るがす神の決定がこの世に境界線を定めようとしているのだ。

「悪《あ》しきものを　外へ　善きものを　内へ」

聖域の白竜。真実を司《つかさど》る、聖なる浄化の神。
その力は全てを切り裂き、全てを隔てる。
これより始まるのは神の選定。
ヒムセプトの清浄な聖域に住まうことを許されているのは心清き者のみ。
それ以外の邪悪な者は穢《けが》れとして周辺に追いやられる。
かくして全ての人類は二つに切り分けられる。
これまでと同じように、何度も繰り返してきたのと全く変わらずに。
世界の形が変わっても、その真実だけは変わらない。
やはり人間は愚かで救いがたく、神もまた同様であった。

17　月の話

崩壊した体育館は瓦礫《がれき》の山と化していた。

その下敷きになるようにして、血塗《ちまみ》れの天使が無惨な屍《しかばね》を晒《さら》している。

白竜の爪で一撫《な》でされた哀れな少女はその仲間たちと同じように完全に事切れていた。

上半身を頭部ごと破壊されては生存の望みは一欠片《かけら》もありはしない。レイミアが自ら裏切った旧友の末路を虚《うつ》ろな目で見届けて去ってからしばらくした後、白竜による破滅的な破壊と浄化が開始される。

「アンゼリカちゃん。とりあえず応急処置が終わったから、偽装は十分よ。どっちにしても、あいつらもうこっちを気にしてない」

ミードの言葉を聞いて、凄惨な死体の群れが霞《かすみ》のように掻《か》き消えた。

瓦礫の陰に隠れて淡く輝く剣に手を添えていたアンゼリカがふうと息を吐く。幻影を操る遺物の力。それを使って白竜の脅威をやり過ごしたのだ。

そのすぐ傍《そば》で、意識を取り戻したセロトとミードが負傷した仲間たちの傷を手当てしていた。かろうじて命は無事だが、これ以上戦うことはできそうにない。

神秘研究部で動けるのはもはや三人のみ。

そのうち一人が、ゆっくりと立ち上がって言った。

「行かなきゃ。レイミアに、それからメシスに伝えたいことがある」

光輝く刃状《やいば》の翼を一枚だけ展開した少年は、そこから溢《あふ》れ出す光の粒子を足下で眠る男子生徒に降り注がせていた。致命傷を負ったはずのメシスの従者カームである。胸を貫かれた傷は塞がり、呼吸は安定している。桁外れの癒やしの力を持つ勇者の生まれ変わり、そう呼ばれて現世に甦《よみがえ》ったはずの彼は、しかし実際には勇者でもなんでもない『器』に過ぎなかった。その事実を、彼は既に目覚めた直後に教えられている。

「私も行く。だってあの子、泣いてたもん。本当に偉大な神様とそのしもべはね、困ってる子を見捨てたりしないんだ」

アンゼリカは静かに決意を口にした。

共に迷いはない。行く先に希望があるかどうかなど最初から問題にしていない。

ただそうするという意思が二人を突き動かしている。

それを見てとったミードは、わかりきった答えを確認するように問いかけた。

「二人とも、無謀だってわかってて言ってるんだよね。止めたって無駄かな」

同時に頷《うなず》く後輩たち。ミードは苦笑して「だよね」と言った。

アンゼリカは自分の胸を押さえてミードを見つめ返した。血塗れの翼から漏れ出す邪神の気配。その忌まわしい運命から、彼女は未《いま》だ逃れることができていない。

「少しでも遠くに逃げた方が助かる可能性は高いってわかってる。もし運良くこの場を切り抜けられたとしても、私は世界の敵になっちゃったし、帰る場所もないし」

不安がないわけではないのだろう。恐ろしさを感じていないはずもない。

アンゼリカはずっと傷ついてきた。

それはきっと、彼女が全てを失ったあの崩壊の日から。

そしてこれからも同じように失い続ける。その恐怖に立ち向かうため、彼女は戦いに赴くと決めたのだ。

「けど行かなきゃ。主様《あるじ》ならこのくらい簡単になんとかできる。私だってしもべとして認めてもらったんだから、できることを頑張りたい。それで全部終わったら、主様によくやったって褒めてもらうんだ」

もしも期待されているのなら、それに応えたい。

彼は言った。『その命尽きるまで仕えるがいい』と。

その言葉が嬉《うれ》しかったからこそ、アンゼリカは『主様のしもべ』でいられたのだ。

「血塗《ちまみ》れでも、穢《けが》されても、堕天使でも。私だって、『かっこつけ』だから。好きな人に期待されたら、応えなきゃって。それだけ」

思わずアンゼリカを見たセロトの前でいたずらっぽく笑ってみせる。

二人は見合わせておかしそうに笑い合った。

その姿を優しく見つめていたミードは、覚悟を決めるように手にしていた矢の残りを二人に渡してこう言った。

「これは遺物の力を実体化させた『苦痛の矢』。戦っている時、もしアンゼリカちゃんの覚悟が決まったらそれを自分の身体《からだ》に突き刺して」

「えっと、なんで？　痛そうなんだけど」

戸惑うアンゼリカに、生首の老人が解説する。

「苦痛に対する選択で人の神秘の性質は決まる。惰性で突き進むミードには無意味なものだが、歓喜型のアンゼリカ君やアド君にその矢を突き刺せば能力発動の起爆剤になるのだ。苦痛の解釈を変え、試練や喜びという自分の力に昇華できるわけだな」

つまりミードの矢には瞬間的に神秘の力を増幅させる力がある。

しかしその説明だとセロトに渡した分は無意味になってしまう。あくまでも、彼が彼のままでいるならばの話だが。

「分の悪い賭けだけど、セロト君が自分の魂にその矢を突き立てることで、アンゼリカちゃんと同調したアド君を更なる窮地に追い込むことができるかも」

「窮地に追い込まれたあの少年が目覚める可能性に賭けるわけか。本当に大博打《おおばくち》だぞ。それもアンゼリカ君の祈りが届いて邪神の力を抑え込めるという大前提が必要だ」

全ては自分次第だと理解したアンゼリカの表情が引き締まる。

だが天使の顔に恐れはない。彼女はもう戦うと決めていた。

「白竜に挑むんだから、このくらいの賭けは必要でしょう？　アンゼリカちゃんとセロト君だけに頼れない。使えるものは全部使わないと」

そしてそれはミードも同じだ。老人は表情を動かさずに問いかけた。

「ドーパ君を呼ぶ気か」

「うん」

「わかっているのだろう。次に彼を呼び出せば、おそらく人格への影響は不可逆な結果をもたらすぞ。帰って来れなくなるかもしれん」

「知ってる。それでも行かなきゃ。私は生きている間に、何かを成し遂げたい」

周囲の仲間たちが不安そうにミードを見つめる。

何かの覚悟を決めた彼女がどこか遠くに行ってしまうようで、不安に駆られた友人たちが手を伸ばして縋《すが》り付く。

「ミーちゃん」

「部長」

「ちょっと待て、すぐに俺たちも」

蜂蜜色の髪をした妖精の少女は首を振って仲間たちの制止を振り切った。

「いいの。私にみんなを守らせて」

世界を揺るがし、聖域によって善悪を二分していく神の偉業を睨《にら》み付ける。

彼女にとってそれは許しがたい暴挙で、絶対に止めなければならない最悪の未来だ。

「勝手な基準で何が本当かを決めつける権利なんて、誰にもない」

立ち上がって、セロトとアンゼリカに並ぶ。

戦えるのは三人だけ。勝算は薄く、生還の望みは更に低い。

否、それどころか。

ミードは最初からその前提を放棄していた。

「私ね、月が好きなの」

唐突とも思える語り出しに、周囲は首を傾《かし》げた。

ミードは謳《うた》うように永遠の白に染まった空を見上げ、寂しそうに続けた。

「夜ごとに姿を変えるけど、巡り廻《まわ》ってまた同じ顔を見せてくれる。分厚い雲がかかっていても、その向こう側では確かな輝きを放っている」

老人の表情がくしゃりと歪《ゆが》んだ。それがなにを意味する言葉なのかに気付いたからだ。

大切な存在が変わらぬ情愛を向けてくれている。そのことに安堵《あんど》するように微笑《ほほえ》んだミードは、穏やかに言葉を続けた。

「変わるけど、変わらないの。光が届かなくなる時もあるけど、必ずまた現れて闇夜を照らしてくれる。そんな確かさが好き。白い空、確かに綺麗《きれい》ではあるのかもしれないけど。ずっとこのままはちょっと嫌。だから、ちょっと行っていつもの夜を取り戻してくるね」

それを決意の表明として受け取った仲間たちは思い思いの表情を浮かべながらも、ミードの意思の強さを知るがゆえに引き止めることを諦めた。

アンゼリカとセロト、セイロワーズだけが違った。

それぞれが異なる受け止め方をしていた。そうなるように伝えたのだ。

それは伝言で、激励で、それから。

「大丈夫。私は変わっても、変わらないよ」

満面の笑顔のまま軽やかに、ミードは遺言を口にした。

†

開戦を告げる矢の雨が巨体に降り注ぐのを感じて、白竜が身動《みじろ》ぎする。

それは神の意識にとっては針で刺されるようなささやかな刺激でしかなかったが、世界を作り替えるための繊細な作業を進める白竜の肉体にとっては無視しがたい横槍《よこやり》だった。

頭を後ろに向けた白竜は一瞥《いちべつ》し小さく息を吐きかける。

ただそれだけの動作が、巨大な爆発を引き起こした。

少しの間を置いて、竜の目が訝《いぶか》しげにすぼめられる。

潰したと思ったはずの虫がまだ生きている。

輝く翼を広げた少年が飛んでくるのを認めた白竜は驚きに打たれた。

白竜の力を受けたというのにこの小さな生き物は傷一つない。

それも当然である。

「おお　なんと　懐かしい　魂は　巡っていたか」

白竜ヒムセプトとセロト。両者が纏《まと》う神聖な気配は全く同質のものだった。

聖域に相応《ふさわ》しいものを庇護《ひご》し、邪悪なものを排除する神の力。

ヒムセプトが己の忠実なしもべを傷つけることはない。白竜は苛烈さと同じように慈悲深さも併せ持っている。

セロトは発光する翼を広げ、その清浄なる力を大きく広げていく。

白竜が実行し続けている世界への改変、聖域による侵食を押し留《とど》めようというのだ。

叛逆《はんぎゃく》ともとれるその行動を、白竜は咎《とが》めず鷹揚《おうよう》に受け止めた。

「代行者よ　お前の　諫言《かんげん》であれば　耳を傾けるとしよう」

セロトが稼ぐことができるわずかな時間。それが作戦の成否を決める。

流星のように飛翔《ひしょう》したアンゼリカが白竜の手に乗っていたレイミアに突進し、刃《やいば》を交えた二人が墜落していく。

「アンゼリカっ！　いい加減に私の前から消えて!!」

「やだよ！　レイミアの言うことなんて、聞いてあげない！」

ぼろぼろの校舎の屋上に降り立った二人は剥《む》き出《だ》しの敵意が命じるままに血の礫《つぶて》と白色の光をぶつけ合わせた。復活した白竜から神秘の力を授かった聖女と、復活しつつある邪神の魂と繋《つな》がった堕天使。光と闇の力が激しく激突する。

そして、地上で最後の戦いが始まる。

天に向けられた矢のない弓。何も番《つが》えずに引き絞り、放す。

勢いのまま裏返った弓が上弦の月を模して、現実に架空の姿を投げかける。

「満ち狂え、『眩月《げんげつ》』」

ミードの宣名詠唱が遺物の形を塗り替えた。

半月の形をした輝きが解けて無数の光帯となり、ミードの手足に巻き付いていく。

「今、僕たちは浄化と選定で忙しい。邪魔をしないでくれ」

竜の手から校庭へと降り立ったメシスが片手に持った水晶玉を輝かせる。

真実の剣をミードに向けると、遺物を中心にして清浄な空間が展開されていった。

白竜の力を象《かたど》った遺物は偽りを否定する。

ミードが得意とするまやかしはもはや彼には通用しない。

「選定？　生徒会は貴族も亜人も分け隔てなく全ての生徒を公平に扱うべきでしょう。私とあなたでそこだけは意見が一致していたはずだけど」

「僕は能力と性質を重視する。実力に基づいた選定を差別とは呼ばない。悪人を罰することを差別とは呼ばない。線を引かなければ正しく弱い者が苦しむことになる」

勝利への道筋が水晶玉に映し出され、次々に移り変わる可能性の道を歩むべく様々なメシスが分岐していく。必勝の軍勢に立ち向かうミードはたった独《ただ》り。

だがその身のこなしは素早く、幼い頃より王宮で剣術を叩き込まれた上に数々の戦場で様々な勝利と敗北の分岐を経験してきたメシスを圧倒していた。

嵐のように疾走し、次々にメシスたちを薙《な》ぎ倒していくミード。

尋常ならざる腕力で紫紺の貴公子の繊細な顔面を歪《ゆが》ませ、振るわれた刃《やいば》の腹を正確に弾《はじ》いて懐に体当たりを仕掛け、竜巻じみた回し蹴りで包囲を纏《まと》めて吹き飛ばす。

「なるほど。予知を無意味にする僕の反応速度を超えた攻撃か。自分に幻惑をかけて肉体の枷《かせ》を外したのかな。さしずめ暴走状態とでも」

後方で分析していたメシスが殴り倒される。

超人的な身体能力を発揮して獣のように暴れ回るミードだったが、メシスは超然とした態度を崩さないまま猟師のように相手を追い詰めていった。

罠《わな》を張るようにミードが突っ込んでくるであろう空間に刃を置き、勝ち目の薄い自分を囮《おとり》として配置する。半妖精の美貌が斬撃を受けて歪み、ほっそりとした身体《からだ》に幾つもの裂傷が刻まれていく。

貫かれた腕が垂れ下がり、大腿部《だいたいぶ》から止《と》め処《ど》なく血が流れ落ち、吐血の量は明らかに生命の危機を知らせている。メシスは眉根を寄せた。ミードが止まらない。既に満身創痍《まんしんそうい》のはずだが、その勢いがむしろ際限なく増して行っているのだ。

「投降してくれないか。殺したくないんだ。君は正しい側の人間だよ」

「どちらかなんて、決められたくない」

異変に気付いたのは、振り下ろした刃をミードが素手で掴《つか》んだ瞬間だった。

切り裂かれた掌《てのひら》から血が流れ落ちている。手が切り落とされていなければおかしい速度で振ったはずなのに、凄《すさ》まじい握力で掴まれた真実の剣はそこからぴくりとも動かない。

違う。切ったはずだ。ミードの腕を切り落とした未来を、確かに見ている。

だが現実にはミードの腕は繋《つな》がったままだ。何らかの神秘が働いていることは間違いない。包囲した無数のメシスが四方八方から刃《やいば》を突き入れ、回避しようと身を捩《ねじ》ったミードの背を追った斬撃が斜めにその肉体を裂く。投擲《とうてき》された剣が肩を貫き、身を低くして接近した一人が下から切り上げて足を切断する。

「だからあなたが言う選別とか選定とかいう現実を、私は認めない」

四肢をバラバラに引き裂かれて死んでいるはずのミードは元の状態のまま戦闘を継続していた。もはやこれは自分の脳を幻惑で騙《だま》して肉体の限界を超えているなどという理屈では到底説明できない現象だった。

何度も傷つき、しかし決して倒れない。

耐え難いほどの苦痛を受けてなお負けを認めずに走り続けるその姿は金色の光をなびかせる一条の矢のようだった。弓から放たれたが最後、外からの力に影響されない限りにおいて矢はどこまでも突き進む。ならば慣性を維持するためにはどうすればいいのか。

ミードが出した答えは答えになっていなかった。

外からの影響を認めない。少女の爛々《らんらん》と輝く瞳は現実を否認していた。

神秘現象とは現実の超越だ。

惰性と名付けられたその神秘特性は、現在の運動状態を維持しようとする自身の形を万難を排して保持しようとする。あらゆる抵抗、摩擦、障害物といった外的要因を積極的に否定し、無視しようとするのだ。

不可能な現実を拒否し、受け入れず、決して諦めない。

苦痛を無視して突き進む。たとえその行為がどのような代償をもたらすとしても。

「私は亜人でもあるし貴族でもある。どちらの気持ちもわかるし、どちらの気持ちもわからない。どちらも憎いし、どちらも好き」

「君はいつだってそうだ！　僕に与えられなかった生まれと視点を持っている！　だが僕は僕にしかなれない。真実はひとつだ。僕はカームたちと共に歩む未来を失った。誰もが手を取り合う善き未来を、彼らは肯定しなかった」

「違う。あなたは何にだってなれる。私たち、それをもう知っているはずでしょう」

「あの可能性は破綻している！」

メシスは人間の善性に期待していたからこそ真実に絶望していた。

仲間を大切に思う人の善性こそが邪悪と裏切りを生む。

絶対の信頼を置いていたカームが仲間として選んだのが同じ竜人たちであり、自分は彼の善性に反する『敵』でしかなかったこと。

覆しがたい真実を、彼は乗り越えることができない。生まれは選べない。英雄であり王子である自分を選ぶことしかできないメシスは、現実に呪われている。

怒りと羨望をない交ぜにした悲鳴が刃ごとミードの命を引き裂いていく。胸を貫かれたミードはメシスの胸ぐらを掴《つか》んで思い切り引き寄せ、相手を固定したまま連続して拳を叩《たた》き込んだ。

「たったひとつの真実なんて、私には決められないよ。一番強い気持ちがあれば、それが全てなの？　人間ってそんな単純なものじゃないでしょう！」

「それでもカームは僕を刺したんだ。僕は彼を殺した。その結果はもう選ばれてしまった！　僕はこの国を導く王族であり英雄だ。勝利に納得しなければならない！」

首を刎《は》ね、目を貫き、耳を裂き、鼻を飛ばす。

口の中に入り込む刃《やいば》の感触。体内を駆け巡る灼熱《しゃくねつ》すらいっそ心地良いと疾走する。

ミードは鉄の味を感じながら言葉を紡いだ。自分自身に命じるため、呪文という名の説得を続けていく。

「あなたは諦めが良すぎるのよ！　アンゼリカちゃんは諦めてない。だからあの子はレイミアちゃんのところに向かったの！　変わることが失われることだなんて、誰が決めたの？　真実があるなら、私は自分で決める」

そこでようやくメシスは自分の感じている異常の正体に気が付いた。

いかにミードが異常な耐久力で攻撃を無視し続けているとしても、捕縛なり無力化なりの勝利に辿《たど》り着けないのはおかしい。メシスは必ず勝利の可能性に辿り着く。その力は絶対だ。ミードが実行している策は遺物による無謀な突撃ではないのかもしれない。

戦いながら喋《しゃべ》り続けている。彼女が諦めていないのは戦闘ではない。

対話だ。

「ミード、君は」

「私たちは、学院を守る生徒会執行部でしょう？　生徒たちを怯《おび》えさせ、選別し、騒乱を引き起こすなんて生徒会がやるべきことじゃない」

生徒会長と副会長。同じ組織に属する仲間として、ミードはメシスに語りかけている。どこまでも善良で優しい少女の目が宿すのは敵意ではない。

敵でなければ、辿り着く未来は勝利や敗北で切り分けることができない。

彼女はこの状況下でも最後には手を取り合って同じ未来に辿り着けると信じていた。

ミードは必ず敵に勝利するメシスにとっての天敵、すなわち彼の味方だった。

「やめてくれ、君が正しかったら、じゃあ僕は」

震える声でメシスが後退《あとずさ》る。ひとり、またひとりと分岐体が消滅していき、その戦意が削《そ》がれて怯えに変わっていった。

「僕は、カームに裏切られた分岐を肯定したくない。どんなに悔やんでも、僕の真実はもうこの先にしかないんだ」

民衆にとっての英雄として期待され続けたメシスは自分を肯定する以外の道を知らず、前に進み続けるしかない。

受け入れ難いカームの刃。その痛みと向き合うことを忌避するようにメシスはその場から逃走した。味方として説得を試みるミードに勝利する道が見えなかったのだ。それは彼自身がミードに勝利することを本心では望んでいないことを意味していた。

追いかけようとしてミードはふらついて倒れかけ、しかしかろうじて踏み留《とど》まった。

「時間は稼げたかな。セロト君、いける？」

小さく呟《つぶや》くと、口もとで小さな光の粒が弾《はじ》けて散った。

「まだ、あと一仕事」

傷だらけなのに傷一つないという矛盾した状態でその場に立つミード。

その戦いに代償が伴わないはずもない。

祖父に教わった古い秘儀と地下図書館で蒐集《しゅうしゅう》した禁書、それらの知識からミードが組み立てたのは亜人に禁じられている古代の神秘を遺物と併用する技術だった。

この状態のミードの力はメシスすら圧倒するほどの無敵性を誇る。だが彼女は理解していた。これは自分を焼き尽くすような魂の燃焼行為だと。

命を薪《まき》にかえ、魂を燃やしながら疾走する。これはそういう種類の無謀だ。

つまりは、ただの自殺である。

「大丈夫。まだメシスとわかり合えそうだって、確かめられたから」

ここからは彼らに任せていいだろう。だから今、自分の役目をここで終わらせる。

白竜を足止めするセロトにも限界がある。

その説得が奏効すればいいが、神の性質はそうそう変わるものではない。彼らは変化を知らず、成長をしない。ある性質や真理を象《かたど》った擬人化存在は現象に近いものだ。

「その性質を、切り分けて貶《おとし》める」

ミードにそんなことはできない。したいとも思わない。

だから今からすることは、きっとミード自身を否定する行為だ。

それが自死だとしても、彼女は生きているあいだは前に進むことをやめたくなかった。大切な後輩たちに未来を見せたい。自分が与えられたように、美しいものを与えたい。

世界は苦痛に溢《あふ》れていて、真実はどうしようもなく苛酷だ。

だからこそ、それだけではないと言うべきなのだ。

ミードは自らの役割をそう定めていた。

「後輩たちより、私はお姉さんだからね」

そして、致命的な一言を口にする。鍵となるその単語、その自己認識がミードという自我を蝕《むしば》み、歪《ゆが》め、本来そうであった形から逸脱させていく。

「お姉さん。お姉ちゃん。そう、私は弟を呼ぶ者」

虚《うつ》ろになっていく目。感情の失《う》せていく声。ひび割れていく魂。

それはあまりに致命的な終わりの始まり。

「弟くーん！　おねえちゃん、弟くんに会いたいよー！」

突如として甘えた声で叫びだしたミードに、逃走していたメシスが思わず振り返ってぎょっとする。校庭の至る所に隠れて激闘を見守っていた生徒たちも信じられないという表情でミードの豹変《ひょうへん》を凝視していた。

これまでも公衆の面前で変貌した彼女の姿を晒《さら》したことはあった。しかし、全校生徒の前で姉として絶叫したことはなかったのだ。この先に待ち受けているのは社会的な死。ミードが築き上げてきた立場は恥という刃《やいば》によって無惨に処刑されるだろう。

「おねえちゃんねー、ドっくんがいないととっても寂しいの！　はやく出てきてほしいなー。おねがーい！」

美しき蜂蜜色の妖精、生徒会副会長ミード。誰より強く優しく、凛々《りり》しく颯爽《さっそう》と振る舞う秩序の信奉者。弱きを助け強きにも微笑《ほほえ》みを忘れない、女神のようだと慕う生徒すら数多い憧れの的。そのイメージが凋落《ちょうらく》し、常人なら羞恥のあまりに自殺していてもおかしくないほどの屈辱的なひそひそ話が少女を襲う。

冗談のような姉としての媚態《びたい》は人格を破壊していく。

ミードという個我が死に、一人の少女の心が摩滅する。

それでもここで立ち止まれば後悔するだろう。

後輩たちを助ける。生徒たちを救う。祖父を救ってくれた恩に報いる。

何よりもミードとしての在り方を貫くために、ミードは自分という魂を放棄する。

「おねえちゃんはウサギさんと一緒で、寂しいと死んじゃうんだぞっ！　おねえちゃんウサギは、弟くんウサギとはやく会いたいなー」

聞く者の正気を喪失させる召喚の呪文は詠唱する者を錯乱《さくらん》させ、その魂を破壊していく。指を差して笑っていた生徒の表情が引《ひ》き攣《つ》り、共感性羞恥によって顔を押さえてのたうち回る。だが当のミードは惰性のままに呪わしい言葉を唱え続けた。

「弟くん、しゅきしゅき」

亀裂。大切な記憶が砕け散った。名前を忘れたあの親友は自分を何と呼んでいたっけ。

「ドっくんを想《おも》うと胸がドキドキどっくん」

亀裂。感情が死んだ。部員たちと共に異界を探検し、困難を乗り越えて荒ぶる神々の封印を安定化させた時の達成感。あれはどんな気持ちだったっけ。

「お夜食はドっくんの大好きなお姉ちゃんの愛情入りパンケーキだぞっ」

亀裂。決定的な何かを喪失する。なにを忘れたのか、もうわからない。誰が何を失ったのかも。ああ、失ったと感じているこの主体は、いったい何て名前だったっけ。

もうじき自分すらも壊れて消える。

不可逆的な存在の欠落。自分ではない自分が意識を上書きしていく。

これから呼び出そうとしているものは、きっと良くないものだ。

自分の中で眠っていた何かが目覚めていく。

病的な愛情、狂おしいほどの執着、衝動だけを核にした魂。

もはやこれは自分ではない。

それでも、その想いの強さだけは本物だった。

「やれやれ、仕方のない姉さんだ」

飛翔《ひしょう》していたセロトの姿が光に包まれ、その姿を変えていく。

宙に浮いていたのは声から背丈まで全くの別人。

眼鏡に手を添えて不敵に微笑む少年、ドーパだった。

「ほう、白竜なんて久しぶりに見ましたね。天才の私にかかれば赤子も同然ですが」

尊厳を破壊されながら滑稽に笑いものとなりながら死んでいった無惨な魂。少年は眼下の『器』に微塵《みじん》も意識を割くことはない。彼が応える呼び声はこの世にただひとつ。たったひとりの姉、その魂だけだ。

「それでは愛すべき姉さんのため、私の力をご覧に入れましょう」

不遜な態度で神を見下ろすドーパに対し、白竜は咎《とが》めるような咆哮《ほうこう》で平伏を命じた。命令の呪文。神が実行したそれはあらゆるものを地面に叩《たた》き落とす重圧となって全ての生命を圧殺する。

「相も変わらず、芸のない」

鳥や虫が次々と落下していくが、ドーパは宙に直立したまま微動だにしていない。ならばと横薙《な》ぎにした鉤爪《かぎづめ》の一撃をひらりと宙返りで躱《かわ》し、一回転した少年の手には光輝く弓が握られていた。

「実に切り分けやすい事象連続体だ。そんな解像度の粗い『真実』を、この私が解体できないはずがないでしょう」

無造作に弦を引いて放す。直後、ドーパの周囲から無尽蔵とも思えるほどの輝く鏃《やじり》が出現しては射出されていった。光の暴風雨となって白竜の前進を削り取る圧倒的な力。

甲高い絶叫を上げながらのたうち、校舎を破壊しながら翼を広げて鏃の雨から逃れようとする白竜。空高く飛翔《ひしょう》したヒムセプトを追跡していく光の軌跡。

「逃がしませんよ」

眼鏡の橋梁《きょうりょう》を押さえながら宣言する。静かな命令によって無数の光条が白い空に幻惑的な模様を作り上げた。天を舞う白き竜と曲線を描いて踊り狂う光の矢の追いかけっこは、ドーパが指を弾《はじ》いて更なる追撃を加えたことで終わりを迎えた。

無数の輝きが白竜の尾と足、下半身に集中して爆発する。呪わしげな咆哮と共に校庭に墜落した白竜を、ドーパは冷え冷えとした視線で見下ろした。

「神々ならば一度封じている。私が勝てない道理はないでしょう？」

弱々しく呻《うめ》く白竜。その下半身に異変が起きていた。

竜の姿が解けるように剥がれ落ち、内側に隠れていた赤子の姿に戻りつつあるのだ。

白竜もどきの赤子は、もはや神のなり損ないでしかない。

更なる異変。学舎の至るところに繋《つな》がった複数の臍《へそ》の緒がどくん、どくんと脈打ち、崩壊した学院が時間を巻き戻すようにして元の姿に戻っていく。

上半身だけの白竜が苦しげに呻き、ドーパは歓喜の声を上げた。

「さあ、新鮮な亜神の力をたんとお食べ、私たちの愛《いと》し子。つまらない聖域遊びはここまでだ。本当の悪夢を始めよう」

神すらも蹴散らす圧倒的な力を示したドーパ。その彼が見せた歪《いびつ》な笑みと禍々《まがまが》しい気配に、空を見上げるメシスは戦慄を隠せなかった。

あれはある意味で白竜などよりもよほど危険な何かだ。

ドーパを呼び出してはならなかった。

あれを放置していれば致命的な事態が進行する。

それは英雄と呼ばれた者の本能だった。

「させるものか」

水晶玉がかつてない輝きを放つ。

真実の剣と共鳴するように神秘の光を重ね合わせ、二つの遺物が一つに融《と》け合った。

「測定せよ、『万天星辰剣晶《ばんてんせいしんけんしょう》』」

柄《つか》に象嵌《ぞうがん》された竜の目が輝き、水晶と化した刃《やいば》が未来を映し出す。

示された可能性と行く先で増え続ける分岐点。

次々と実体化していくメシスは、白い竜の頭部に直立してドーパと相対する。

二人、三人、四人。

二柱、三柱、四柱。

メシスが増えるのと同じ数だけ、対となる白竜も増え続ける。

下半身が異形の赤子と化したとはいえ、上半身だけでも十分な脅威。

それが際限なく増え続けていく。

「この力は、敵が強大であり勝算が薄いほど僕の試行錯誤が多く必要になる。ここまで増えたのは生まれて初めてだ。君を最強の敵と認め、全力を尽くすと誓おう」

赤子の泣き声と重なり合う竜の咆哮《ほうこう》が大気を揺らす。

天を埋め尽くす無数の巨大な影は、その全てが白き竜。

堕《お》ちゆく竜神ヒムセプト。百を超え千を突破し、それすら足りぬと万に届いた恐るべき巨獣が水晶王国の空を絶望に染め上げる。

その群を東大陸の全ての民が見上げていた。

竜が咆哮と共に放つ光を見た西大陸の星読みたちが慌てふためいて異変を触れ回る。

南方では魔人族が。辺境の諸部族が。海の向こうの外来者たちが。

大陸が砕け、山が消し飛び、平地が隆起し、湖が蒸発する災厄の到来を知る。

荒い息を吐きながら二柱の神を封印し、一柱の神を滅ぼしたドーパ。

見上げた空にひしめく絶望の数に、不敵だった表情が強張《こわば》っていく。

「言ったよね。次は万全の状態でやろうと。今がその時だ。この程度の戦力で申し訳ないが、決死の覚悟で挑ませてもらおう」

圧倒的な強敵に果敢に立ち向かう英雄の表情で、万の竜神を従えたメシスの軍勢がドーパに襲いかかった。

18　不可分の一：夜空と月光

「刻め」

アンゼリカが手にした刃《やいば》に命じるのは単純な切断ではない。

神秘とは、形なきものを扱うための技法。借り物の心臓から流れ込んでくる断片的な知識と、かつてよりも鮮明に見えるようになった視界がそれを教えてくれる。

空間をなぞり、隔て、断つ。それは一面的な捉え方に過ぎない。

踊るように剣が宙を舞う。前方の竜人が掌《てのひら》から放つ白い光弾を切断しながら校舎の屋上を滑るように低空飛行。刃の先端速度が上昇し、始点から終点に到達するまでの時間が極小へと近付いていく。まだ足りない。もう少し。

「しつこいですよ、アンゼリカ！　さっさと逃げていれば命だけは助かったでしょうに、死にたがりですか!?」

接近して刃を合わせるたび、二人は言葉をぶつけあう。

一人の少年を巡って他愛《たあい》のない口喧嘩《げんか》をしていた時がこんなにも遠い。

二人はいま、本当の奪い合いをしている。多分、形のないなにかを巡って。

「そうかも。考えないようにしてただけで、ずっとそう思っていた気がする」

アンゼリカの冷え切った呟《つぶや》きに、ぎょっとした表情で絶句するレイミア。自分で口にした言葉にひどく打ちのめされている。そんなにも繊細な人間が、多くの巻き添えを必要な犠牲と割り切って世界を変えると息巻いている。なんて滑稽なんだろうとアンゼリカは笑おうとして、笑えなかった。

誰がこんな運命を彼女に強いたのだろう。

アンゼリカはレイミアの頭上に視線を向ける。

胸に湧き上がってきたのは黒々とした憎悪と怒り。

心臓が強く鼓動を打つ。永劫《えいごう》の彼方《かなた》から美しい漆黒の糸が現世へと伸びてきているのがわかった。必死の手探りだ。再びこの世界に生まれたいという赤子が賢明に目を見開こうとしている。祝福されるべき命の衝動。

転生に焦がれる邪神の、全てを破壊したいという純真無垢《むく》な願い。

この胸の鼓動を肯定すれば、アンゼリカは殺したい相手を確実に殺せるだろう。

憎らしい、許せないと怒り狂う対象を塵《ちり》も残さず滅ぼせる。けれど。

「臆するな。そして、恥じるな」

確かめるように己に命じる。訝《いぶか》しむレイミアを見据え、剣を構え直した。

悪心によってでもかまわない。邪悪な敵を討つために必要ならば怒りだって薪《まき》にして心を燃やそう。それはアンゼリカにとって必要な武器だった。

切っ先を敵に向ける。レイミアの頭上、そこで蠢《うごめ》く巨大な存在に。

心臓の鼓動が強まるほどにアンゼリカの肉体は魔人族のように作り替えられていく。

変質した目が映すのは、これまでとは違う神秘に満ちた世界だった。

それはきっと優れた神秘の担い手が理解していたこの世のもうひとつの真実。

隠されていた校舎の上の赤子のように。

世界は、悪夢で溢《あふ》れていた。

「レイミア。自分が何を抱えているか、気付いてる？」

「当たり前でしょう。これは教主様から賜った私の誇り。竜人の過去を背負い、未来を担うという誓いそのものです」

神秘に馴染《なじ》み深い熟練の探求者たちが目を凝らしてすら見通せぬ深みにそれは潜んでいる。薄暗いこの世界の裏側、深海の如《ごと》きもうひとつの幽世《かくりよ》に。

「蛸《たこ》の足？　それとも蛇の群れ？　どっちにしろ気持ち悪いよ。てか絶対重いでしょ」

「なんとでも言いなさい」

レイミアの頭部にへばりついているのは長大な蛇のようでもあり、うねる触手のようでもある名状しがたい何かだった。それは似たような無数の部位が寄り集まって構成された集合体であり、至るところに嘆きと怨嗟《えんさ》の声を上げ続ける人面が貼りついていた。

無念のままに死んでいった亡霊、あるいは悪霊たちがレイミアに取り憑《と》き、その頭髪から背中にかけてずしりとのし掛かり続けている。

「偉大なる祖霊の方々が背中を押して下さっているのです。私がここで折れることは許されません。弱く愚かな私の表層人格は簡単に折れてしまいましたが、この私は違います。

大いなる力が叡智《えいち》を授けてくれる。全てのためらいを消してくれる！」

蠢《うごめ》く悪霊の群がレイミアの四肢に纏《まと》わりつき、目や口から入り込んだ邪念が涙や怯懦《きょうだ》を取り払う。アンゼリカには見えていた。刃《やいば》を振るうたびに怯《おび》えるレイミアの表情が。誰かを傷つけることに耐えられない弱い心が。

「操り人形ってことだよね。ま、実技じゃいつもへっぴり腰で私に負けてたレイミアを戦わせるためにはこうでもしないと無理か」

「うるさい！　余計なお世話です！」

頬《ほお》を赤らめて剣をデタラメに振り回すレイミア。突っかかってくる相手を軽くいなして、アンゼリカは冷静に距離をとった。

「奪われてきた誇りを取り戻そうとすることの何がいけないのですか。敬愛する祖霊たちにこの身を捧《ささ》げることがそんなに悪いことですか？　わかってくれると思ってたのに。あなただって、家族を失ったじゃない！　同胞がたくさん殺されたじゃない！」

「わかんないよ。レイミアのことなんて」

「わかってよ！　誰からも認められたお姫様のくせにっ」

悲鳴のように刃を振り下ろす。火花散らす刃と刃は感情を吐き出すための道具。鍔迫《つばぜ》り合《あ》いしながら腕を押し込む。膂力《りょりょく》ではアンゼリカが上だ。見つめ合う状態を維持してもレイミアに優位は訪れない。

それでも、彼女は逃げることを拒むように相手を睨《にら》み付けた。アンゼリカもまたその視線を真っ向から迎え撃つ。繰り返すように言葉を続ける。

「わかんないよ。そういうの、考えたこともない」

「あなたは、どうして」

苛立《いらだ》ち、悔しさ、羨望、呪わしいほどの感情が穢《けが》れとなって迸《ほとばし》り、レイミアを取りまく悪霊たちがそれを貪るように吸い込んで浄化していく。

その歪《いびつ》なありようにアンゼリカの中で何かが切れた。

突き飛ばして息を吸う。叩《たた》きつけるのは刃《やいば》ではない。全霊の叫びだ。

「わかんない！　だって私、みんなから愛されてたもん！　王女で幸せだったもん！　困ったらみんな相談に乗ってくれるし優しく助けてくれるしわかんないことあったら教えてくれるもん！　お城のみんなも街のみんなも王女の私を愛してくれた！　だからレイミアの苦しい気持ちなんか全然わかんない！」

時が凍りつく。レイミアが瞬時に沸騰した。

「ふざけないで。何なんですかあなた。そういうところが嫌いです。大嫌い」

「私も嫌い！　私のこと嫌いなんて言う人、レイミアが初めてだよ。いつも文句ばっかでうるさいし、私のアド様とろうとするし、勝手にどっかいなくなるし！」

アンゼリカに引《ひ》き摺《ず》られるようにして、レイミアも子供のように怒鳴り返した。

勢いだけで言葉を重ねる。勢いがなければ言えないこともあった。

軽々しく近付くには互いの境遇は危うすぎて、手を取り合うには掴《つか》みたいものが貴重すぎた。結局のところ、殺し合うまで行かなければこの未来はなかったのだろう。

「誰かに嫌われるなんて初めてだったの。だからずっと考えてた」

もう何度目になるかもわからない驚愕《きょうがく》の気配。レイミアが硬直している。

天使の頬《ほお》を伝うのは涙だ。乾いた頬を濡《ぬ》らして、密《ひそ》かに抱いていた願いが溢《あふ》れ出す。

「どうしたら仲良くなれるのかなって。友達にはなれないのかなって」

天使が縋《すが》るものは、主《あるじ》と慕う神だけでいいはずだった。

それでも愛されて育った天使が失ったものは大きすぎて、新しく得た仲間に裏切られたのだと納得するには彼女の心は脆《もろ》すぎた。傷ついた自分を守るために攻撃性ばかりを研ぎ澄ませた少女は、ずっと恐れていただけだ。

「教えてほしいの。レイミアのこと、つらかったこと、いま苦しんでること。ちゃんと知って、力になりたい。それが酷《ひど》いことだったら、止めなくちゃって思うの」

鼓動を続ける胸を押さえて、失ったものと得たものを想《おも》いながら天使は言った。

「私はもう何も失いたくない。何もわからないまま、誰かに失わせたくない。どんなに恐ろしいことからだって、何も奪わせない。奪うのだって、もう嫌だよ」

アンゼリカにはレイミアのことがわからない。

レイミアにはアンゼリカのことがわからない。

けれど、ひとつだけ確かに信じられることがある。こうして刃をぶつけ合うよりも前から、本気でぶつかり合っていたからこそ想いの強さを知っている。

「レイミアはセロトが大事だって、私は知っている。私がアド様を想《おも》うのと同じくらいに、お互いに『負けない』って感じてたこと、わかってる」

だからアンゼリカは怒りに震えているのだ。

それは正しくない。その気持ちを曲げることは、神様にだって許されない。

「大事な人なら、ちゃんとそうだって伝えないとダメだよ。なくしてからじゃ遅いんだ。生きてるうちに、手の届くところにいる間に、好きだって言わないと」

「私、は」

形のない亡霊たちがレイミアの手を動かし、殺意を形にしようとする。

だが動かない。レイミアの身体《からだ》は異なる意思の反発によって迷いを抱きはじめていた。

そんな少女の姿を真《ま》っ直《す》ぐに見据えながら、アンゼリカは服の中にしまっていた小さな鏃《やじり》を取り出して言った。

「私はできるよ。そうするって決めた。どんなに身勝手でも、私はあの人に神様でいてほしいから」

勝手に期待して、希望を託して、呪いを押し付ける。

天使はそんなわがままを口にした。

器。勇者。そう名付けられた少年は誰かの意思に翻弄され続けている。

誰もが呪いを押し付けられ、呪いを押し付ける光のない世界で、アンゼリカもまたその繰り返しを選択した。

「誰かに心から願うその気持ちがわかるなら、願われる気持ちだってわかるでしょう。背負ったもののために、私が負けられないことだって」

「だからわかんないって。誰かに願われてつらいなんて思ったことないし、これからもそんなの知らなーい」

胸の鼓動を感じながら、アンゼリカは普段通りの明るい笑顔でそう言った。

「ていうかさー、レイミアは堅苦しく考えすぎじゃない？　押し潰されたり苦しんだりするよりもっと気楽な方が絶対いいって。ご先祖様の守護霊だったらさあ、おじいちゃんおばあちゃんがいっぱいいってことでしょ？　いい感じに甘えて便利に助けてもらってうるさいのは聞き流しとけばいいじゃん。なに主導権奪われてるの。ださい」

あまりの言い草に口をぱくぱくと開閉させるばかりのレイミア。ふさわしい罵倒表現が出てこないのだろう。それをいいことにアンゼリカは更に言いつのる。

「だってださいじゃん。家の言いなりなんだもん。彼氏くらい自分で決めなよ。私は婚約者ぜんぶイヤってごねたらお父様わかってくれたよ？」

追加の『甘やかされエピソード』によって神経を逆撫《さかな》でされたレイミアは完全に沈黙していた。言葉では表現できないほどの激昂《げきこう》が彼女の身体を支配している。

それは祖霊たちの制御する聖女としての戦いからはほど遠い、ただひとりのレイミアとしての『こいつ絶対泣かせる』という『本当の願い』だった。

レイミアが走り出す。刃《やいば》を握りしめ、拳を握り、ただ衝動のままに前進する。

アンゼリカが迎え撃つ。刃《やいば》の先に片手を置いて、相手の頭上に弓を引き絞るようにして狙いを定める。一秒、二秒、三秒。時を刻むように、世界を切り分ける。

「そこっ」

レイミアの目はその動きを捉えることができなかった。

その刺突には始まりの予兆も空間を通過していくという過程も存在しなかった。

それらは全て結果と同時に発生している。

あるいは、始まった瞬間に過程と結果が現れていたと言うべきだろうか。

時空を重ねるかの如《ごと》き神速。圧縮された空間。

それは必中の一撃となってレイミアの頭上を掠《かす》めていく。

否、狙いは精確だった。剣が穿《うが》っていたのは形のない亡霊の群れだ。

そして、届けたのは幻を見せる力によって隠していたある存在。

「え?」

目の前に現れたそれを見て、レイミアは目を丸くした。

掌《てのひら》に乗るようなこぢんまりとした姿。

軽やかに囀《さえず》り歌う嘴《くちばし》と忙《せわ》しなく動いて身体《からだ》を滞空させる翼。

小鳥だ。契約術という鳥籠で飼いならした使い魔である。

覚えのある清浄な輝きが小鳥を包み込み、遠くからの声を伝達する。

囀りと言葉が重なる。それは神が求愛のためにと美しく造形した天与の歌声。軽やかに爽やかに、籠の鳥は自由に叫ぶ。

「ごめんね。ひどいことを言ってしまった。本当のことだからこそ、ああいう言い方をしなければあの場を乗り切れないと思ったんだ。それでも、ごめん」

全ての前提を飛ばして、セロトは謝罪から始めた。

それだけで思い出したのだということが伝わる。

取り返しのつかないレイミアの罪も、同じように。

怯《おび》えるレイミアの前で、小鳥が鳴いた。

「僕たちの関係には嘘《うそ》しかなかった。僕の本当はあそこにはなかった。目覚めた後、学院で勇者として過ごしていた時間も偽りだった」

器。生贄《いけにえ》。それを誤魔化《ごまか》すためにレイミア自身さえ騙《だま》していた虚構。

祖霊たちが目覚めた今、彼女はその罪から逃げることができない。

だがセロトが続けた言葉は意外なほど柔らかい。

「でもね。僕は虚構の物語を演じるのが結構好きなんだ。かっこつけたり、ちやほやされたりするのもそう悪いものじゃない。だからレイミアとの思い出は、僕にとって大切なものだったよ。それだけ、伝えたかった」

小鳥が飛び立っていく。行く先にはいつの間にか天を埋め尽くしていた白竜の群れ。

絶望的な光景だが、小鳥に宿った小さな魂はそこに向かおうとしている。

「ちょっと行ってくるね。何ができるわけでもないけど、伝説みたいにこの身を捧《ささ》げれば怒りを鎮めてくれるかも」

神への献身。自らを犠牲にするとあっさり口にした小鳥に、レイミアは手を伸ばした。

その感情は恐れであり、後悔であり、贖罪《しょくざい》を求める罪人の嘆きでもあった。

口を開こうとするレイミアの全身を悪霊たちが苛《さいな》む。

竜人の全てを背負う聖女としての在り方を強制されたレイミアの瞳から光が失われていく。それを許さないと、義憤の刃《やいば》がふたたび形なきものを刻んだ。

「ちゃんと言って！　言わないと、私がとっちゃうからっ！」

痛みをもたらす鏃《やじり》を握りしめ、アンゼリカが天を仰ぐ。

姿を変えて光の暴風雨を従える眼鏡の少年、白竜の群と互角以上に渡り合う恐るべき三人目の勇者に向かって、力強く自分の意思を押し付けた。

「アド様！」

どこまでも真っ直《ます》ぐに、想《おも》いは空に響き渡った。

目の前で大切な少年の身体《からだ》が揺れ動く。

アンゼリカの刃が亡霊を一瞬だけレイミアから引き剥がす。

その時、竜人の少女が反射的に感じたのはたったひとつの憤りだった。

あって当たり前のものが不当に奪われようとしているという、これまでと全く同じ被害者意識。だからこそ、言葉は自然に口をついて出てきた。

「返して、それは私のなの！　私がずっと待ってた、セロトの身体なんだからっ！」

少女たちの願いは空へと昇っていく。

高く高く、永遠の白が続く終わりのない果てへと。

竜が舞う神の戦場を抜けて、願いの輝きはどこまでも飛翔《ひしょう》を続けた。

少年が手を伸ばす。空に向かって。焦がれるように。

そして、白い天蓋が音を立てて砕け散った。

†

純白の天空を引き裂く流星群。地上を幾度焼き尽くしても足りないだけの暴虐の嵐が天空の戦場で吹き荒れる。

白竜が吐き出す破壊の光が無数の矢と交錯するたび、万に届く可能性の軍勢が次々とその数を減らしていく。その一方で、眼鏡の少年は腕の一振りだけで大陸を打ち砕く光の奔流を掻《か》き消してしまう。

ドーパの操る神秘は現代の常識を逸脱していた。

神すら圧倒する本物の救世主。当然、彼には『勝利する未来を選択する』というメシスの能力に対する勝算もあった。

「視覚型占術の弱点は単純です。見ている光景が術者の主観でしかないこと」

つまり、メシスが勝ったと確信する光景を再現してやればいい。その上で勝利の確信を与えたまま意識の外から一撃で命を奪う。予知した通りの未来は完結している。

幻術、死んだふり、なんでもいいから相手を騙《だま》すことさえできれば絶対の未来予知程度はどうとでもなる。あとは物量が問題だが、空間が有限である以上、万に及ぶ数を同時に相手取る必要はない。せいぜいが四対一。それで負けない状態を維持できればいずれ自分は勝利できるという確信がドーパにはあった。

「さて、どうやって殺してあげましょうか」

「殺されるのは困る。彼はこの先の未来に必要だ。個人的に伝えたいこともあるしね」

「同感だな。未熟だが中々使える。そもそも勝ち方が迂遠《うえん》だ。俺なら正面から格の違いをわからせて敗北を教えるが」

眼鏡の奥《おく》で瞳が揺れる。自分の口が全く同時に別々の音声を発したからだ。

ドーパの中で、自分ではない自分が息づいている。

「余計なことを」

「黙って引っ込め。そしてせいぜい指をくわえて眺めてろ。お前ら六偉人が作り出したこの時代が、本物の勇者によって作り替えられる光景をな」

ドーパの身体《からだ》が歪《ゆが》み、霞《かす》んでいく。

白竜の放つ咆哮《ほうこう》が迫るさなか、セロトの手が鏃《やじり》を握りしめ、もう片方のアドの手に痛みを突き刺した。

「上出来だ、しもべ三号！」

「ありがとうございます、ミード先輩」

重なり合う言葉。重なり合う願い。

少女たちが伸ばした手、胸に抱いた想《おも》いは奇跡を生む。

この世の外側から救世主を呼び起こしたように、新しい真実さえも生み出していく。

相手の動きが止まった隙に一斉攻撃を仕掛けようとしていたメシスが戸惑いに手を止める。あれは誰だ。先ほどまで戦っていた相手ではない。これまでに見てきた三つの人格、そのどれとも違う何かが現れようとしている。

奇妙なことに、メシスがその時に感じていたのは脅威ではなかった。

たとえるならそう。ミードと相対していた時に感じたあの感覚。

「認めるわけにはいかない。わかっているだろう、セロト！　君という可能性は不安定すぎる。君が僕であるのなら、選ばれなかったという可能性を受け入れるべきだと！」

メシスは自分を奮い立たせるように再び未来を測定していく。

勝利に至る可能性を示し、万が一の可能性を手繰り寄せる。

メシスはずっとそうしてきた。起こり得る現実の中から最善を選び、たとえそれが痛みを伴おうとも自分の正しさを信じて走り続けてきた。

残った可能性がどんなに苛酷でも、真実がどんなに無情でも、選択から逃げればこれまで切り捨ててきた可能性の全てが嘘《うそ》になる。その刃《やいば》で貫いてきた敵《とも》の、不快な肉の感触に想いを馳《は》せる。踏み越えてきた屍《しかばね》を、なかったことにはできない。

「聖域の白竜よ、僕に世界を浄化する力を与えたまえ！」

占術によって描きだされた未来分岐像は鏡写しの自分だ。

聖域を作り出す神の力がそこに加わり、メシスは新たな力に開眼する。

彼が見据えるのは自分だけの未来ではない。

神の力を預かる化身として、世界に君臨する聖域の王。

掌握した自分の世界をまるごと『辿《たど》り着く未来』として予知し、可能性を現在に具現化させる。その結果として発生したのは世界の強制的な変容だ。

学院周辺のみに留《とど》まっていた白い天地が急速に広がり、大陸の全域を埋め尽くす。

森羅万象が白竜の支配下に置かれ、全ての人類は正邪に切り分けられる。

そこは絶対公平な世界。善きもの、優れたもの、正しきものが共存し、それを否定する邪悪が周辺へと疎外される。

聖域には世界を滅ぼす要因は存在しない。不当に奪い差別する心もなければ、怠惰を貪り他人を利用する卑怯者《ひきょうもの》もいない。

そこは完璧な公平を実現した理想郷。

真実を白日の下に晒《さら》す白竜の権能は全ての無知のヴェールを取り払う。

何が価値ある行為なのか。人間の正しい評価基準とは何か。

どの選択がより善い未来を導くのか。

メシスには全てがわかる。裁定者が全知全能である限り、傲慢にも思える公平基準の決定は正当化されるのだ。

「言葉遊びは終わったか、王子様」

それはアドの声で響いてきた。

だが不思議と目の前で羽ばたく少年の姿はひとつに定まらない。

不安定に揺れ動き、何が本当なのかがはっきりとしないまま勇者の言葉は続く。

「真実、事実、現実。そうやって切り分けた世界を受け入れるだけかい？　君はそのままだといつか押し潰されてしまうだろう。レイミアもそうだ。けどそれだけが全てじゃない。違う世界に救いはある。虚構の勇者がそれを教えよう」

今度はセロトの声。少年が掲げたのは弱々しい神秘を宿した低級遺物に過ぎなかった。幻を見せるだけの、現実に何の影響も及ぼせない無力な剣。

その刃《やいば》が光に包まれ、まっさらな状態へと漂白されていく。セロトが持つ浄化の力、遺物を無力化してしまう無能貴族の証《あかし》。

かすかに残っていた力さえ失って、いったい何ができるというのか。

そう考えていたメシスは目を瞠《みは》った。

剣の形が、変わっていく。

「そう。遺物を使えない理由は色々あるけど、言葉にすれば単純だ」

光に包まれた剣の持ち手が揺らぎながら流動し、少年の右腕に融《と》けていく。

それは奇妙な遺物だった。とても何かを切断できるようには見えない。

幻のように捉えがたく、なにものにも触れられないし届かない。

だがそれは確かにここにある。

未《いま》だこの世には存在しない、しかし命じ名付けることによって形を作り出していく。

「結局のところ、頼るよりも頼られる方が得意なんだ、僕たちは」

それは右手を包み込みながら肩までを覆う装甲だった。半ば籠手《こて》のように、半ば寄生生物のように右手を覆った柄《つか》から異様な刀身が天へと伸びている。

その剣には、刃がなかった。

なにも切れない剣。そんなものを果たして剣と呼ぶべきなのか。そもそも、肉体と一体化した遺物などというものを、メシスは見たことはおろか聞いたことさえなかった。

「これは『理想の剣』。虚構はいま新たな形に切り分けられた。この剣で、今から君の示す真実を打ち砕く」

「馬鹿な！　その遺物からは何の力も感じない！　第十等級ですらない、等級外の模造剣に何ができる！」

正気を失ったとしか思えない。常識外の言動を繰り返す目の前の誰かはいったい何を考えているのか。メシスは苛立《いらだ》ち、いまや全世界を染め上げた聖域の力で相手を強制的に排除しようとした。しかしできない。いくら念じても何も起きないままだ。

「何の力も感じない？　当然だ。これは俺たちの力を世界が耐えられる形で出力するための媒介に過ぎない。理想とは、もとより心の中にしか存在しない虚構なのだから」

響く声はアドのもの。

しかしその姿は、今や完全に別人の形に変わっていた。

片翼は神々しい光。片翼は穢《けが》らわしい闇。

白竜が放つ聖域の輝きと、邪神の眷属《けんぞく》が纏《まと》う破滅の暗黒。

相容《あいい》れない二つの性質を同時に宿した少年は、左右の色彩を交互に入れ替え続ける一定しない姿で安定していた。アドとセロト。本物と偽物。黒と白、闇と光。

「起こり得る可能性から選択するのは王の行い。だが有り得ない奇跡を創造するのは神の御業《みわざ》だ。教えてやろう、若き英雄よ。届かぬと知りながら手を伸ばす渇望の強さを」

宣言と同時に、勇者の力が聖域を突き抜けていった。

それは虚構ではなく、『理想』なのだという。

顕《あらわ》れたのは目に見えない力。メシスが示し続けた可能性の軍勢、その膨大な苦難の道が次々と消し飛ばされていく。

存在が重なり合う少年が掲げている未来はたったひとつだというのに、その輝きにどうしても届かない。

メシスは理解する。天上で輝くあの力強い神秘は本来取るに足りない妄想のはずだ。

『実現する可能性の存在しない未来事象』。それは蓋然性の高低だけで未来を選択するメシスが真っ先に切り捨てた、彼が見ることのできない可能性。

本来なら具現化できない、虚《むな》しい勝利の空想でしかないはずだ。

それが実現するとしたら。それはきっと、『奇跡』と呼ばれるのだろう。

「本当の神秘に、本当なんてないんだよ」

「神の創造行為を見るがいい」

二人の言葉が重なって、有り得ないはずの未来がここに形を成していく。

アドとセロトは遺物と融《と》け合った自分に語りかけるように、命令し、命名した。

それは呪文。神秘における基礎のひとつ。ある事象を私的な視座で切り分け、分節化し、『かくあるべし』と決定する。たとえ同じ遺物を使っても、使い手の『物事の見方』が違えばその神秘の顕《あらわ》れ方は違ったものになる。

誰もが空を見上げていた。誰もが違う視点を持って世界に生きていた。

けれど、それは確かに存在する。言葉では切り分けられない意味の中に、確かな希望は息づいている。ゆえに誰もがその名をあらかじめ知っていた。それは未《いま》だない答えのひとつの形なのだと、人々の心が理解したのだ。

「昇れ、『幽月』」

どこまでも広がる白い空に、亀裂が走る。

掲げられた剣の真上に、輝く理想が浮かんでいく。

それは様々に顔を変える幽き月《かそけ》。今にも消えてしまいそうな儚《はかな》さは、無限の広がりを夢想させる自由さと表裏一体。

天を覆い尽くす白竜の群れが真実を示そうと一斉に襲いかかる。

だが届かない。白い闇の頂点へと昇っていく玲瓏《れいろう》たる月はどこまでも遠く、可能性に縛られた限りある存在では到達できない高みへと遠ざかっていく。

アドが高く掲げた理想を掴《つか》む。

セロトが夜空に昇る儚い月に触れる。

瞬間、聖域の天蓋が音を立てて砕け散った。

世界中の人々がそれを目撃した。

さながら神話の一幕。文化圏ごとに伝承を変える千変万化の月の国。舞い降りたのは姿が一定しない月の化身。天空を埋め尽くす不遜な白竜に裁きを下すその姿を、誰もが畏敬の念を持って見つめていた。

ある者は恐れた。世界を終わらせる万の怪物を滅ぼす真の邪神が復活したのだと。

ある者は祈った。世界を救うべく偉大な神がその化身を使わしたのだと。

いずれにせよ、その理想は形を持っていた。

貴族も、亜人も、魔人も。誰かにとってのただひとつの真実はそこにはない。

切り分けられないものを、彼は確かに示して勝利していた。

振り下ろされた剣は無数の可能性を打ち砕き、白竜を墜落させる。

メシスの眼前に迫った刃《やいば》は寸前で停止し、何も切り分けないままに勝敗を告げていた。

†

悪夢のような世界がひび割れ、揺らぎ、崩壊していく。

仮初めの竜神はその姿を霞《かす》ませていく。

変貌は一瞬だった。竜の姿から異形の赤子へ。傷ついた神の幼体は本能のまま揺り籠である学院を目指し、蜂蜜色の温《ぬく》もりを求めて地上に帰っていく。

破滅的な戦場の全てが崩れ落ちていく中を、メシスはゆっくりと墜落していた。

「負けたのか。僕という可能性は、ようやく終われるんだね」

天上から皓々《こうこう》と降り注ぐ月光に照らされて、一人の少年がメシスに向かって降りてくる。

鏡写しのような姿。異なる可能性を歩んだ結果、決定的に違うものになってしまった異質な自分。

「選ばれたのは君だ、セロト。遠い日の僕。ありえない道を歩んだ、純真無垢《むく》な魂よ」

全く同じ起源を持ちながら、あまりに違った運命に直面したことで分かたれたセロトとメシス。さながら別々に育てられた双子のように、彼らはもはや異質な他者同士だ。

だから彼らが下す結論は異なる。セロトの声がメシスの諦観を否定した。

「メシス。君はまだ終わっちゃダメだ。聞こえない？　君を求める声が」

信じられなかった。メシスはそれを自分の弱さが生んだ幻覚だと思おうとしたが、次第に大きくなってくるその声を否定することはもうできそうにない。

「メシス様！」

目を見開く。自分が落下するであろう地点へと走る大柄な生徒を見つけてしまう。

妄想ではない。だがどうして彼が生きている？

裏切り、裏切られた。本当の願いをさらけ出し、そうするしかないと選択した。

真実の未来が、間違っていたとでも言うのだろうか。

メシスは確かに負けた。白竜の真実は打ち砕かれ、世界を覆っていた聖域は崩壊した。

本当の願い。その言葉だけでは捉えきれないものは、確かに示されたらしい。

「そうか。そんな未来も、あったんだな」

メシスの身体《からだ》が光の粒子になって消えていく。

神の代行者という人の分を超えた役割はメシスには耐えられなかった。いずれにせよカームは間に合わない。

「ダメだ、待ってくれ、消えないでくれ！　俺はまだ、あなたに何も！」

後悔、過ち、迷い、無思慮、衝動的な選択。

誰もが正解を選び続けることができるわけではない。

誰もがただひとつの真実だけを胸に抱いているわけではない。

切り分けられないものがあると、あの理想の剣は教えてくれた。

世界を単純化しすぎたメシスと白竜には、人の世界の救いは遠すぎる。

けれど、カームの中にあったのが真実だけではないと知ることができた。

メシスは満足するように瞳を閉じて、その最後の一欠片《かけら》を飛散させて消えた。

「そんな、メシス様。謝罪すらできず、罰さえ与えられないまま、俺は」

膝をついて絶望するカームの目の前にセロトが降り立つ。

そうして、厳かに命じた。

「カーム。その願いが本当に切なるものであるのなら」

死せる魂が巡り、新たな生を得る。人の願いは時にそんな空想を描く。

救済への切望。転生への待望。強い想《おも》いだけがその器に新たな形を刻印する。

「心に望む者の姿を思い描け。そして名を呼ぶがいい。お前の目の前にいるのは森羅万象の映し鏡。全ての墓標を統べる骸《むくろ》の王。その願いが本物なら、僕という器は祈りを聞き届けるだろう」

セロトの前に跪《ひざまず》いたカームは必死に祈りを捧《ささ》げた。

竜人の神にではなく、ただ目の前に現れた救世主に縋《すが》った。

「メシス様。どうか、愚かな従者にもう一度だけ仕える機会をお与え下さい」

紫紺の王子はたった一人でありながら多くの可能性を内包していたが、しかし最後には一つの運命に収束することで自分を規定していた。

だが『器が内包する人格のひとつとしてのメシス』は違う。

この勇者は多くの道を同時に認め、あらゆる可能性を矛盾したまま広げていく。

混沌《こんとん》とした運命は拡散し続け、メシスが選び抜いていたような安定した未来は到底望めなくなることだろう。

それでもいいとカームは願った。

たとえこれまでのような常勝の英雄でなくてもいい。

完全ではなくても、選ばれたわずかな者たちだけでも救いたいと願った優しい王子だからこそ、彼は仕えたいと思ったのだ。

何度も、何度も名前を呼ぶ。強く願う。カームの心が純化されていく。

「お願いだから。俺の幼馴染《おさななじ》みを、助けてくれ！」

それを聞いたセロトが柔らかく微笑《ほほえ》む。

少年の身体《からだ》が光に包まれ、わずかな時間でその姿を変える。

セロトの身体がほんの少しだけ成長し、目や髪色が紫を帯びていく。

「カーム。君のわがままなんて、随分久しぶりに聞いたよ」

「そうかもしれません。あなたのわがままには、随分と振り回されましたが」

「なら、これからも振り回されてもらうとしようか。これからの僕は、正直どうなるか予想できないからね」

自分自身の新しい在り方に困惑しているメシスを眩《まぶ》しそうに見上げながら、カームは力強く応えた。

「喜んで。我が主《あるじ》よ」

†

戦いが終わり、一つの幸福な結末が幕を閉じた。

それを見届けたレイミアは自然に微笑《ほほえ》んだ。

利用されただけの犠牲者は救われた。その形は少し歪《いびつ》ではあるかもしれない。

それでも、理想的な主従はあるべき形に収まった。

そのことが、どうしようもなく嬉《うれ》しい。

カームが、『同じだ』と言っていたことを思い出す。きっとそのせいだろう。そうなれなかった不出来な自分。ごっこあそびの主従。その失敗を取り戻せる気がして、レイミアは少しだけ気が楽になった。

「ちょっと、なに満足して目を閉じようとしてるの！　起きてよ、起きてってば！」

必死になって身体《からだ》を揺さぶるのはアンゼリカだ。

天使の腕の中で急速に生気を失っていくレイミア。彼女もまた、竜神の覚醒という人間の身には過ぎた大業の反動により命を落としかけていた。

これまで神秘の力を生み出していた祖霊たちがアンゼリカによって切り離されたことも大きい。そのおかげでレイミアの意思が自由になり、セロトの名を呼ぶことができたのだとしても、結果的にアンゼリカの刃《やいば》はレイミアの命を奪っていた。

「ふふ、私が先に刺したんだから、自業自得ですね」

「そんなこと言うの、やめてよ。私、まだレイミアと一緒にいたい。また一緒に勉強しようよ。部活も同じとこ入ろうよ。今度こそちゃんと、友達、したいよ」

泣き叫ぶアンゼリカの頬《ほお》を、レイミアの手がそっとなぞる。

触れた涙は透明で、天使にこびり付いた血を洗い流していくようだった。

「きれい。ずるいなあ。こんな可愛《かわい》い子に、私なんかが勝てるはずないのに」

「知ってる！　私めっちゃ愛され天使だから！　でもそれが何？　いつもみたいに張り合ってよ！　調子乗るなって叱ってよ！」

泣き崩れそうなアンゼリカの目の前で、レイミアの身体から力が抜けていく。

学院にへばりついた赤子が泣き喚《わめ》き、聖域の白竜を偽装していた最後の破片が砕け散って消える。そうして、竜人の聖女は白竜と共に敗北した。

呪いと共に在った少女の人生は、呪いを否定したことで終わりを迎える。

「ありがとうアンゼリカ。もう大丈夫。ここからは僕の役目だ」

力強い声はセロトのもの。アンゼリカは目を瞬《まばた》かせた。

背後にカームを従えて歩み寄るその姿は、かつてない怒気を纏《まと》っている。

この少年が怒りと敵意を剥《む》き出《だ》しにするのを、アンゼリカは初めて見た。

「聞こえているか竜人の始祖たち。選ばれなかった可能性の幽霊たちよ」

切れない剣を眠るように倒れているレイミアに突きつけて、セロトは言った。

それは命令。『かくあるべし』と役割を定め、向きを定める呪文。

「これまでずっと、お前たちは彼女と共にあった。彼女の人生はお前たちと分かちがたく結びついている。どちらが欠けても竜人の聖女レイミア・ゼム・ヒムセプトは成立しない。ならばお前たちも存在の全てを賭けろ。その魂の全てをレイミアの命に注ぎ込み、彼女を生かすと誓え」

かつてないほどに激しく、穏やかで優しい少年は強い怒りを露《あら》わにしていた。

彼が望むのはただひとつ。少女の願いを叶《かな》えること。

聖女として再び出会ったレイミアに、その役割を演じさせてやること。

二人はずっと、それ以外の向かい合い方を知らなかった。

けれど今、役から放りだされたレイミアを前にしたセロトは剥《む》き出《だ》しの少年として憤っている。ただひとりの人間として、本当の願いをさらけ出しているのだ。

「竜人の未来がたったひとりの少女の人生と引き替えにできるというのなら。その逆にお前たちの未来を少女の命と引き替えにしてもいいはずだ。お前たちの好きな正しく平等な真実の価値を、いますぐに示してみせろ！」

レイミアの全身に取り憑《と》《つ》いていた悪霊の群れが蠢《うごめ》き、外から押し付けられた願いに抵抗するように猛《たけ》る。それをセロトは右手と同化した剣を振り下ろすことで押さえ付け、刀身を激しく輝かせながらレイミアに近付いていく。

「契約しろ。レイミアがお前たちのために生きるんじゃない。お前たちがレイミアを生かして未来まで連れて行け。今を生きる人間が、過去の亡霊に縛られる必要なんてない」

少女の額に指先で触れて、背に広がった不定形の翼を強く輝かせる。

直後、光で作り出された鎖が顕《あらわ》れると悪霊たちを縛り付け、レイミアの体内に引《ひ》き摺《ず》り込んでいった。肉体の傷と離れていく魂を使い魔と化した幽霊たちが繋《つな》ぎ止め、失われつつあった命を蘇生《そせい》させていく。

アンゼリカからレイミアの身体《からだ》を受け取って抱き上げる。

それからセロトはレイミアの顔に近付いて、そっと口付けた。

倒れていたレイミアが目を見開く。

「私、どうして。生き残る資格なんて」

「いいよ、そんなのなくたって」

身を寄せようとするセロトを弱々しい力で拒絶して、レイミアは静かに涙を流した。

少女はただ目の前の相手を恐れ、自らの罪に怯《おび》えていた。

「そんなのだめ。私はお前を殺したの、許されるはずない、許されちゃいけない。あれは正しい犠牲で、だから私は聖女じゃないと」

「あの時、好きじゃないって言ってごめん」

そんなレイミアの苦しみに、セロトは全く取り合わない。

唐突な謝罪に困惑するレイミアを更に困らせるように、その手を取って少年は続けた。

「けどさ。好きじゃないけど、好きなものってあると思うんだ」

「意味が、よく」

「たとえばお転婆《てんば》でわがままで面倒くさくて思い込みが強い女の子とか」

「うんざりするくらい振り回されたり、変なごっこ遊びで似合わない役を演じることを求められたりしても、やってみたら意外と楽しかったなんてこともあるよね」

「はあ？」

犠牲や生贄《いけにえ》なんて血なまぐさい言葉は子供たちにとっては退屈で、崇高な献身というお題目も本当はつまらないと思っていた。だから二人にとって白竜の犠牲になった少年の伝承は、人ならざる存在へと変身を果たす冒険物語だった。

神の犠牲という真実を隠すために与えられた、偽りの勇者とその従者。

楽しくて美しくて、わくわくするような冒険が待っているはずの有り得ない未来。

ずっとそれが欲しかった。その続きを望んでいたのは、一人だけではないのだと。

記憶を失ってもその願いだけは同じようにここにあった。

だからこれは、二人の未来だ。

「これでもけっこう怒ってはいるし、別に簡単に許したわけじゃないんだけどね。だからこれは意趣返し。僕が君を甦《よみがえ》らせて、これでおあいこだ」

殺されたから、報復として生き返らせる。

当たり前のように因果応報の理論を口にして、セロトはどうだと言わんばかりに胸を張った。レイミアは呆《あき》れたような泣き出しそうな複雑な表情を浮かべて深い溜息《ためいき》を吐《つ》く。

「でもびっくりしたよ。レイミアがすっかりお淑《しと》やかなお嬢様みたいな雰囲気になっていたから、記憶が戻った時にちょっと混乱した」

「あれは！　だってあの時お前が、いやっ違うけど」

戦場の緊張感などもはやどこにも見当たらない。周囲が微妙な空気になっているのにも構わず、セロトはレイミアに顔を寄せて、額と額をこつんとぶつけた。

「僕は昔のお転婆《てんば》なレイミアのことも好きだったよ」

「お前の言うこと、どっちが本当かわかんないのよ、ばか」

辿《たど》り着いた答えの、それが全てだった。

†

校庭に打《う》ち棄《す》てられていた教師たちの屍《しかばね》。

それらが一斉に蠢《うごめ》き、立ち上がり、生者を呪うように咆哮《ほうこう》する。

地獄から甦った怨霊たちが絶望の舞台の第二幕を始めようとしていた、わけではない。

「さあて教師一同、ここからが我々の仕事だ！　未来を望む生徒たちを守るため、死んでも働いてもらおうか！」

夜の校庭に浮遊する老人の生首を見た生徒たちが悲鳴を上げ、学院に君臨する最強の神秘使いが帰還したことを知った教師たちが絶叫した。

学長が得意とする屍操術《しそう》によって教師たちが腐肉や骨だけの亡者となって立ち上がる。

「これよりこのセイロワーズが学長として復帰する！　生徒たちよ、今その目で見届けたようにこれから世界は新しい様相を見せるだろう。だが不安に思うことはない。未来は君たちの前にも広がっている。私は君たちを守るために帰還したのだ！」

犠牲は犠牲であり、被害は被害だ。

崩壊した国土は荒廃するだろう。起きてしまった天変地異はあらゆる種類の災厄を引き起こし、激変した環境によって多くの悲劇が連鎖することは間違いない。

理想郷は未《いま》だこの世界には存在しない。共存という言葉は虚《むな》しく、正義と平等を実現するために必要な叡智《えいち》はあとどれだけ必要なのかもわからないままだ。

それでも、理想は確かにある。それを信じると老教師は断言していた。

「学長。全員蘇《よみがえ》らせたか」

「ああ。可能なものは全て。壮観だろう」

浮遊する生首の後ろから近付いて来たのはアドだった。

邪神による汚染の様子は既になく、いつの間にかアンゼリカが望んだ変化である黒い翼も姿を消している。

「でかい地下図書館が売りの学院にはお似合いだな。死者の言葉が埋まった墓標を、死んでも守り続ける墓守たちってわけだ」

「ふむ。なるほど悪くない。これからは死者のみ採用とするか」

「なら、あいつは馘首《かくしゅ》でいいな？」

アドの視線が一人の教師を貫く。

それだけでその肉体が弾《はじ》かれて吹き飛ばされた。

「ひ、ひいっ」

その男は、教師の中でただひとりだけ死亡していなかった。

白竜の攻撃で死んだふりをしつつ、生きたまま状況を監視していた者がいる。

それはセイロワーズを襲って封印した教団の術者。

レイミアたちの動向を監視していた神秘使いである。

「あまりにもあっさりとセロトに支配されたからな。あそこまで弱いとは思わず可能性から除外していた。道理で見つからないはずだ」

その正体は神秘生物学の教師だった。

セロトに従属させられて地下図書館での探索を許可したり便宜を図ったり追われるアンゼリカを援護したりといいように使われていた哀れな男である。

教団の幹部レイヴンは、アドに威圧されただけで戦意を喪失する。肉体を放棄して近くのカラスに魂を乗り移らせると、ガアガアと鳴きながらわめき立てた。

「セイロワーズ、レイミア！　お前たち、本当にこんなことが許されると思っているのか。教団を裏切るということは、全ての亜人たちを裏切るということだ。亜人たちの未来そのものである教主セルエナ様を敵に回すことの意味がわかるか？　お前たちは死ぬまで我々に命を狙われる。朝から晩まで気の休まるときはないと思え！」

苦し紛《まぎ》れの脅し文句を、アドは鼻で笑った。

「全ての亜人たちの未来？　まだそんな小さな目的に縋《すが》っていたのか負け犬め。その話はもう終わった。さっさと消えろ」

「小さな目的？　小さいと言ったのか、我らの未来が！」

激昂《げきこう》するレイヴンだが、アドの興味は別のものに移っていた。

ついてきたアンゼリカを引き寄せて、その頭に手を置く。わしわしと掴《つか》んで撫《な》でるといやいやをするように身を捩《よじ》った。それを楽しそうに見ながら、アドはカラスに言い放つ。

「帰ってセルエナに伝えろ。亜人の救済だの魔人の打倒だの、つまらん真似《まね》を二度もするつもりはないと」

「ならば貴様は何がしたいのだ！　世界でも征服するつもりか！」

「いいや？　世界は元から全て俺のものだ」

当然のようにその前提を口にして、アドは不敵に笑ってこう続けた。

「亜人だの貴族だの魔人だのスケールが小さいんだよいちいち。やるなら全部だ。森羅万象あまねく全てを相手にしてようやく俺に相応《ふさわ》しい」

レイヴンは戦慄する。この男は本気だ。

それが大言壮語でもなんでもないと、たったいま証明したばかりではないか。

教団はとんでもないものを復活させてしまったのだ。

制御不能の怪物は既に解き放たれた。

世界はもう、元の姿には戻れない。

「大いなる神の前に全ての命は平等だ。導いてやろう、矮小《わいしょう》で愛《いと》おしい虫たちよ。遠慮することはない。これは主《あるじ》の責務だ。愚かな人類種も、幼い神霊種も、行き場のない精霊種も、哀れな魔獣種も、等しく俺のしもべなんだからな」

心からの愛情を込めて。

一人にして無数、唯一にして無限の存在である少年は、神話の始まりを告げた。

19　エピローグ

神話のような戦いの夜が過ぎ去ってはや一週間。

レイミアはその時間の重さを噛《か》みしめる。ある者は取り返しのつかない傷を負い、ある者は不可逆な変質によって何もかもを失った。

アンゼリカはもちろん、メシスとカームの主従。そして変わり果てたミードだ。

記憶を失ったミードを、神秘研究部の部員たちは献身的に支えようとしている。彼らは筋金入りのお人好《ひとよ》しで、あれだけのことがあったにもかかわらずレイミアを神秘研究部の仲間として迎え入れてくれた。明るく振る舞う彼らの表情は、下級生を気遣って作られた仮面だということくらいレイミアにもわかった。

行動の全ての基準が『弟』になってしまった姉ではないが姉を自称する変人。常識と良識を体現する優しい生徒会副会長がそんなものに成り果ててしまったという事実は、接点の薄かったレイミアにとっても衝撃的だった。周囲の悲しみはいかばかりだろうか。

「キュウ、キュー」

「ヒムちゃん、ごめんね、暗くなっちゃって」

レイミアは頭の上に乗って鳴く小さな動物に呼びかけた。

変化と言えばこれもそうだ。

以前の神々しい姿からは想像もできない小さな白竜。

角のとれた丸々としたシルエットは、どこかぬいぐるみのようでもある。

勇者に敗れた神は零落してちっぽけな魔獣に成り果てているのだ。

現在はレイミアが契約して従える『使い魔』である。

当初はヒムセプト様と呼んでいたのだが、アンゼリカが愛玩動物のように扱いつづけるのでなんだか馬鹿らしくなってレイミアもそれに倣うようになった。

「ヒムちゃん、アンゼリカの気配は感じる？」

「キュウー」

頭上からは否定の意思。捜し人はまだ見つからない。

ひとつの困難を乗り越えたけれど、行く先には更なる困難が待ち受けている。

相変わらず、世界は苛酷に満ちていた。

邪神の眷属は変わらずに人類を脅かし、貴族と亜人の溝は深まるばかり。

学院の方針が変わっても現実に生きる人々の意識がすぐに切り替わることはない。

世代を跨《また》ぎ、時代を超えて、それでも容易《たやす》く壊れてしまうのが理想というものだ。

荒廃した水晶王国は窮地に立たされていた。

南の共和国は国境付近での軍事演習を続けており、共同開拓国とエルフの国の間では小規模な紛争が発生している。西大陸では黎明《れいめい》帝国が勢力を拡大し続けているという。

空を舞う無数の白竜。その大異変を知った世界各地の離散竜人たちは続々と教団に参加していると噂《うわさ》もある。彼らはあの日見た光景が忘れられず、革命の理想に命を賭けることを決意したのだ。

教団はある意味で作戦を成功させたとも言える。

被害は大きかったが、総体に影響はない。なにより教主セルエナさえいればあの組織は幾らでも再生し、何度でも貴族たちを攻撃するだろう。

歪《いびつ》な亜人至上主義。貴族たちが世界を支配する現在を裏返しにしただけの不毛な過去の再生産を、アドとセロトは望んでいない。

レイミアは思う。本当にこれで良かったのかと。

何度も自分に問いかけて、そのたびに迷い続けた。

教団の聖女ではなくなった自分がこうして普通に学生を続けていることが信じられない。役割から解き放たれ、寄る辺のない身となったことが恐ろしくてたまらない。

それでもセロトは言ってくれた。

レイミアが身の内に抱え込んだ呪わしい可能性。竜人たちの過去から未来に続く可能性を捨てなくてもいいと。教団の聖女でなくなったとしても、竜人の聖女であり続けることはできるはずだと。

セロトたちが見据える未来で、自分に何ができるのかはわからない。

これまでの生き方の全てを否定せずにいてくれたことはたまらなく嬉《うれ》しい。

同時に不安でもある。ただ自分の責任だけで全ての祖霊を背負うというのは、より困難な道を選ぶということなのではないだろうか。教団という後ろ盾はもはやない。

相手にするのは世界全てだ。それを思うと胸が締め付けられる。

けれど泣き言は言えない。もっと苦しい立場に立たされている少女がいる。

そしてその切っ掛けとなったのは、ほかならぬレイミアなのだ。

学生寮の廊下を早足で歩き、周囲をきょろきょろと見回す。特徴的な姿を探しながらレイミアは早鐘を打つ胸を強く押さえた。

近く、世界全土にその影響力を及ぼすユネクト聖教からの査察団がやってくる。

目的はひとつ。汚染眷属《けんぞく》を匿《かくま》っているという疑惑があるこの学院を調査するためだ。

恐ろしい噂がつきまとう眷属狩りの専門家、異端審問官たちからアンゼリカを守らなければならない。レイミアはその凶報を届けるために天使の少女を探しているのだった。

「もしかして、セロトの部屋？」

女子寮をいくら探しても見つからないとなれば、アンゼリカの行きそうな場所はそこくらいしか思いつかない。

外は暗くなっているが、許可さえとれば男子寮に入ることはできる。従者制度が残っていた時は許可さえ不要だったが、今でも神秘研究部の活動と言えば夜に男女が部屋で会ったり出歩いたりすることは問題視されない。学長の権威あってこその特別扱いだった。

通い慣れた少年の部屋の前で立ち止まり、扉をノックした。

少しの緊張。未《いま》だに前の口調が抜けきらない。どちらで接すればいいのか、レイミアは未《いま》だに判じかねていた。彼の名前を呼ぶのもどこか遠慮してしまう。

「夜分遅くに失礼します。その、レイミアです」

扉越しにアンゼリカがいるかどうかだけ確認するつもりだったが、つい癖で扉を開いてしまう。はしたないと自分を咎《とが》め、謝罪しようと部屋の中を見る。

そこに知らない中年男がいた。

「やあ、レイミアちゃん。こんな時間にどうしたんだい？　ミードちゃんの状態が安定するまで神秘研究部の活動は休みだって聞いてたけど」

「えっと。あのー、部屋を間違えたみたいで、その」

「ん？　いや、この部屋はおじさんの部屋で合っているよ。ネームプレートにメラトって書いてなかった？　同一人物かと聞かれると微妙なとこだけど、プロタゴニストという借り物の姓も同じだしね」

レイミアの思考が空白で占められる。

部屋の中でゆったりと寛《くつろ》ぎながら本を読んでいる男はかなり甘めに見ても三十代の後半あたりだ。体格はいいのだがやや猫背ぎみで、眠たげな目付きと覇気のない顔立ちは昼行《ひるあん》灯《どん》とでも形容するのがしっくりとくる。レイミアはうっと呻《うめ》いて一歩退いた。この男、何《な》故《ぜ》かわからないがとてつもなく胡散臭《うさんくさ》い感じがするのだ。

「参ったなあ。おじさん、そんなに不審者に見える？」

「失礼しました。出直します」

そっと扉を閉じて扉の名札を確認する。そこには確かにメラトという知らない名前が記されている。目をこすって頬《ほお》をつねると、強烈な痛みで目が醒《さ》めた。

夢だ。夢だと思いたい。

深呼吸してもう一度ゆっくり扉を開く。途端に罵声が飛んできた。

「勝手に入ってくんじゃねえ！　実験中だクソ女、閃《ひらめ》きが飛ぶだろうが。気が散るから出て行けってんだよ」

この邪険な扱いに比べれば先ほどの男のほうがまだマシだった。

白衣を身に纏《まと》ったその陰気な男は、驚くほど悪い目付きでレイミアを睨《ね》め付《つ》けている。眼光さえどうにかすれば美形で通りそうだが、それが絶対に有り得ないと断言できるほどの凶悪な気配が全身から放たれていた。

「ここは天才錬金術師エース様の工房だぞ、凡人の居場所はねえんだよ」

「申し訳ありません、間違えました！」

ばたんと扉を閉める。ネームプレートにはアセチルという知らない名前。

ぱんぱんと両側から頬を張る。息を整えて現実逃避。

自分は何も見ていない。まさかそんな。これ以上なんてことがある？

扉を開いた。

「おう、わりいなお嬢さん。俺じゃねえ俺が悪さしてたみたいだ。安心しな。この俺は頼れるみんなの兄貴分、天下無敵の竜殺しエンドル」

豪放磊落《らいらく》を絵に描いたような快男児、二十代半ばくらいの青年が快活な笑顔でレイミアを出迎えたが、その清潔感のある表情が一瞬で殺意に染まる。

男がその目を血走らせて凝視しているのはレイミアの頭上の小さな白竜だ。

「おい。そりゃ竜か？　竜だな？　高慢で強欲な支配者面した俺たちローディッシュの敵だよな。いいねいいないいじゃねえか、久々の獲物がおいでなすったぜ！　どきなお嬢さん、そのチビ白竜は俺が楽しく料理して」

ばたん。何も言わずに扉を閉じた。

追ってくる様子はない。　恐る恐る再び扉を開けると、待っていたのは凛々《りり》しくも可愛《かわい》らしい大きな犬だった。ちょっと狼《おおかみ》が入っているような気もするが、いずれにせよ白い毛並みの見事さは素晴らしいとしか言いようがなかった。

「かわいい。お前もプロタゴニストなの？　ふふっ、もうイヤ現実を受け止めきれない」

崩れ落ちながら大型犬にしなだれかかる。

抱きしめると暖かくもふもふとした感触が返ってくる。ああ、癒《いや》される。

すると無思慮な行動を咎《とが》めるように渋みのある低音が響いた。

「おい。そこのメス。俺様の縄張りに勝手に入った上、許可なく毛並みをもふるとは何事だ無礼者め。まさかとは思うが、食われたいという意思表示じゃあるまいな」

「違います。食べないで下さい。大人しく帰りますので」

しくしくと涙を流しながら部屋を出て行く。名札にはノルとだけ記されていた。

疲れ果てたレイミアがヒムセプトを抱きしめながら泣いていると、そこによく知る声がかけられた。

「あれ？　なにしてんの、レイミア」

「探したんですよ、アンゼリカ」

じっと睨《にら》み付けると不思議そうな表情を返される。

仕方なく事情を説明すると、アンゼリカは何だそんなことかとばかりに扉を開こうとした。レイミアが止めようとするのにも構わず、アンゼリカは進む。

「アド様ー、入るねー」

「好きにしろ」

レイミアは釈然としない表情でその事実を受け止めた。アンゼリカが扉を開けると、部屋の中には普段通りの傲岸不遜な漆黒の少年が佇《たたず》んでいたのだ。

「ちゃんと出てきて欲しい相手の名前を呼んで、扉の向こうで存在してる主様《あるじ》を確定させないとだめだよ。ノックと呼びかけはマナーでしょ？」

「なんだアンゼリカ。教えてなかったのか？　先日の件で俺の偉業が世界中に伝わったからな。強い願いを胸に秘めた『祈り手』がお前たち以外にも現れたのだろう。世界のどこかで今も助けを求めているわけだ」

「聞いてません。先に言って。心臓に悪いです」

重い溜息《ためいき》を吐《つ》いたレイミアを、ヒムセプトがよしよしと慰めた。

腕を組んだアドは窓の外を見ながら続けた。

「とりあえず魂が繋《つな》がっているからな。そいつらの命だけは失われないよう、『理想の未来』を先に確定させておいた。すぐにここを離れるわけにもいかないが、いずれ迎えにいってやる必要があるだろう。巫女《みこ》どもに偉大なる神の加護を与えなければ。お前たち、その時は先達として色々教えてやれ」

それから三人は寮から出て夜の学舎へと移動した。

レイミアがもたらしたアンゼリカの危機、それに対処するための準備が必要だとアドが言ったからだ。校舎の傍《そば》に到着したレイミアは、すっかり修繕された巨大な建造物を見上げて言った。

「また大きくなってますね」

学院の上にへばりつく巨大な赤子。

白竜が敗れたことで元の姿を取り戻したこの異形の存在は、再び学院に臍《へそ》の緒を伸ばして共生するように活動を再開している。

「悪いことじゃない。こいつが何であれ、学院を守りたいという願いは一貫しているようだからな。何かあってもこれだけ強大な神の幼体がへばりついていればそうそう取り返しのつかない被害は発生しないだろう」

レイミアはこの赤子を『多くの亜人たちの不満や反発の結晶』だと考えていた。

だからこそ白竜ヒムセプトという名前を与えれば貴族を滅ぼす最強の神として完成する

と信じていた。そのはずだったが、どうも観察しているとそうではないらしい。

　この赤子はただ学院の全てを守ろうとしている。貴族も亜人も分け隔てなく、夜が明ければまた学院に通えるようにと世界を修復してしまう。

　レイミアが邪教徒の仕業に偽装して貴族たちに行わせていた生贄《いけにえ》の儀式も、命を捧《ささ》げられた者たちは不思議と翌朝には何事もなかったかのように自室から現れて日常に帰っていったということがわかっている。

「考察は後回しにしろ。問題はどう利用するかだ。いいかお前ら。こいつが俺と同じように神の器として機能することは既に知っての通りだ。それを利用しない手はない」

「というと？」

　レイミアの疑問に対して、アドはとびきりあくどい笑顔で答える。

「天才子役として仕込む。全世界を虜《とりこ》にするとびきりの花形役者だ。あらゆる文化圏で最高の権威を示す、千変万化の巨大な神。それがこいつだ」

　アドは自分を偉大な神であると言って憚《はばか》らないが、彼が認識する事実と全人類に信仰されることとを等号で結びつけてはいなかった。

　最も偉大な神であるからこそ、世界を破壊しようとする邪神の眷属たちとの敵対は避けられない。であれば、いっそ理解不可能な相手との相互理解などしなくていいとアドは語る。共存や平和、遠すぎるその理想を完全に叶《かな》えるには人の命は短すぎた。

　千年ですら届かない悠久の果て。

それを待つより先に、戦いを終わらせることが今を生きる人間には必要だった。

「神秘研究部の活動はそれにうってつけだ。異界に封じられたありとあらゆる神々。その力を採取し、この赤子に取り込ませればこいつは俺たちのように無限の顔を持つ神となっていくだろう。学院を拠点に世界を旅するぞ。聖教の神も亜人の神も邪神も外来神もまとめて俺たちが手に入れる」

壮大な構想を聞かされた二人の少女は言葉もない。

それでも、アドが口にすれば不可能ではないと思えた。

なにしろ、最も強大な神の一柱を実際に下した実績があるのだ。

それだけではない。どうやら彼は千年前、本当に邪神を倒した本物であるらしい。

「アド様。邪神の力もこの赤ちゃんに取り込ませるの？　アド様を汚染してた私の祈りだって危なかったのに、この赤ちゃんまで汚染されたら」

「安心しろアンゼリカ。あれは別にお前の祈りとは関係ない。俺の中に邪神の力があるのは元からだ」

予想外の言葉に二人してぽかんと間抜け面を晒《さら》す。

アドはアンゼリカから目を逸《そ》らしながら言い訳のように続けた。

「一時的に動けなくなったのは大した理由じゃない。気紛《きまぐ》れというか、たまには苦しんでみるのも一興かという思いつきで」

「アンゼリカ君を蝕《むしば》む邪気と苦痛を肩代わりしていたのだろう？　まったく、私の首を刎《は》ねた時といい荒っぽいことばかりするな君は」

浮遊する生首と共に校庭に神秘研究部の部員たちが集まってくる。

先日、部員として加わったカームも一緒だ。

いったいどうして、と思ったレイミアは見慣れた小鳥の姿を認めて納得した。

セロトの使い魔だ。彼は卓越した契約術を応用して、他の人格が表に出ている時にも光輝く小鳥を介して意思を伝えることができた。対話できるようになった二人の勇者はすっかり以心伝心で、完璧な共存を果たしている様子だった。

「おいクソジジイ、言うな」

「ごめん。僕が教えたんだ。心配事は少ない方がいいと思って」

「セロト。なら口止めくらいしておけ」

指に小鳥を留まらせながら仕方なさそうに言うアド。不遜極まりない彼だが、もうひとりの自分に対してはわりと寛大な態度を取る傾向にあった。自分に甘いというより、単にアドが宿っている身体《からだ》の意向をできるだけ汲《く》むためだとレイミアは見ている。

アドとして振る舞う際には遠慮などしないが、レイミアと二人の時は気を遣ってセロトに出番を譲ってくれている、そんな気がするのだ。

「あの、主様《あるじ》？」

おずおずとアンゼリカがアドの顔を窺《うかが》う。少年は一瞥《いちべつ》だけして冷たく言った。

「気にするな。お前の邪気はしばらくすれば落ち着く。魂の記憶が再生され続けるだろうが、気をしっかり持っていればお前の人格が歪《ゆが》んだりはしない。何かあれば言え」

ぶっきらぼうな態度だが、それだけでアンゼリカには十分だった。

表情が緩み、羽をぱたぱたと動かして体当たりするように腕に抱きついた。

「えへへ、あるじさま～」

「うっとうしい。後にしろ」

「はーい。後でいっぱいくっつきまーす」

主従のやりとりに空気が和んでいくが、ふと疑問に思ってレイミアは問いかけた。

「邪神の力が元からあるというのはどういうことでしょうか」

「さあな。おおかた流れた血が混ざりあったんだろう」

「それは、邪神との決戦で？」

奇妙な沈黙が流れた。アドは悩むようにしばし物思いに耽《ふけ》り、ふと思いついたように顔を上げて答えた。

「ああ。お互い傷だらけで血塗《ちまみ》れだ。致命傷を与えられた時に邪神の力が魂に浸透したってわけだな。おかげで基本的に俺に邪神の力は効かない。自分で受け入れれば別だが」

そこに嘘《うそ》はないと、レイミアは直感した。白竜の加護はまだ微弱に残っている。完全ではないが、彼女には偽りを看破する力があるのだ。

しかし、一面での真実が全てを語るわけではない。

アドの説明の仕方にはそういう空気を感じた。

千年前に世界を救った本物の勇者。

天使の願いに応え、奇跡のように甦《よみがえ》った神を自称する超越者。

ただそれだけを説明とするには何かが足りない。

アドという少年にはまだ謎が隠されている。

それもまた言葉にはしがたい何かなのだろうか。

それとも。

レイミアが内心で深めていく疑惑をよそに、アドは先へ先へと進んでいく。

「よし、揃《そろ》ったな。なら行くぞ。この体制になってから最初の部活動をな」

「えっと、ミード先輩は？」

「連れてきてる」

上級生のひとり、表情に乏しい女子生徒が意外な力持ちぶりを発揮して大荷物を肩に担いでいた。白い布に包まれて蠢《うごめ》く細長い何かだ。

「おとうと、おとうと、ドーパ君成分が欲しいよう」

内側から響くのは奇妙なすすり泣き。間違いなくミードだった。外界から刺激を与えないように布袋で封印しているのだろうが、これはあまりの仕打ちだとレイミアが抗議しようとした時、上級生の一人が布袋の中に何かを差し入れた。

「ほーら、ドーパ君が使ってたハンカチだよ～」

「ドっくん成分きた！　これで生き延びられるよ～ありがとうみんな～ぺろぺろ」

恐怖のあまり後退《あとずさ》ったレイミアに、別の上級生が囁《ささや》くように解説してくれた。

「あの袋じつは裏返しなんだよ。中は『神の絵筆』の遺物で半裸のドーパ君を描いた抱き枕カバーになってるんだ。あ、抱き枕カバーというのは」

「いいです解説いらないです」

聞きたくないと耳を塞ぐレイミアはアンゼリカが本気で涙を流しているのを見てショックを受けた。彼女はあの先輩を心から慕っていたのだろう。アドさえも沈痛な表情をしているからこれは相当だ。レイミアは浮遊するセイロワーズに慌てて問いかけた。

「な、治せるんですよね？」

「あれはおそらく妖精族に特有の宿業。ミードの前世と現在の人格が衝突した結果としての錯乱《さくらん》だろう。遅かれ早かれあの子は自らの運命と対決する必要があった」

「治らないんですか⁉ ずっとあのまま⁉」

「なんとも言えぬ。リーヴァリオン本家に君臨する蜂蜜六方呪の魔女たちならあるいは安定させる方法を知っているかもしれんが、そのミードが以前のままかどうかは」

難しそうに言う老人を前にレイミアは何と言っていいかわからなくなってしまう。

一方、力強くミードを担いだ女生徒は迷いのない表情で白い布袋を担ぎ直して言った。

「大丈夫。ミーちゃんは私が守る。おばあちゃんになって一人じゃなにもできなくなっても私がミーちゃんの傍《そば》にいて介護してあげるの」

あまりにも重い覚悟だった。

自分が招いたあまりにも大きすぎる被害。その爪痕を思う。

忘れてはならない。逃げることは絶対にしたくない。

「アンゼリカ。先輩方、先生。私は」

「謝るのはなし。それはもう散々やった。ここからは行動で示す。でしょ？」

背中を叩《たた》くアンゼリカの言葉に、レイミアは顔を上げて頷《うなず》いた。

二人の少女は並んで歩き出す。

異界と化していく学院を挑むように見上げ、胸に誓う。

言葉にはならない。それでも、レイミアには望む未来があった。

不確かな行く手に向かって歩き出すことに、もう迷いは必要なかった。

†

少年少女は異界を旅する。

神々を求めて彷徨う探索は果てしなく、神話のようにとりとめがない。

荒唐無稽な異形が待ち受ける人外魔境、そこで繰り広げられる冒険は壮大なようでいて、他愛《たあい》ない学園生活の延長線上にある『部活動』だ。

だからたとえば、放課後に同じ時間を過ごして生まれる絆《きずな》も存在した。

そこがどんな場所でも人の営みは変わらない。

恋に趣味、勉強に進路、話すことならいくらでもある。

たぶん、それは学園生活でもっともありふれた最後のピース。

「ねえ、アンゼリカ。アドというのは古き月の言葉で『主《あるじ》』を意味していますよね」

「そうだよ」

「なら主様とアド様、それらは同じことを言っているということになりませんか」

「そうだけど、それだけじゃないよ」

アンゼリカが言うには、その呼び名にはもうひとつの意味が隠されている。

天使たちが口にする『主』は天空と大地を統べる主人、すなわち大いなる神のことを指し示している。そして天使たちの祖神、『永劫《えいごう》の機織り』ゼールアデスはその大神に陪従する御使《みつか》いの長であったとされているのだ。

「なるほど、どの呼び方にも同じニュアンスを込めていたんですね」

「うん。私が天使《しもべ》で、アド様が神様《あるじさま》。神話になぞらえてるって意味では、レイミアたちと一緒だね」

同じであること。どうでもいいことに共通点を見つける些細《ささい》な遊び。

ささやかな幸せは、こんな他愛《たあい》ないことから生まれるのだろう。

友達がいて、同じ時間を共有している。

ただそれだけのことが、どうしようもなく嬉《うれ》しかった。

不思議に感じながら、レイミアの脳裏をある思いつきがよぎっていく。

神話の時代に邪神と戦い、世界神は深い傷を負って永遠の眠りについたという。

人々が生きる世界、その名は『神の骸《むくろ》』イヴァ＝ダスト。

殺された大神の魂はどこにいくのだろう。

天使たちの伝承では、魂は時と命が巡る輪廻《りんね》の環《わ》、永劫線に流れ着く。

転生とは、その永劫線が起こす気紛れだ。

だとすれば、祈りが届きさえすればあるのかもしれない。

大いなる神が新たな生を得るという奇跡。

ただ人の子として当たり前の苦しみと喜びを享受する、そんな可能性が。

極彩色の植物と浮遊するキノコが待ち受ける密林を進む一行は、先頭を歩む新たな部長が警戒を呼びかけたことで立ち止まる。

現れたのは見上げるような樹木の巨人。枝のような無数の手を揺すりながら、剥き出《むだ》しの根に塗《まみ》れた巨大な足を持ち上げてこちらに向かってくる。

抱えられた布袋の中からミードが光の矢を射出し、前に出たカームが巨大な盾を構えた。

アンゼリカとレイミアも翼と角に神秘の力を宿す。

従者たちの戦意を受け止めて、勇者は全く同時に数種類の表情で笑った。

傲岸に、穏やかに、冷静に、悠然と、彼らは願いに応えて前進する。

怪物との戦いが始まる。だがそれを恐れる者はいなかった。

心強い味方、最強の勇者が彼らにはついているからだ。

誰かが呼べば、そこには未来への繋《つな》がりが生まれる。

名付けは連続した事象を切り分け、未分化の世界を細切れの言葉に封じ込めようとする神秘の呪文だ。けれど何かに働きかけようとするその意思は、切り分けると同時に二つを繋げてもいる。真実はひとつではない。世界は常に重なり合っている。

未来への呼びかけを、過去への応答が繋ぐ。

重なり合う世界は時にその順番を錯誤で惑わせる。

未来から過去へ。届いた祈りは奇跡を起こすだろうか。

彼にはそれができた。たとえ千年先であろうと、人の繋がりは失われたりしないと信じていた。だから彼は返事をする。遥《はる》かな未来からの呼び声であっても、その呼びかけに応えるのが彼にとってはこの上ない喜びだったから。

†

世界は衰退していた。

『救済の日』から千年。安寧に牙を抜かれた人類は窮地に立たされ、それでも手を取り合うことすらできずに互いに憎しみをぶつけ続ける。

相互理解の夢は遥か後方に置き去りにされていた。

積み上げてきた理想と叡智《えいち》、より良く生きようとする前進の意思はたやすく忘却され、救済のために戦った勇敢な若者たちの願いは儚《はかな》く忘れ去られていた。
失われた英雄の呼び名を、この世界はまだ知らない。
だが少女たちは知っている。
新たに名付けられた、それは世界を理想で染め上げる呪文。
神秘の世界を切り開く、この時代に甦《よみがえ》った勇者の名前。
二人の少女はありったけの期待と好意を込めて、せーのと息を合わせる。
それから、ほころぶような笑顔で少年の名前を口にした。

MF文庫J

祈る神の名を知らず、願う心の形も見えず、それでも月は夜空に昇る。

2021年6月25日　初版発行

著者　品森晶
発行者　青柳昌行
発行　株式会社 KADOKAWA
〒102-8177 東京都千代田区富士見2-13-3
0570-002-301（ナビダイヤル）

印刷　株式会社廣済堂
製本　株式会社廣済堂

Printed in Japan　ISBN 978-4-04-680513-3 C0193

◇◇◇

【 ファンレター、作品のご感想をお待ちしています 】
〒102-0071 東京都千代田区富士見2-13-12
株式会社KADOKAWA　MF文庫J編集部気付「品森晶先生」係「みすみ先生」係